No Fue
LA SUERTE

No Fue LA SUERTE

Eliyahu M. Goldratt

EDICIONES

S.A. DE C.V.
MONTERREY
NUEVO LEON
MEXICO
1995

Título Original en Inglés:
IT'S NOT LUCK

Traducción de:
Nicholas A. Gibler

Corrección de estilo:
Lic. Diana M. González D.

Diseño de portada:
Machuca Diseño

Tipografía:
Laser Page Impresiones

© Derechos Reservados por el Autor
Eliyahu M. Goldratt
442 Orange Street
New Haven, CT 06511
U.S.A

© Copyright 1994 Eliyahu M. Goldratt
NO FUE LA SUERTE

© **Primera Edición 1995**
Ediciones Castillo, S.A. de C.V.
Privada Fco. L. Rocha No.7
Fracc. Residencial Galerías
C.P. 64630 A.P. 1759
Monterrey, N.L., México

Miembro de la Cámara Nacional
de la Industria Editorial Mexicana
Registro No. 1029
ISBN 968-7415-07-X

Impreso en México
Printed in México

1

"En lo que se refiere al grupo de Alex Rogo, el sector empresas diversas..." Por fin, acaba Granby de llegar a la parte que más me interesa... Me acomodo en mi lugar y me concentro disponiéndome a no perder. Disfruto hasta la última palabra. Claro, como soy Vicepresidente Ejecutivo y encargado del sector empresas diversas, yo escribí el reporte entero que Granby está leyendo. Bueno, no del todo. Granby le ha cambiado algunos de los adjetivos que yo había puesto en superlativo. Supongo que como Director General eso es prerrogativa suya.

No es nada más forma de leer, con su grave voz de barítono, no... Para mí, lo que está diciendo es como música. ¿Quién dijo que los números no pueden ser una sinfonía? Empieza ahora el crescendo: —En total, el sector de empresas diversas ha terminado el año con una utilidad de operación de 1.3 millones de dólares.

Granby sigue leyendo, pero ahora apenas le escucho. No está mal, me digo. No está nada mal, especialmente considerando que cuando entré yo al puesto, hace un año, el sector entero estaba operando con números rojos. Todas y cada una de sus compañías.

Granby termina. Ahora toca el turno a los consejeros externos de justificar su existencia. Verán, un consejo está compuesto de tres grupos: Los altos ejecutivos de la compañía (quienes realizamos nuestro trabajo antes de la junta de consejo), los consejeros de adorno que son (o fueron) los máximos jerarcas de otras compañías, (ellos realizan su trabajo en otro lado) y los tiburones profesionales, es decir, los "representantes" de los accionistas, (ellos no trabajan nada).

"Bien hecho", dice el pomposo exdirector general de una empresa petrolera, "has logrado enderezar a UniCo de nuevo, justo a tiempo para la próxima recuperación del mercado".

Bien hecho, me digo a mí mismo, casi todo el discurso sin referirse a sus propios logros del pasado. Está mejorando. Ahora, toca el turno a los tiburones. ¿Quién será el que empiece a hacer trizas el reporte de Granby, exigiendo, como siempre lo hacen, algo más?

"Yo creo que el presupuesto del año que entra no es suficientemente agresivo", dice uno de los tiburones.

"Sí", dice otro. "El pronóstico de operación se basa totalmente en la recuperación que se espera del mercado. No hay nada en el plan que muestre un verdadero esfuerzo por parte de UniCo".

Tal como lo esperaba. Estos ejecutivos profesionales no son otra cosa que negreros modernos; nunca se conforman con lo que uno hace, siempre truenan el látigo. Y sin embargo, Granby no se ha molestado en contestar, pero ahora James Doughty levanta la voz.

"Yo creo que debemos recordarnos constantemente de que los negocios no están como siempre. Que debemos hacer un esfuerzo adicional". Y, mirando a Granby, "Hace siete años, cuando te nombraron director general, las acciones se jugaban en la bolsa a sesenta dólares y veinte centavos. Ahora están oscilando alrededor de los treinta y dos dólares".

Mejor que los veinte dólares a que estaban hace dos años, pienso para mis adentros.

"Más aún", continúa Doughty, "esta compañía ha realizado tantas inversiones malas que hemos erosionado drásticamente nuestros activos. El nivel crediticio de UniCo ha caído dos categorías. Esto es absolutamente inaceptable. Yo creo que el plan para el año que viene deberá reflejar un compromiso de la dirección de volver a colocar a UniCo donde estaba antes".

Este es el discurso más largo que jamás le haya escuchado a Doughty. Debe estar hablando en serio esta vez. Por supuesto que, en efecto, tiene razón, si hacemos caso omiso de la economía en que operamos. Nunca ha estado tan feroz la competencia. Nunca ha estado tan exigente el mercado. Personalmente, conociendo bien lo difícil que es esta tarea, yo creo que Granby ha hecho una labor estupenda. Heredó una empresa de gran renombre y estabilidad, pero una empresa que había erosionado su base de productos. Una compañía que se sumergía en las pérdidas, y él la había vuelto a la rentabilidad.

Trumann levanta la mano para aplacar el murmullo. Esto es serio. Si Trumann respalda a Doughty, tendrán suficiente poder entre los dos para hacer lo que quieran.

Silencio en la mesa... Trumann nos mira a cada uno de los gerentes y luego, lentamente, dice: "Si esto es lo mejor que se le puede ocurrir a la gerencia... me temo que tendremos que buscar un sucesor afuera".

¡Guau! ¡Qué bomba! Granby se jubila en un año y, hasta ahora todo mundo suponía que la carrera era entre Bill Peach y Hilton Smyth, los Vicepresidentes Ejecutivos de los dos grupos principales. Yo en lo personal, deseaba que Bill Peach ganara. Hilton es una víbora política, ni más ni menos. Pero ahora se trata de un juego totalmente diferente.

"Tienen que haber contemplado algunos movimientos más agresivos", le dice Trumann a Granby.

"Sí, sí lo hicimos", admite Granby. "¿Bill?"

"Tenemos un plan", comienza Bill, "un plan que, debo enfatizar, no está finalizado aún, y es muy delicado. Parece que será posible hacer una reingeniería de la empresa, lo que nos permitirá reducir los costos por un siete por ciento adicional. Pero hay muchos detalles que afinar todavía antes de poder hacerlo público. No es una tarea trivial".

Otra vez la mula al trigo... ¿No que ya habíamos superado esta etapa? Cada vez que se presiona para mejorar los resultados financieros la acción instintiva es recortar los gastos, lo cual se traduce en reajustar gente. Esto es ridículo. Ya hemos recortado miles de empleos. Y no fue sólo la grasa lo que quitamos. Hemos llegado a la carne y a la sangre. Como gerente de planta y aún más como gerente divisional, tuve que luchar contra Bill para proteger a mi gente. Si hubiéramos hecho el mismo esfuerzo que constantemente se desperdicia y agota en las reorganizaciones para discurrir cómo conseguir más mercado, estaríamos mucho mejor.

Llega la ayuda de un lugar inesperado. Doughty dice, "No es suficiente".

Trumann sigue de inmediato, "No, esa no es la respuesta. A Wall Street ya no se le impresiona con este tipo de acciones. Las estadísticas más recientes demuestran que más de la mitad de las compañías que reajustaron personal no mejoraron sus resultados financieros".

Ahora no sólo yo estoy confundido, todos están intrigados. Es obvio que esta vez los consejeros están sincronizados. Le están tirando a algo, pero ¿a qué?

"Debemos enfocar la empresa. Debemos concentrarnos más en el negocio medular", dice Hilton Smyth con voz firme. Truman cuenta con Hilton para decir alguna frase hueca. ¿Qué le impide a él concentrarse en el negocio medular? Esa es su labor, nada más.

Trumann pregunta lo mismo, "¿Qué más necesitas para desarrollar mejor el negocio medular?"

"Muchas más inversiones", replica Hilton. Y con permiso de Granby pasa al retroproyector de acetatos para mostrar algunas transparencias. Nada nuevo, es la misma cosa con la que nos ha estado bombardeando desde hace meses. Más inversiones en equipos sofisticados, más inversiones en investigación y desarrollo, la compra de más compañías para "completar nuestra línea". ¿De dónde diablos saca la certeza de que eso va a servir de algo? ¿No es el mismo modo en que hemos enterrado más de mil millones de dólares en el transcurso de los últimos años?

"Este defintivamente es el rumbo", dice Doughty.

"Sí, sí lo es", Trumann lo respalda, "pero no deberíamos de ignorar lo que Hilton dijo al principio. Debemos enfocarnos en el negocio medular".

Hilton Smyth, ¡víbora! Estaba de acuerdo con ellos desde el principio. Todo es un gran teatro. Pero ¿dónde están las acciones concretas? ¿De dónde van a sacar las grandes cantidades de dinero que se necesitan para invertir en esta fantasía?

"Yo creo que la estrategia de diversificar estuvo mal", dice Trumann, y mirando a Granby continúa: "Entiendo por qué iniciaste esto. Querías ampliar la base de UniCo, para darle algo de seguridad. Pero en retrospectiva debes estar de acuerdo en que fue un error. Hemos invertido casi $300 millones en diversificación. El rendimiento sobre la inversión ciertamente que no lo justifica. Creo que debemos regresar. Debemos vender estas compañías, mejorar nuestra base de crédito y reinvertir en el negocio medular".

Es la primera vez que veo a Granby bajo un ataque tan duro. Pero ese no es el caso. El caso es que este ataque a Granby me destruirá a mí. ¡Lo que Trumann está sugiriendo es vender todas mis compañías! ¿Qué puedo hacer al respecto?

Granby no lo dejará pasar. Toda su estrategia de largo plazo se basaba en la diversificación.

Pero a partir de este momento, las cosas se mueven a la velocidad de un tren *express*. Más consejeros apoyan la sugerencia de Trumann. Se propone la resolución, se secunda, y se aprueba; todo en menos de cinco minutos. Y Granby no dice ni pío. Hasta vota a favor. Debe tener algo en la manga. Estoy seguro.

"Antes de pasar al siguiente punto del orden del día", dice Granby, "debo comentarles que tenemos que planear cuidadosamente cómo vamos a invertir en el negocio medular".

"De acuerdo", dice Trumann. "Los planes de inversión que hemos visto hasta ahora son demasiado convencionales, y arriesgados".

Miro a Hilton Smyth. Ha dejado de sonreír. Es obvio que lo acaban de traicionar. El puesto de Director General está muy lejos de su bolsillo. Lo más probable es que nos toque un Director General caído del cielo en paracaídas. El que sea será mejor que Hilton.

2

Algún grupo de moda está dando un escandaloso concierto en mi casa. Subo derechito a la habitación de Dave. Está haciendo la tarea en su escritorio. No tiene caso ni saludar, no me va a oír. Cierro su puerta y el sonido baja cincuenta decibeles. Qué bueno que junto con su nuevo estéreo, Julie tuvo la sensatez para ponerle una puerta a prueba de ruidos en su cuarto. Sharon está en el teléfono, la saludo y bajo a la cocina. Desde que Julie abrió su oficina, todos nos hemos acostumbrado a cenar bastante tarde. Como consejera matrimonial, Julie dice que el mejor horario para trabajar es entre las 4 de la tarde y las 9 de la noche. Para sus clientes es lo mejor. En cuanto a nosotros, nos consolamos con la paella que prepara Julie, el estar en América no significa que no podamos adoptar algunas costumbres europeas.

—Estoy invitada a una fiesta muy especial el sábado en la noche.

—Maravilloso, —le contesto al tiempo que me sirvo lo último del plato de hígado de pollo. —¿Qué tiene de especial?

—Es una fiesta de los de tercero. Solamente cuatro de nosotras, que no estamos en tercero, hemos sido invitadas.

—Tan popular mi hija, —le guiño.

—Por qué no, —dice Sharon dando un giro.

Los muchachos sólo me dejaron un sandwich de queso crema con aceitunas. Me lo como de dos mordidas.

—Entonces, ¿me das permiso? —pregunta.

—No veo por qué no. —Me manda un beso soplado y sale flotando de la cocina.

—Espera un momento, —le llamo. —¿Hay alguna razón por la que no debería dejarte ir?

—En realidad no, —dice. —Después de todo, ya casi tengo catorce años.

—Sí, toda una dama. Si es que "casi" significa que faltan más de ocho meses. —Repentinamente me percato de lo que pasa: —¿A qué horas se supone que acaba esta fiesta?

7

—No lo sé, —dice tranquilamente. Demasiado tranquilamente.

—Supongo que tarde.

—¿Qué tan tarde, Sharon? —pregunto, al tiempo que abro el refrigerador buscando una cerveza.

—Pero, Papi, —su voz comienza a hacerse chillante, —no puedo dejar la fiesta antes de que termine.

Abro la lata de cerveza y me encamino a la sala. —¿Hasta qué horas, Sharon? —insisto.

—Papá, es una fiesta de tercero... —sigue sin responder a mi pregunta. —¿No lo entiendes?

—Sí entiendo, —digo, y enciendo el televisor. —Y quiero que estés de regreso en casa para las diez de la noche.

—¡Pero Debbie, Kim y Chris van a ir! —Comienzan a rodar las lágrimas. —¿Por qué yo me tengo que quedar en casa?

—No tienes que quedarte en casa. Sólo tienes que regresar antes de las diez de la noche. —Comienzo a cambiar los canales sin ton ni son.

—¿Qué te dijo tu mamá?

—Me dijo que te preguntara a ti, —solloza Sharon.

—Así que me preguntaste y te respondí. Así que se acabó, querida.

—¡Le dije que no ibas a entender!, —grita y sale llorando para su cuarto.

Yo sigo cambiando los canales. Faltan diez minutos para las seis. En un rato más Julie llamará con instrucciones para la cena. ¡Qué idea enviarme a Sharon para esto! Julie debió haber sabido que yo no le iba a permitir llegar tarde a la casa.

—Déjame verificar: A las 7:00 pongo el horno a calentar a 350 grados, y después de diez minutos meto la *lasaña*.

—Sí, cariño, —confirma Julie. —¿Está todo bien?

—No precisamente. Me temo que Sharon no va a querer cenar con nosotros esta noche.

—Oh, oh. Eso quiere decir que le negaste el permiso tajantemente.

—Tajantemente, —digo con firmeza. —¿Qué esperabas que hiciera?

—Esperaba que utilizaras la técnica de negociación que Jonah nos enseñó.

—No voy a negociar con mi hija, —digo irritado.

—Está bien, es tu opción, —dice Julie con toda calma. —Puedes dictar la respuesta, pero tienes que estar dispuesto a sufrir las consecuencias. Por lo menos hasta el sábado, no esperes ser popular con tu querida hija.

Cuando ve que no contesto, continúa, —Alex, ¿no quieres considerarlo de nuevo, por favor? Es un caso típico de negociación. Sólo usa la técnica, escribe la **nube**.

Enciendo la TV para ver las noticias. Nada nuevo. Negociaciones. Los Serbios y los Musulmanes; los Israelitas y los Arabes; otro secuestro. Adonde voltees hay negociaciones.

En el trabajo yo tuve muchas "oportunidades" de negociar con gente terca, grosera e ilógica. No fue divertido. Con razón me negaba a creerle a Jonah cuando decía que la culpa no era de las personalidades sino de la situación. Cuando lo que tú quieres y lo que quiere la otra persona parecen ser mutuamente excluyentes; y no hay arreglo intermedio aceptable.

Estuve de acuerdo en que dichas situaciones son difíciles, pero insistí en que el horrendo carácter de la otra persona tenía mucho que ver. Entonces Jonah sugirió que revisara si cuando empiezo a sentir que el otro es un obstinado ilógico, no está la otra persona empezando a tener la misma opinión de mí.

Lo verifiqué. Desde entonces, en todas mis negociaciones de trabajo, cuando la cosa se pone dura, uso esta técnica. Pero, ¿en casa?, ¿con Sharon?

Julie tiene razón. Sharon y yo estábamos negociando, y llegamos al punto en que cada uno pensaba que el otro estaba siendo ilógico. Si no quiero ver caras tristes, vale más que siga los lineamientos de Jonah. Casi puedo oír las palabras de Jonah: "Siempre que identifiques que estás en una situación de negociación que no tiene un arreglo intermedio aceptable, da el primer paso: detén de inmediato la conversación."

Sharon ya detuvo el diálogo (si es que podemos llamar diálogo a dos monólogos simultáneos).

Ahora estoy en el segundo paso, preparando un marco mental adecuado, reconociendo que a pesar de lo emotivo que parece, no es la otra parte a la que hay que culpar de la situación sino que ambos estamos atrapados en un conflicto que no tiene un arreglo amistoso. Esto no es fácil. Yo no fui el que creó el problema. Pero supongo que es ridículo culpar a Sharon por querer ir a la fiesta.

¿Tal vez podemos llegar a un justo medio? No tiene nada de sagrado el número diez, podría dejarla llegar a las diez y media. Pero eso no será suficiente para ella. Y la media noche es totalmente inaceptable para mí.

Vale más que pase al siguiente paso, escribir la **nube** con precisión. Me voy al estudio por las instrucciones detalladas de cómo se hace.

No las encuentro, pero realmente no importa, las recuerdo de memoria. Tomando una pluma y un papel, empiezo a reconstruir. La primera pregunta es: ¿Qué quiero yo? En la esquina superior derecha escribo: "A Sharon en casa antes de las 10 de la noche." Debajo de esto escribo la respuesta a la pregunta," ¿Qué quiere ella?", "Sharon en casa como a las doce de la noche". ¡Ni pensarlo!

Está bien, me calmo. De regreso a la técnica: Para satisfacer ¿qué necesidad, insisto yo en lo que quiero? "Para proteger la reputación de mi hija." Anda, Alex, me digo a mí mismo, ¿qué daño puede haber en dejarla ir a la fiesta de estos chicos? ¿Qué van a decir los vecinos? Probablemente nada, pero en todo caso, ¡¿qué importa?!

No puedo, de repente, permitirle a un hijo hacer lo que a otro no le permito. Quisiera poder utilizar esta excusa, pero con Dave, el problema nunca ha surgido. Apenas recién ha empezado a mostrar alguna tendencia por ir a fiestas, y aun ahora no llega mucho después de la media noche. ¡Chicas! Con los hombrecitos es mucho más fácil.

Así que ¿por qué tanta insistencia mía en las diez? ¿Por qué sé tan claramente lo que quiero, pero se me hace tan difícil verbalizar por qué lo quiero?

"Disciplina para los chicos," me pasa por la mente. Los chicos deben saber que hay límites, que no pueden hacer todo lo que les venga en gana todo el tiempo. Las reglas son las reglas.

Pero, espera un minuto, las reglas deben tener una razón, tienen que tener sentido. De lo contrario, no será disciplina lo que les enseñe a mis hijos, sino sólo les estaré tratando de demostrar quién es el que manda. Y este enfoque es peligroso, porque casi te garantiza que en cuanto puedan se marcharán de la casa.

Julie y yo tenemos cuidado de no instituir reglas tontas. Así que, ¿de dónde salió esta regla de las diez de la noche? ¿Sólo porque a su edad a mí no me dejaban estar fuera más allá de las nueve de la noche? ¿Inercia? ¿Extrapolando del pasado? No puede ser.

"Su seguridad." Eso es; es por eso que insisto en lo que yo quiero. Me siento aliviado.

En la parte superior de la página, al centro, escribo: "Asegurar el bienestar de Sharon." Ahora tengo que discurrir qué necesidad de ella la hace insistir en lo que ella quiere. ¿Cómo diablos lo voy a saber yo? ¿Quién puede entender a una adolescente de trece años? Pero, de hecho, lo sé. Ella lo ha gritado más de una vez. Quiere ser popular. Bueno. Lo anoto.

Ahora, la pregunta más difícil de todas. ¿Cuál es nuestro objetivo común? Francamente, con el humor en que ando, no creo que tengamos nada en común. ¡Adolescentes! Los queremos. Claro que los queremos, está en nuestros genes. Pero esto no quiere decir que nos tengan que caer bien. ¡Qué dolor de cabeza! Bueno, volvamos al grano. ¿Cuál es nuestro objetivo común? ¿Por qué nos molestamos en negociar? ¿Por qué nos interesamos en tratar de encontrar una resolución aceptable... que sea aceptable para ambas partes? Porque somos una familia, porque tenemos que seguir viviendo en la misma casa. A la izquierda anoté: "Vivir en armonía familiar."

Reviso lo que he escrito. Para poder vivir armoniosamente en familia debo asegurar el bienestar de Sharon. Sí, definitivamente. Por otro lado, para poder vivir armoniosamente en familia, Sharon tiene que ser popular. No veo exactamente por qué, pero como dije, tampoco pretendo entender la mente de una jovencita. Enseguida, el conflicto. Para poder asegurar el bienestar de Sharon, Sharon debe llegar a casa antes de las diez. Pero para que Sharon pueda ser popular, debe llegar a casa cerca de las doce. El conflicto es claro. Es tan claro que no es posible un arreglo a medias. Me preocupa su seguridad y, francamente, me importa un bledo si no es tan popular con esa bola de amistades ruidosas que tiene; en tanto que para ella es precisamente lo contrario.

Suspirando, toco en la puerta de Sharon. Esto no va a ser divertido. Me mira con los ojos enrojecidos por el llanto.

—Sharon, vamos a discutirlo.

—¿Qué hay que discutir? —comienza a llorar de nuevo. —Tú simplemente no entiendes.

—Entonces ayúdame a entender, —le digo sentándome en su cama. —Mira, tenemos un objetivo en común.

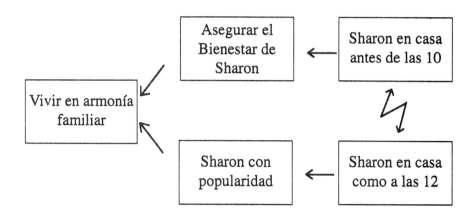

—¿Deveras?

—Por lo menos eso espero. ¿Qué te parece "vivir armoniosamente en familia"? Yo lo quiero y tú lo quieres, ¿no? —Ella no responde.

—Entiendo que para poder vivir armoniosamente en familia, debes ser popular con tus amistades.

—No, para nada. No es cuestión de popularidad. ¿No ves, papá, que tengo mis propios amigos? Yo no puedo ser la excepción. Ser popular es muy importante.

No veo cómo puede estar mal lo que yo escribí, pero recordando los lineamientos de Jonah, no alego. Simplemente tacho lo que yo había escrito y escribo:"Sharon aceptada por sus amigos."

—¿Es eso lo que quieres decir?

—Más o menos.

Creo que eso es lo mejor que puedo esperar en esta etapa. Continúo: "Para poder ser aceptada por tus amigos, entiendo que necesitas regresar de la fiesta alrededor de las doce de la noche."

—Debo regresar cuando se acabe la fiesta. No puedo salir de la fiesta antes de que se acabe. Sería como evidenciar que soy una chiquilla, que ellos no debieron invitarme a su fiesta, que no me deben prestar atención. ¿No lo ves, Papá?

—Entonces ¿qué debo escribir aquí? —pregunto.

—Creo que lo que escribiste está bien. La fiesta se acabará antes de las doce, así que, ¿cuál es el problema? Es hora de que aceptes que ya he crecido, papá.

—Sí, Sharon, me doy cuenta de ello. Pero para mí, para yo poder tener una vida familiar armoniosa, debo asegurar tu bienestar.

—Sí, Papito, —dice, —entiendo eso.

—Es por eso que te quiero en casa antes de las diez.

—Pero, ¿no te das cuenta....?

—Sí me doy cuenta, pero dejemos de alegar sobre las diez o las doce. Ese no es el verdadero problema. El verdadero problema es tu seguridad y tu necesidad de que te acepten tus amistades. Así que ¿por qué no examinamos los supuestos que nos conducen a creer que las diez de la noche es vital para tu bienestar y las doce vital para tu aceptación?

—No veo cómo el llegar tarde a la casa tenga nada que ver con mi bienestar, —comienza a discutir.

—¿No?

—No. Estoy segura de que uno de los muchachos nos traerá a la casa.

—¿Ah, sí? ¿Y desde cuándo manejan los chicos de tercero?

Eso la detiene por un momento y luego pregunta dudosa: —Papi, ¿tú nos podrías traer?

—¿Quiénes son estos chicos de tercero? —la empiezo a interrogar. Sólo cuando me me doy cuenta de que la fiesta será en la escuela secundaria de Dave, me tranquilizo. Es una buena escuela, con buenos chicos. Y no será problema para mí pasar a recogerla. Ya no veo el peligro para su bienestar.

—¿Entonces estás de acuerdo? Gracias, Papito, sabía que me entenderías. —Mi hija brinca de gusto, luego se me echa encima y por último da un brinco hacia el teléfono.

—Voy a llamar a Debbie. Ahora su papá la dejará ir también.

—Riéndome, bajo a la cocina a encender el horno.

Termino de contarle a Julie sobre la junta de consejo.

—No se ve muy bien, —dice.

—No, —coincido. —Estoy atrapado en una verdadera **nube**. Mi objetivo es conservar mi empleo. Para eso debo acatar la resolución del Consejo, lo que significa que tengo que colaborar con la venta de mis empresas.

—Pero por otro lado, —continúa Julie donde yo me quedé, —para poder conservar tu empleo, el empleo debe estar ahí, lo que significa que debes hacer todo lo necesario para evitar la venta de tus compañías.

—Exacto.

—Y ¿qué vas a hacer?

—No lo sé todavía. Probablemente seguir con la corriente por un rato, por lo menos hasta que la situación se aclare un poco más, —digo con poca convicción.

3

"Es una mala idea", trato de gritarle a Don. Supongo, leyendo sus labios, que dice, "¿Qué?"

Es inútil. Estas enormes prensas son peores que el estéreo de Dave. Monstruosas, casi aterradoras... y la velocidad a la que pasa serpenteando el papel que imprimen es perturbadora. Si la observas por más de un minuto o dos te dan náuseas. Por lo menos, a mí sí. Además, una vez que has visto una de ellas, las has visto todas, a menos de que seas un loco impresor obsesionado.

Agarro a Don con una mano, a Pete con la otra y me encamino a la salida más cercana. Aquí afuera, donde se pueden oír los gritos, le explico a Pete que cuando dije que quería ver sus operaciones, no me refería a sus amadas máquinas. A mí siempre me parecerán iguales.

—Entonces, ¿qué era lo que querías ver?

—Tu almacén de producto terminado, por ejemplo.

—Pero no hay nada que ver ahí, —me dice. —¿No has leído ninguno de mis reportes?

—Eso es exactamente lo que quiero ver con mis propios ojos, —replico.

El almacén es como tres veces el tamaño del resto del complejo y tiene el doble de altura. La primera vez que estuve por aquí, una semana después de haber sido nombrado Vicepresidente Ejecutivo del grupo de empresas diversas o grupo diversificado, estaba atascado con toda clase de impresos. La primera cosa que hice fue cancelar su solicitud para la adquisición de otro almacén. Luego me dediqué al laborioso pero agradable proceso de enseñarle a Pete y sus gerentes cómo manejar una compañía sin la devastadora muleta de los cerros de inventario.

—¿Qué planeas hacer con este espacio? —le pregunto a Pete. —¿Organizar bailes? ¿Fabricar aviones?

—Supongo que venderlo, —dice riéndose. Yo no contesto.

—¿Cómo andas en puntualidad de entregas? —pregunta Don.

—Alrededor del 90 por ciento, —contesta con orgullo.

—Y ¿cómo andaba ese porcentaje antes de que vaciaras este almacén?

—No preguntes. Tú sabes, Alex, que andaba en un punto tal que hasta que no sucedió realmente, nadie te creyó que reduciendo el inventario de producto terminado, podríamos surtir más pedidos a tiempo. Eso fue un poco difícil de tragar, pero déjame llevarte adonde ocurrió realmente el cambio: la sala de preparación.

No, no es sólo una sala, es casi un piso entero. Está tranquilo. Es aquí donde realmente se hace el trabajo, donde se convierten los deseos del cliente en "originales". De aquí, una vez que el cliente ha quedado satisfecho, el original va a las prensas para producirse en masa. A primera vista no veo nada diferente, pero luego me percato de que ya no existen el nerviosismo, las carreras o las expresiones de tensión en los rostros de las personas.

—No hay sentido de urgencia, —le digo a Pete.

—Sí, —se sonríe. —Nada de sentido de urgencia, y sin embargo, ahora estamos produciendo los diseños nuevos en menos de una semana. Compáralo con las cuatro semanas y pico que eran nuestra norma aceptada antes.

—Esto debe tener también un impacto en la calidad, —dice Don.

—Sin duda, —asiente Pete, —la calidad, junto con el tiempo de entrega son nuestras cartas más fuertes de hoy.

—Impresionante, —digo yo. —Regresemos a tu oficina y hablemos de números.

La imprenta de Pete es la más pequeña de las compañías que tengo en mi grupo, pero rápidamente se está convirtiendo en una belleza. La enorme inversión que hice en esta compañía —no en dinero sino en tiempo— para enseñarle a Pete y a su gente, definitivamente ha redituado. En un año habrán pasado de ser una casa impresora mediocre a una de las mejores. Y, en ciertos aspectos, sí son la mejor. Pero los números no se ven tan bien. La empresa es rentable, pero apenas.

—Pete, —pregunto, aunque ya sé la respuesta, —¿por qué no puedes traducir sus habilidades superiores, su alto desempeño en lo referente a las entregas a tiempo, su respuesta tan rápida y su calidad, en precios más elevados?

—Sí, ¿no te parece curioso? —dice llanamente. —Todos los clientes desean tiempos de entrega más breves y un mejor desempeño. Pero cuando eso les entregas, no están dispuestos a pagar un precio más elevado por ello. Es como si consideraran esta mejora en el desempeño como el boleto de entrada para hacer negocios. Si no lo tienes, batallas para conseguir quién haga negocio contigo, y si lo tienes, de todos modos no puedes cobrar precios más caros.

—¿Acaso te presionan para que bajes los precios? —pregunta Don.

Pete lo mira. —Sí, definitivamente. La presión es inmensa, y me temo que algunos de mis competidores comenzarán a ceder a esta presión, lo cual nos forzará a reducir los precios también. De hecho, ya ha comenzado. Para conseguir el contrato de las cajitas de cereal, tuvimos que reducir nuestro precio un tres por ciento. Te envié un *memorándum* al respecto.

—Sí, me acuerdo, —confirmo. —Así que, ¿cuál va a ser el impacto sobre el pronóstico para este año?

—Ya lo tomamos en cuenta como factor, —replica Pete. —Pero enfrentémoslo, esta reducción de precios que anticipamos ha cancelado casi todo el impacto de nuestro incremento en ventas. Este año vamos a crecer en participación de mercado, pero no en utilidades.

—Eso es un problema, —le digo a Pete. —Un verdadero problema. ¿Qué puedes hacer para incrementar las utilidades sustancialmente?

—Hasta donde yo puedo ver, sólo hay un modo. Mira el desglose de los números. Nuestro negocio de cajas va muy bien. El problema son las envolturas para dulces. El año pasado las ventas del departamento de envolturas fueron de 20 millones de dólares contra un total de 60 millones de dólares. Pero estos 20 millones de dólares ocasionaron pérdidas por 4 millones de dólares. Tenemos que dejar de sangrar en esa parte del negocio. Redujo nuestra utilidad global a tan sólo novecientos mil dólares.

—¿Cómo sugieres que se haga? —pregunto.

—Tenemos que conseguir ventas de alto volumen. En este momento casi todas nuestras ventas de envolturas son a clientes chicos, es decir a fabricantes de dulces que se venden en pocas cantidades. No logramos conseguir una tajada de los dulces realmente populares, los que se venden por millones de millones. ¡Ahí es donde está el dinero!

—¿Qué necesitas para poder llevarte estos pedidos?

—Muy sencillo, —responde, —maquinaria más avanzada. Y me entrega un grueso reporte. —Lo hemos estudiado a fondo, y tenemos una recomendación final.

Hojeo el material hasta llegar a la cifra final, y leo 7.4 millones de dólares. Debe estar loco. Sin cambiar de expresión le digo: —Pete, no pidas inversiones.

—Alex, no podemos competir con nuestra maquinaria vieja.

—¿Vieja? ¡No tiene ni cinco años!

—La tecnología se mueve mucho más rápido que antes. Hace cinco años eran tecnología de punta. Pero ahora tengo que competir contra compañías que, en su mayoría, tienen la nueva generación. No es en base a *offset*, sino a rotograbado. Esas máquinas tienen una mejor resolución en los colores oscuros, pueden imprimir en dorado y plateado, lo cual yo no puedo hacer, pueden imprimir en plástico, y yo sólo puedo imprimir en papel. Pero sobre todo, son más anchas. La anchura sola les da tres veces más producción por hora. Esta diferencia en velocidad de producción les da una enorme ventaja cuando se trata de grandes volúmenes.

Lo miro. Tiene un punto válido. Pero no importa, no en vista de la resolución del Consejo. Decido soltarle la información de golpe. En todo caso, voy a tener que dársela a todos mis presidentes.

—Pete, en la última junta de Consejo la estrategia de UniCo dio un giro de 180 grados.

—¿Qué quieres decir? —pregunta.

—Que el Consejo decidió, —digo lentamente, —cambiar de diversificación para concentrarnos en el negocio medular.

—¿Y?

No lo ha entendido. Voy a tener que decírselo con todas sus letras.

—Así que no están dispuestos a invertir ni un centavo más en nuestro lado del negocio. De hecho, han decidido vender todas las empresas de nuestro grupo.

—¿Incluyéndome a mí? —pregunta.

—Sí, incluyéndote a ti. —Se pone lívido.

—Alex, esto es un desastre.

—Cálmate. No es un desastre. Total, trabajas para otro conglomerado. ¿Cuál es la diferencia?

—Alex, ¿de qué estás hablando? ¿No conoces el negocio de las imprentas? ¿Tú crees que cualquier otra compañía me va a permitir operar en la forma en que tú nos has enseñado? ¿Tú crees que van a permitir que los recursos que no sean cuellos de botella puedan estar ociosos de cuando en cuando? ¿Que nos van a permitir no acumular inventario de producto terminado? En todas las demás imprentas que conozco domina la mentalidad de costos; nos vamos a ver obligados a dar marcha atrás en todo lo que hemos hecho. ¿Sabes cuáles serán los resultados entonces?

De hecho, lo sé. Lo sé de sobra, lo he visto en otros lugares. Una cosa es entregar a tiempo en sólo el setenta por ciento de los casos; los clientes están acostumbrados y se protegen de acuerdo con eso. Pero si los echas a perder entregándoles constantemente en el noventa y tantos por ciento y luego bajas tu desempeño y pescas a tu cliente con la guardia baja, cuando no esté protegido por un suculento inventario de materia prima, no te lo perdonará nunca. Degradar el desempeño casi siempre se traduce en clientes perdidos. Esto causará más despidos, un peor desempeño y la compañía irá para abajo en una espiral vertiginosa. No, no estamos hablando aquí de encontrar otro empleo para mí. Estamos hablando de la vida de mis compañías. Estamos hablando de casi dos mil empleos.

Nos quedamos sentados en silencio por un rato. Luego me repongo y digo: —Pete, ¿qué puedes hacer para mejorar las utilidades este año? ¿Sustancialmente?

Pete no responde.

—¿Y bien? —presiono.

—No lo sé, —dice. —Realmente no lo sé.

—Pete, seamos realistas. Nuestras oportunidades de lograr que el Consejo dé marcha atrás en su resolución es como la oportunidad que tiene un copo de nieve de no derretirse en el infierno.

—¿Y Granby? —pregunta.

—Sí, Granby podría hacer algo al respecto. Pero no podemos contar con que lo hará. Pete, la única salida que nos queda es incrementar las utilidades de tu compañía para que cuando la vendan, sea tal mina de oro que el nuevo dueño no se meta con tus operaciones.

—Seguramente... —murmura, pero el color empieza a regresar a su rostro.

—Una cosa sí está clara, —dice Don, —Pete debe detener la hemorragia del departamento de envolturas.

—Ajá, —concuerda Pete. —Pero si no estás dispuesto a darme el dinero, la única forma en que podré hacerlo será cerrando el departamento entero.

Lo mismo pasa en todos lados, es simplemente cuestión de escala. En el corporativo estamos hablando de cerrar plantas y a nivel de las compañías estamos hablando de cerrar departamentos. Debe de haber una mejor manera.

—No, no bastará con eso, —dice Pete. —Mejorará las utilidades, pero no convertirá a la compañía en mina de oro. Simplemente reducirá sus posibilidades. No le veo salida.

Yo no sé qué decir. Yo no le veo salida tampoco, pero le digo a Pete: —¿Te acuerdas de lo que te enseñé? Siempre hay una salida. En el transcurso del año tú y tu gente lo han demostrado una y otra vez.

—Sí, —dice Pete, —pero en cosas técnicas, en cosas de logística... no en un problema así.

—Pete, piénsalo. Usa las técnicas de Jonah. Ya te vendrá a la mente algo. —Ojalá me sintiera yo tan seguro como sueno.

—Hasta ahora, no me había percatado de lo devastador de la decisión del Consejo, —dice Don una vez que estamos de regreso en el automóvil. —Ese es el peligro de usar el sentido común, cuando la industria entera está usando la tontería común. Las cosas cambian allá en las alturas y tú te ves obligado a retroceder.

No respondo. Me concentro en encontrar el camino de regreso a la autopista. Una vez que llegamos a ella, digo: —Don, tú sabes que no es sólo problema de Pete, también es problema nuestro, ¿verdad? Si malbaratan la compañía de Pete, a nosotros nos ponen "tacha". ¿Ves?, por eso no podemos dejar que cierre el departamento de envolturas.

Después de un rato Don dice, —No veo la relación.

—Don, en nuestros libros, estas gigantescas prensas se deprecian en el transcurso de diez años. Si cerramos el departamento, el valor de las prensas baja a su valor de rescate que es prácticamente cero. Con eso se degrada todavía más la base de activos de la empresa.

—Lo cual quiere decir que el precio que nos darían sería todavía más bajo.

—Sí, ya lo veo. —Don abre su portafolios, saca una libreta y comienza a escribir. "El objetivo es...vender la compañía de Pete a buen precio."

No estoy de acuerdo con el objetivo, pero prefiero no comentar.

—Uno de los requisitos es "Incrementar las utilidades". Lo que significa que tenemos que "Cerrar el departamento de envolturas". Otro requisito es "Proteger la base de activos", lo que se traduce en "Mantener el departamento de envolturas en operación". ¡Qué conflicto! —Me asomo a ver lo que ha escrito:

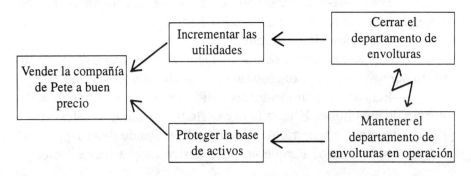

Es un buen punto de partida.

—*Okey*, Don. Plantea los supuestos, y cuestiónalos.

—Para poder conseguir un buen precio tenemos que mejorar las utilidades, ¿por qué?

—Porque las utilidades de una empresa determinan su valor, —saco a la superficie un supuesto.

—Sí, —dice Don. —No veo cómo cuestionar eso, especialmente en el caso de Pete. No tiene una nueva tecnología prometedora, ni una patente nueva que pudiera hacer que las utilidades actuales fueran relevantes.

—Continúa, —digo.

—Para poder obtener un buen precio no debemos erosionar la base de activos porque... De nuevo, porque el valor de los activos determina el precio de venta de la compañía. No veo cómo nos podría ayudar el lado izquierdo de la **nube**.

Como yo no digo nada, continúa.

—Para poder incrementar las utilidades debemos cerrar el departamento de envolturas porque... el departamento está perdiendo dinero.

—¡Tengo una **inyección**! —exclama. —¡Convirtamos al departamento de envolturas en una mina de oro!

—Ja, Ja, no estoy de humor para bromas.

—Escuchen, —dice Don, —para no erosionar la base de activos de la compañía debemos mantener al departamento en operación porque... el valor en libros del equipo es superior al valor de venta del equipo.

—Por más que intento, no veo forma de cuestionar eso.

—Una última flecha, —continúa. —Cerrar el departamento de envolturas es mutuamente excluyente con mantener el departamento en operación, porque... no podemos vender el departamento de envolturas solo. Espera, Alex, ¿será posible que podamos?

—Por supuesto que podemos. Consígueme un comprador de esos, porque también le tengo dos puentes de Brooklyn.

—Estoy atorado, —admite.

—Revisa las flechas de nuevo. Generalmente hay más de un supuesto por cada flecha. Concéntrate en la flecha que más te moleste.

—Para poder incrementar las utilidades debemos cerrar el departamento de envolturas. Esta es la que definitivamente me molesta más. ¿Por qué tenemos que cerrarlo? Porque está perdiendo dinero. ¿Por qué está perdiendo dinero? Porque no podemos conseguir los negocios de gran volumen. Espera un momento, Alex. Si en los volúmenes grandes Pete no puede competir contra las máquinas rápidas, ¿por qué sí puede competir por las cantidades pequeñas? Algo no tiene sentido.

—No es que no tenga sentido. —respondo. —Debe de haber algo de lo que no tengamos noticias. ¿Por qué no le llamas a Pete para averiguar?

Don hace la llamada. Después de algunos, "ajás" y "ya veos", corta.

—El misterio se resuelve, —dice. —Las prensas de *offset* de Pete sí tienen una ventaja: necesitan un tiempo de preparación mucho menor. Esto le permite competir por las cantidades pequeñas, pero en las cantidades grandes, esta ventaja es cancelada por la velocidad de las prensas de la competencia.

Viajamos el resto del camino en silencio. No veo cómo romper la **nube** de Pete. De hecho, sí lo veo. Hay otra forma de incrementar las utilidades de la compañía de Pete. Podemos volver a redactar el pronóstico, haciendo caso omiso de nuestro temor de que los precios van a reducirse. Esto probablemente doblaría las utilidades. ¡Qué asco! De ninguna manera voy yo a usar esos trucos sucios.

No veo cómo romper la **nube** de Pete. No veo cómo romper mi propia **nube**. Sólo veo una cosa: la necesidad de romperlas. Pero, ¿cómo?

4

—¿Puedes subir un momento? —pregunta Granby.

—Sí, por supuesto, —respondo, y salgo corriendo para su oficina. Por fin lograré averiguar qué es lo que planea hacer con respecto a la resolución del Consejo. Sabía yo que aún no se decía la última palabra; sabía que no se iba a quedar quieto y dejar que lo golpearan.

—Hola, Alex, —se pone de pie detrás de su escritorio y me hace una seña apuntando hacia el otro extremo de la oficina. Mejor aún, pienso para mis adentros, no va a ser una discusión formal. Me arrellano en uno de los mullidos sillones.

—¿Quieres café, té? —pregunta.

—Café, gracias, —respondo, garantizando que la discusión durará más de cinco minutos.

—Bien, Alex, tengo que felicitarte por lo que has hecho con tu grupo. Nunca pensé que pudieran superarse las pérdidas tan enormes que teníamos en tan sólo un año. Pero, de hecho, no debería de estar sorprendido. Hiciste un milagro como gerente de planta y como director divisional has hecho un milagro aún más grande.

Sí, pienso para mis adentros, hice milagros, pero Hilton Smyth, que no hizo ninguno, que sólo jaló algunas palancas, se convirtió en Vicepresidente Ejecutivo dos años antes que yo. A Granby le digo, "Para eso estamos".

—Dime, Alex, ¿qué podemos esperar de ti este año? ¿Con qué milagrosa mejora nos vas a sorprender esta vez?

—Tengo algunos planes, —digo. —Bob está trabajando en un sistema de distribución muy interesante que, de tener éxito, verdaderamente cambiará las cosas.

—Bien, muy bien, —dice, —así que cuál es tu pronóstico real para las utilidades. Dime.

—Aquí te tengo que decepcionar. De hecho, dudo que este año logremos siquiera cumplir el pronóstico.

—¿Qué? —pregunta, pero no parece sorprendido.

—La presión del mercado por reducir los precios es inmensa. Nunca había visto algo igual. Sí, lo tomamos en cuenta cuando hicimos el pronóstico, pero parece que la realidad va a ser peor todavía. La competencia está tan feroz que necesitamos correr a toda velocidad simplemente para mantenernos en el mismo sitio.

Si no fuera por el café que la secretaria de Granby está sirviendo ahora, estoy seguro de que ahí acabaría la discusión. Espero a que se marche la secretaria y luego digo:

—¿Puedo preguntarle cuáles son sus planes con relación a la resolución del Consejo?

—¿Qué quieres decir?

—¿No va a hacer nada sobre la venta de las compañías que usted mismo compró?

—Alex, —dice, —a mí sólo me queda un año para jubilarme. Si me hubieras dado municiones, tal vez podría haber hecho algo, pero por lo visto, no tengo más alternativa que colaborar.

A pesar de todo el acondicionamiento mental que he tratado de ejercer, sigo estando profundamente sorprendido. ¡El "as" que Granby tenía en la manga era yo! ¿Qué no hay nada que se pueda hacer para detener tan devastadora decisión? Entre la bruma escucho a Granby decir:

—Trumann y Doughty decidieron supervisar directamente la venta de las compañías. —Al ver mi expresión, continúa: —Sí, Alex, todavía tengo suficiente influencia para luchar contra eso. Lo podría posponer por un año. Pero ¿qué importaría? Ellos lo habrían hecho al año siguiente, pero sin mi presencia, y yo sería el blanco de todo su lodazal. No, vale más que le dé prisa al mal paso ahora. ¡Pero qué mal paso! ¡Ojalá que no tropiece!

—Así que, ¿qué debo hacer? —pregunto. —¿Actúo como si nada?

—Para tus compañías no ha pasado nada. Para ti representa mucho trabajo. Trumann y Doughty ya han concertado una serie de reuniones en Europa para fines de mes. Tú vas a tener que acompañarlos.

—¿Por qué Europa?

—La mitad del dinero para inversiones viene de ahí. Además, siempre es bueno saber lo que ofrece el mercado internacional antes de comenzar a negociar localmente. —Se pone de pie. —Es una pena que no hayas tenido otra sorpresa, pero lo entiendo. El mercado se ha vuelto cada vez más caótico. Menos mal que ya me voy a jubilar. No creo que tenga ya lo que se necesita para hacer frente a tal mercado.

Al encaminarme hacia la puerta agrega, —A ninguno de los dos nos gusta la idea de vender el grupo de empresas diversas. Ahora saldrán todas las víboras de sus escondrijos. Espero que cuando se acaben las ventas me quede algo de reputación positiva. —Lo dejo y me dirijo directamente a la oficina de Bill Peach. Tengo que conocer la historia completa.

Bill me saluda con una sonrisa de oreja a oreja. —¿Te fijaste en la maniobra que se quiso aventar nuestro amigo Hilton? Pero esta vez ¡le salió el tiro por la culata al desgraciado!

Bill tiene sus propias razones para aborrecer a Hilton Smyth. No hace mucho Hilton le reportaba a él, pero ahora están al mismo nivel. El es un Vicepresidente Ejecutivo a cargo de un grupo tan grande como el de Bill.

—Sí, me fijé, —le digo. —Pero ¿qué esperabas de él?

—Es listo, muy listo. Granby ya no es tan buen caballo, así que trató de cambiar, trató de caer en el puesto de Director General. A mí se me debió haber ocurrido esa maniobra, —dice, con un poco de admiración.

—Bueno, pues esta vez está tratando de jugar contra los tiburones de Wall Street, —agrego yo. —Ni siquiera está en su liga.

—Definitivamente no está en su liga. —Bill se ríe. —Jugaron con él como si hubiera sido de trapo, y una vez que lograron la resolución que querían, inmediatamente le dieron la espalda y lo volvieron a poner en su lugar, lanzándole todos sus planes de inversión a la cara. ¡Me encantó!

—Nunca pensé que Hilton fuera un candidato real a convertirse en el siguiente Director General, —digo. —Tú eres superior y tienes un mejor historial.

Me da una palmada en la espalda, —Buena parte de mi historial te lo debo a ti, Alex. Pero no, no me engaño. No soy del tipo para Director General. Y después de la junta, no tengo ni la más remota posibilidad.

—¿Qué quieres decir? —pregunto confundido.

—Tú sabes, la decisión de vender tus empresas. Yo estuve muy involucrado en su compra, buena parte de la culpa me la echarán a mí. Por lo menos lo suficiente para que no sea nominado.

Ahora estoy totalmente anonadado. —¿Por qué son tal veneno político mis compañías? Han dejado de ser barriles sin fondo. El año pasado hasta produjeron algo de dinero.

—Alex, —dice Bill sonriendo, —¿has checado cuánto pagamos por estas compañías?

—No, —acepto. —pero ¿cuánto pudimos haber pagado por ellas?

—Una verdadera fortuna. Granby traía tal cuerda para diversificar... y acuérdate de que las compramos en el 89 cuando todo mundo esperaba que el mercado repuntara... y tú sabes lo que pasó. En lugar de repuntar el mercado se fue en picada. Estimo que pagamos por lo menos el doble de lo que esperamos obtener por ellas ahora. Alex, todos los que estuvimos involucrados en estas compras vamos a salir chamuscados.

—Espera un momento, Bill, —digo. —Mientras no vendamos las compañías, aparecen en nuestros libros a su valor de compra. Pero en el momento que las vendamos, tendremos que cancelar la diferencia entera. Tal vez Trumann y Doughty no le han puesto atención a este detalle...

—No te engañes, —dice radiante. —Ellos le ponen atención a cualquier número que tenga el signo de dólares antes. Saben exactamente lo que están haciendo. Van a "aguantar vara" este año, mejorarán la posición de liquidez de la empresa, y luego el año que entra, cuando traigan a algún personaje brillante conocido como nuevo Director General, las acciones van a repuntar.

Tengo que pensarlo, pero una cosa no logro entender. —¿Por qué estás tú tan contento con esto? —pregunto en voz alta.

—Porque ahora puedo descansar. —Mirando mi expresión confundida, continúa. —Alex, todo este tiempo he sabido que yo no iba a ser el siguiente Director General, pero tenía pavor de que Hilton llegara a serlo. Si hay alguien para quien definitivamente no me gustaría trabajar, ese es Hilton. Cualquier externo es mejor. Ahora, debido a su última maniobra, ha perdido el apoyo de Granby y definitivamente no se ganó el de Trumann o Doughty. Está perdido.

En cuanto regreso a mi oficina, le pido a Don que me consiga la información sobre las compras de nuestras compañías. Ambos la analizamos. La situación es mucho peor de lo que había dicho Bill.

De acuerdo con lo que estimamos, la compañía de Pete podrá venderse por un máximo de 20 millones. Y la compramos en $51.4 millones. La compañía de Stacey, nuestra división de vapor a presión, puede venderse por un tope de $30 millones. Pagamos casi $80 millones por ella. Pero la peor de todas es la compañía de Bob Donovan, *Cosméticos I*. Tomando en cuenta que aun ahora todavía opera con números ligeramente rojos, y siendo optimistas con relación al valor de sus activos, no creo que la podamos vender por más de $30 millones. Nosotros pagamos por ella $124 millones. Sí, $124 millones.

Ahora entiendo por qué Granby quiere que se vendan mientras él está aún en control. El inició y autorizó personalmente las compras. Casi $255 millones. Sin mencionar los otros $30 millones y pico que desde entonces les hemos metido. Por todas estas inversiones hemos acumulado, desde las compras, un total en pérdidas adicionales de $86 millones. Y ahora, por todo este dinero, lo más que nos van a regresar son unos $80 millones. ¡El colmo de las malas decisiones!

—Mira, Don, —le digo, —eso es lo que sucede cuando interpretas mal las tendencias del mercado.

—¡Y yo que pensaba que las grandes apuestas se jugaban en Las Vegas o en Wall Street! —dice con sorpresa.

—Sí, pero dejemos eso a un lado. —Le hablo de mi próximo viaje a Europa.

—¿Debo programar una reunión de información con los presidentes de todas las compañías? —pregunta.

—Buena idea, pero haz las reuniones en forma escalonada. Quiero dedicarle a cada una medio día. Ahora, vamos a ver qué papeles necesito para el viaje.

Nos tardamos casi dos horas en armar la larga lista de papeles que Don tendrá que prepararme. En esta ocasión, no voy a viajar ligero, en ningún sentido.

5

—En dos semanas, —digo de la manera más informal que puedo, —me voy a Europa.

—¡Fabuloso! —dice Sharon brincando en su silla. —¿Me vas a traer playeras del "Hard Rock Café"?

—¿Por cuánto tiempo? —pregunta Julie. —No se ve muy contenta.

—Como una semana, —respondo. —Tengo que reunirme con unos posibles compradores de las compañías.

—Ya veo, —dice Julie, poniendo más cara de disgusto.

—Papi, ¿y mis camisetas?

—Sharon, decídete, ¿playeras o camisetas? —pregunto, sólo para escuchar una larga disertación sobre la diferencia entre los dos tipos de prenda. Cuando yo era chico lo que atesorábamos eran las tarjetas de béisbol. Ahora son camisetas de colores. Supongo que cada generación de chicos siempre le encuentra fascinación especial a algo qué coleccionar. La única diferencia es el precio. Las camisetas son carísimas. Le prometo a Sharon que haré lo que pueda, dependiendo, por supuesto, de las restricciones que me imponga mi itinerario de trabajo.

—¿Y tú? —le pregunto a Dave. —¿Qué quieres que te traiga?

—No necesito que me traigas nada, —dice sonriendo. —Yo quiero algo que ya tienes. ¿Me prestas tu carro mientras estás fuera?

Debí suponerlo. Dave está enamorado de mi carro. Cualquier ocasión es buen pretexto para pedírmelo, así que cedo un poco. —¿Una semana entera? ¡De ninguna manera!

—Yo le pongo gasolina, —agrega rápidamente.

—Gracias, muchas gracias.

—Y la revisión de los 15,000 kilómetros que ya le toca. Yo me encargo de eso también.

No son argumentos muy convincentes. Desde que sacó su licencia para conducir hace como un año, los autos se le han convertido en obsesión. Yo creo que pasa más tiempo armando y desarmando su carcacha que estudiando.

Para no arruinar la cena, digo, "Déjame pensarlo." El deja de insistir. Es un buen chico Dave. El resto de la cena lo pasamos hablando de los sitios que voy a visitar: Frankfurt y Londres. Julie y yo estuvimos ahí una vez, antes de que nacieran los chicos, y ellos, particularmente Sharon, se interesan en oír nuestras reminiscencias románticas.

No hay nada que ver. Me doy por vencido y apago el televisor.

—¿Qué quieres hacer ahora? —le pregunto a Julie.

—¿Por qué no trabajamos en tu compromiso? —responde.

—¿Qué compromiso? —le digo.

—El compromiso que acabas de adquirir con Dave. Le dijiste "Déjame pensarlo", ¿no?

—Buena idea.

Puedo contar con Julie para que convierta cualquier problema potencial en una situación de **ganar-ganar**. A lo que se refiere es al hecho de que cada vez que le decimos a alguien "Déjame pensarlo", en realidad nos estamos comprometiendo. Nos estamos comprometiendo a tomar el tiempo necesario para pensarlo, sea lo que sea ese "LO" del "Déjame pensarLO". Aunque la mayoría de nosotros tomamos nuestros compromisos en serio, con este tipo de compromisos generalmente no sucede así.

Miremos por ejemplo la actitud de un jovencito cuando le contestamos esto. Generalmente, hace caso omiso y continúa presionando para obtener una resolución. ¿Impaciencia pura de su parte? No, experiencia. Sabe que la mayoría de los adultos no lo van a pensar.

A pesar del hecho de que la mayoría de nosotros tomamos nuestros compromisos muy en serio, y a pesar de la experiencia que tenemos de que la persona que está pidiendo algo o tuvo una idea, siempre regresa a exigir una respuesta, no es extraño que nos encontremos en la embarazosa situación de que no le hemos dedicado nada de tiempo a "pensarlo", y cuando la persona nos lo reprocha, entonces disparamos sin desenfundar. Una cosa que he aprendido es que no soy John Wayne. Siempre que trato de disparar sin desenfundar me doy un tiro al pie.

No es sólo que es difícil verbalizar claramente lo que sentimos, sino que le tememos a la reacción. Es desagradable criticar la idea de alguien más. Sabemos muy bien que si criticamos la idea del inventor, la reacción generalmente es un contraataque y resentimiento. Si hay algo que irrita más a la gente que la crítica, es la crítica constructiva.

Jonah nos enseñó cómo convertir estas delicadas situaciones difíciles en otras de **ganar-ganar**. Se necesita trabajar un poco y es necesario reexaminar las cosas, pero definitivamente reditúa. A decir verdad, aunque funciona de maravilla, el esfuerzo que requiere me hace tener un poco más de cuidado al usar la frase "déjame pensarlo". Aunque por lo visto, no tengo tanto cuidado como quizá debiera.

—Muy bien, vamos a comenzar siguiendo las reglas al pie de la letra, —digo. —¿Cuáles son las cosas positivas acerca de lo que me está pidiendo Dave: que le deje el carro mientras estoy fuera? Me atoro. No le veo nada positivo. Maneja bien y considerando su edad, es bastante responsable. ¿Pero mi "Beamer" nuevo? Escribo desesperadamente, "la revisión de los 15,000 se hará a tiempo".

—¿No se te ocurre nada más convincente? —pregunta Julie divertida.

—Francamente, no, —me río. —Pero debe haber algo más, porque si no de plano le hubiera dicho que no. —Ella, haciendo eco de mis pensamientos dice, —¿Por qué no le dijiste que no en el momento?.

—Porque le tuve miedo a su reacción. Se hubiera sentido, y habría pensado que lo estaba tratando como si fuera un chiquillo.

—Sí, —replica Julie. —A su edad es muy importante sentir que su padre confía en él.

—No sé si confío tanto en él, —digo. No obstante, escribo: "Fortalecer la confianza entre padre e hijo".

—¿Qué más?

—Con eso basta, —digo. —Esa es una razón suficientemente buena. Ahora vámonos a lo fácil. Las cosas negativas. Tengo millones de ellas.

Julie se sonríe. —Sabes lo que sucede generalmente, Alex. Antes de escribirlas parece como que son infinitas las razones, pero cuando las anotamos, resulta que son relativamente pocas, y lo que es más embarazoso, la mayoría de ellas son excusas que dan lástima.

—*Okey*, —le digo a Julie, —vamos a ver si es cierto en este caso. Yo creo que no.

—Comienza a escribir.

Sin titubeos, anoto las primeras dos razones que me vienen a la mente. Una, "Alto riesgo de daños a mi carro." Dos, "Alto riesgo de que Dave se lesione en un accidente."

—Espera un momento, —dice Julie. —Creí que habías dicho que Dave manejaba bien. Le prestas tu carro de cuando en cuando.

Además, si estás tan preocupado por incrementar el daño potencial a tu juguete más preciado, ¿por qué lo llevas al centro de la ciudad?

Lo pienso por un segundo. Y ¿qué de la alternativa de estacionarlo en el aeropuerto? —Tienes razón, —coincido, y tacho el primer punto. Miro la segunda razón. La velocidad es menos causa de accidentes que las fallas mecánicas. Por eso los Alemanes no le ponen límites de velocidad a sus carreteras.

—Creo que Dave estará más seguro en mi carro que en su chatarra ambulante, —admito, y tacho la segunda razón también.

Julie me sonríe. —Sí, eso sucede. Cuando verbalizas y examinas cada punto negativo, con frecuencia resulta que son sólo prejuicios sin fundamento.

No lo acepto. No quiero prestarle mi carro a Dave. No quiero compartirlo con nadie. Es mío. —Bueno, bueno, aquí hay una real, —digo. "Dave se acostumbrará a usar mi carro". —No, eso no es tan fuerte. Lo tacho y anoto mejor, "Dave siente que tiene derecho a usar mi carro."

—Sí, los chicos se acostumbran a las cosas muy rápidamente, —confirma Julie. —Lo va a traer una semana y a partir de entonces vas a tener socio del carro.

—Eso es un punto negativo muy grande, —digo.

—Y hay otro, —agrega Julie. —¿Sabes de su sueño de ir manejando hasta México? Sus vacaciones de primavera son precisamente la semana en que tú estarás en Europa.

—¡Llevarse mi carro a México! —Pongo "el grito en el cielo". —¡Y luego se va a quedar atorado allá y yo tendré que ir a rescatarlo! —Comienzo a imaginarme el horrible escenario.

—¿Cómo vas a escribir eso? —pregunta Julie.

—Tener que dejar mis negocios en Europa para venir a rescatar a Dave.

—¿No estarás exagerando?

—Julie, si —Dios no lo quiera —lo detiene la policía en un pueblo de México, o si necesita la firma de sus padres por cualquier razón —recuerda que sigue siendo un menor de edad —¿irías tú para allá?

—Preferiría no tener que hacerlo.

México, Dios mío. ¡Qué pensamiento! —¿Qué más?

—¿Por qué no anotas a lo que se reduciría todo? —sugiere Julie.

—Un deterioro en la relación entre tú y Dave.

Examino la lista de nuevo. Es muy corta, pero con eso basta. Ahora comienza lo más divertido, demostrar herméticamente con causas y efectos cómo prestarle el carro a Dave de hecho conducirá a todo lo negativo que hemos predicho. Nos divertimos construyendo **"la rama negativa"**, como la llama Jonah. Y nos divertimos aún más al escribirlo todo de nuevo, para que sea menos insultante y más convincente cuando se lo muestre a Dave. Una noche encantadora.

Estoy listo para Dave.

¡Cómo me gustaría que fuera así de fácil resolver mis problemas en el trabajo!

6

—¿Qué tenemos en la agenda? —le pregunto a Don.

—Tienes una reunión con Bob a las 8:30 y a las12:00 con Stacey. Ambos te están esperando.

—¿Ambos? —pregunto. —Olvídalo, diles que pasen.

Bob y Stacey son buenos amigos. Trabajaban conmigo cuando era gerente de planta. Bob era el gerente de producción y Stacey gerente de materiales. Juntos aprendimos cómo darle un giro a una planta; juntos aprendimos de Jonah cómo administrar una compañía. Ellos fueron mis brazos derechos cuando fui gerente de división.

Así que cuando me hice cargo del grupo de empresas diversas y vi el estado lastimero en que estaba, insistí en que Bob fuera nombrado director de nuestra compañía de cosméticos y Stacey directora de la división de vapor a presión. Ambos son personas muy capaces y muy completas. Son un poco mayores que yo pero eso jamás ha perturbado nuestra relación.

Bob deja que Stacey se le adelante, y se asoma por detrás de ella.
—¡Hola, Alex! ¿Listo para tu viaje a Europa?

—No, todavía no, pero con su ayuda lo estaré, —les digo regresándoles la sonrisa.

—Tú nada más dinos qué necesitas y nosotros te lo entregamos, —dice Stacey.

Es bueno estar entre amigos, gente en la que puedes confiar. Entre broma y broma le digo: —Lo que realmente necesito es un verdadero milagro.

—No hay problema, —dice Bob riéndose, —nuestro apodo es "milagros". —Y a Stacey: —Te dije que él encontraría una forma de darle la vuelta.

—Yo no lo dudé ni por un instante, —dice ella. —*Okey*, Alex, cuéntanos.

—¿Cuéntanos qué?

—Tu plan, —dicen ambos a coro. Y Stacey agrega: —¿Cómo vamos a convencer al Consejo de que no venda nuestras empresas? Don se niega a darnos siquiera una pista.

Los miro. Tienen demasiada confianza en mí. Más que demasiada. Sin saber qué decir, les pregunto: —¿Por qué les preocupa tanto?

—¿Qué no es obvio? —sonrie Stacey. —Somos gente conservadora, no nos gustan los cambios.

—Sí, —se mete Bob. —Y además, ¿dónde vamos a encontrar un jefe como tú? Alguien tan "tonto" que nos deje hacer lo que queramos.

—Gracias, Bob. Pero, en serio, ¿por qué están preocupados? Ustedes son excelentes administradores, conocen las técnicas de Jonah al revés y al derecho. ¿Creen ustedes que van a batallar para convencer al jefe que sea, de que los deje en paz y que les permita manejar sus compañías a su modo?

—¿Se trata de una clase de prueba? —dice Stacey sin inflexiones.

—Cálmate, Stacey, —dice Bob. —¿No te das cuenta de lo que Alex está haciendo? Alex está decepcionado y con razón. Esperaba que nosotros encontráramos la respuesta por nuestra propia cuenta, que discurriéramos su plan. —Y volviéndose hacia mí, continúa: —Así que ahora nos vas a hacer una serie de preguntas muy precisas hasta que nosotros, los "tontines", lo asimilemos por cuenta propia. ¡No hay problema!

Don se inclina hacia adelante. Me ha importunado pidiéndome mi plan más de una vez, y se niega a creer que no tengo uno.

—¿Puedes repetir la pregunta? —dice Stacey, sonriendo.

Esta situación se está tornando cada vez más embarazosa, y me siento atrapado. —¿Qué es tan único de trabajar para UniCo? —pregunto. —Si UniCo decide venderlos a otro conglomerado, ¿a ustedes qué les importa?

Eso los detiene por un momento. —De hecho, —responde Stacey titubeando, —con tal de que sigas siendo nuestro jefe, no nos importa mucho.

—Déjate de lisonjas, —le digo, —habla en serio.

—No, estoy hablando en serio. Mira, tú conoces nuestra situación. Tú sabes que estas compañías las recibimos hace apenas un año, y las condiciones en que estaban. Pero con alguien que no lo sepa, y a quien no le importe, y además, no entienda nuestro modo de hacer las cosas, ¿crees que tengamos oportunidad?

Bob continúa con la misma tónica. —Ellos sólo van a ver los estados financieros y notarán que mi empresa todavía está perdiendo dinero, y que la de Stacey apenas "si la está haciendo". Tú sabes lo que sucederá luego. Caerá el hacha y empezarán a recortar gastos. Nos empezarán a obligar a entrar al mundo de los costos. Renunciaremos y nuestras empresas serán destruídas.

Don asiente. ¿Qué es lo que quieren de mí todos ellos? ¿Qué creen que soy? ¿Por qué tienen tanta confianza en que tengo las respuestas sólo por ser el jefe?

—Si nuestras empresas fueran muy rentables, —agrega Stacey, —entonces "otro gallo nos cantaría", nos dejarían en paz. Nadie está peleado con su dinero. Pero, como dijo Bob, todavía no somos una mina de oro; por lo menos aún no.

Tiene razón. "Si fuéramos mucho más rentables..." —repito sus palabras como eco.

—¡Así que esa es tu solución! —dice Stacey sorprendida.

—Realmente estás pidiendo milagros.

—¿Cuánto tiempo tenemos? —pregunta Bob.

—¿Cuánto tiempo tenemos hasta qué? —reviro.

—Hasta el cambio de propietario, hasta que nos vendan, hasta que le tengamos que reportar a otro dueño.

—Más de tres meses, —le digo.

Stacey se ríe socarronamente. —*Deja vu*. Eso ya lo hemos vivido.

—Sí, pero esta vez estamos mejor. Ahora tenemos más tiempo, más de tres meses, —agrega Bob con sarcasmo.

Se refieren a la vez en que trabajamos juntos en *Bearington*, una planta que parecía barril sin fondo. Nos habían dado exactamente tres meses para darle un giro completo, o si no... Fue entonces cuando conocimos a Jonah, y comenzamos a aprender sus procesos de pensamiento. Fue ahí donde hicimos lo imposible; de hecho le dimos la vuelta entera en tres meses.

—¿Podemos hacerlo? —pregunta Don dubitativamente.

Yo no lo creo, pero si Bob y Stacey están dispuestos a aceptar el reto, yo le entro con todo. En todo caso, no nos queda otra opción.

—Don, no has trabajado con Alex suficiente tiempo, —le dice Stacey ligeramente, y luego voltea a verme. —Muy bien, Jefe. ¿Cuál es el primer paso? ¿Quieres un reporte de dónde estamos en este momento?

—Definitivamente, —digo, y miro a Bob. —Adelante, te cedo la palabra.

—¿Te acuerdas de los **árboles de lógica** que construimos sobre cómo manejar la distribución? Bueno, pues los hemos implementado. Sorprendentemente, no hemos encontrado problemas serios. Se ha establecido el inventario central y hemos empezado a reacomodar los inventarios regionales. Hasta ahora, va muy bien.

—Bien, —digo, —muy bien. Así que han enderezado a Producción y a Distribución, ¿Qué sigue?

—Ingeniería, —responde con confianza Bob, —pero me temo que se llevará más de tres meses. Mucho más.

—¿Ventas no? —pregunta Don, sonando sorprendido.

—Según mi análisis, no, —dice Bob.

—¿Por qué? —pregunta Bob. —¿No es el mercado su restricción? Yo pensé que sus mejoras habían revelado suficiente capacidad como para doblar la producción. ¿No es su problema cómo venderla?

—Don, tienes razón —intervengo, —el problema de Bob es cómo incrementar las ventas, la restricción está en el mercado. Pero el hecho de que la restricción esté en el mercado no significa que el problema medular esté en ventas. La principal razón que está impidiendo que tengamos más ventas puede estar en cualquier parte de la empresa.

—Sí, exacto, —concuerda Bob. —Y precisamente por eso yo creo que debemos seguir ahora con ingeniería.

Volviéndose hacia mí continúa: —Verás, en nuestro negocio —los cosméticos— si quieres incrementar las ventas, y de hecho, si quieres tan sólo proteger tus ventas, debes sacar nuevas líneas de producto. En el pasado, una buena línea de producto era suficiente para sostener a la compañía por cuatro o cinco años. Pero ya no sucede así. Se ha convertido en una verdadera carrera de locos. Estimo que tendremos que sacar una nueva línea de productos cada año.

—¿A ese grado? —pregunto.

—Eso es si somos optimistas; probablemente empeoren las cosas. De todos modos, tenemos enormes problemas para sacar los productos con suficiente rapidez. La investigación es muy lenta y muy poco confiable. Encima de eso, aun cuando dicen que un producto está completo, lo empezamos a lanzar en producción, y resulta que lo que Ingeniería llamó "completo" no significa lo mismo para producción. Empezamos a producir un producto nuevo y surgen miles de problemas inmediatamente. En la actualidad, Ingeniería dedica más tiempo en el piso de producción que en sus laboratorios. ¿Te imaginas cómo esto provoca algunas sorpresas desagradables a la hora de llegar al mercado? Tenemos enormes problemas para sincronizar la publicidad de las líneas nuevas con lo que las tiendas ofrecen en realidad.

—¿Entonces, por qué te ocupaste de Distribución? —pregunta Stacey.

Se vuelve hacia ella. —Stacey, cuando tu "tubería" de producto terminado tiene más de tres meses de inventarios, no tomando en cuenta lo que las tiendas tienen, ¿sabes lo que significa lanzar un producto que va a sustituir a otro? ¿Entiendes la magnitud de las cancelaciones?

—Me lo imagino, —responde. —Todo el inventario del producto sustituido que hay en la "tubería" se vuelve obsoleto. Has de tener un pro-blema enorme para decidir cuándo, o incluso si debes lanzar un nuevo producto. Gracias a Dios que yo no tengo esta caótica situación qué manejar. Mis productos son relativamente estables.

—Eso es lo que yo decía también, —dice Bob riéndose. —Me debió haber tocado la división de vapor a presión, va más de la mano con mi carácter.

No nada más con su carácter. De hecho, Bob parece una locomotora de vapor.

—Así que, Stacey, ¿quieres cambiar?

—Bob, tengo mis propios problemas. No lo ofrezcas tan a la ligera, porque te podría tomar la palabra. —Todos nos reímos.

—Quisiera oír más sobre tu sistema de distribución, —dice Stacey, y cuando yo asiento, continúa: —Por una parte has incrementado los inventarios centrales, pero por otro lado has hecho todo esto para reducir el inventario de la "tubería". Quiero entenderlo un poco mejor.

—No hay problema, —dice Bob. —Estamos suministrando una gama como de seiscientos cincuenta diferentes productos a miles de tiendas de todo el país. En el pasado, llevábamos como tres meses de inventario, y nunca era suficiente. Cuando una tienda pedía (y recuerden que no piden un solo artículo sino toda la gama completa de artículos de un solo golpe) generalmente teníamos agotado algún artículo. Sólo en el treinta por ciento de los casos podíamos embarcar un pedido completo. Ya te imaginarás cuánto costaba embarcar los productos faltantes después.

—Con el nuevo sistema, ahora podemos responderle a una tienda en un día, y con pedidos completos más del noventa por ciento del tiempo. Los inventarios están desplomándose rápidamente; esperamos estabilizarnos más o menos a las seis semanas de existencias.

—¿Cómo lograron ese milagro? —dice Stacey con sorpresa.

—Muy sencillo, —responde Donovan, —antes llevábamos todo el inventario en nuestras bodegas regionales.

—¿Por qué? —interrumpo yo.

—El mismo viejo síndrome de tratar de optimizar lo local, —responde Bob.

—Las plantas eran consideradas y tratadas como centros de utilidades. Desde el punto de vista de un gerente de planta, una vez que embarcaba el inventario, abandonaba su jurisdicción y se convertía en el dolor de cabeza de alguien más, del área de distribución.

—Apuesto que los indicadores formales reflejaban esto, —dice Don.

—¿Que si lo reflejaban? ¡Lo embellecían! —exclama Bob. —En el momento en que un producto salía de la planta, en los libros de la planta se registraba como venta. ¿Te imaginas? Al momento en que la planta terminaba de producir un producto, ese mismo día se embarcaba a una de las bodegas regionales.

—Sí, naturalmente, —asiente Bob. —Así que, ¿qué están haciendo de manera diferente?

—Ahora las existencias se conservan en las plantas mismas. En las bodegas regionales planeamos tener sólo lo que hemos pronosticado vender en los siguientes veinte días. Con eso basta porque ahora reabastecemos las existencias de cada bodega regional cada tres días.

—No lo entiendo, para nada, —admite Stacey. —Pero primero, ¿cómo conducen esos cambios a un mejor surtido de los pedidos con menos existencias? No le veo la relación.

—Es sencillo, —interrumpo, —es cuestión de estadística. Nuestro conocimiento de lo que vende una tienda cada día es muy burdo. Un día pueden vender diez unidades de algo y al día siguiente cero. Nuestro pronóstico se basa en los promedios.

—Eso está claro, —dice Stacey.

—Ahora, ¿cuál pronóstico será más acertado? —pregunto. —¿El pronóstico de las ventas de una gran tienda, o el pronóstico consolidado de cien tiendas?

—El pronóstico consolidado,—responde ella.

—Tienes razón, por supuesto. Mientras más grande sea el número, más preciso será el pronóstico consolidado. La regla matemática es que al ir consolidando más y más tiendas la exactitud del pronóstico mejora en proporción directa a la raíz cuadrada del número de tiendas que hayamos consolidado. Mira, cuando Bob cambió la mayoría de su inventario de 25 regiones a las plantas mismas, su pronóstico multiplicó su exactitud por cinco.

—Alex, tú y tu estadística, —interrumpe Bob. —Nunca la he entendido. Déjame explicarlo a mi manera. Stacey, cuando envías producto a una bodega regional y tienes, en promedio, tres meses de inventario en el sistema, este inventario se va a vender, en promedio, a los tres meses de que lo haya enviado la planta, ¿correcto?

—Siempre y cuando hayas producido el producto correcto en primer lugar, de lo contrario podrá empeorar mucho la situación, —agrega convencida. —Ya veo. Mientras las plantas pudieron embarcar inmediatamente todo lo que producían, sus embarques a las bodegas se basaron en el pronóstico de lo que se vendería en esa región a los tres meses. Conociendo la precisión de esos pronósticos, especialmente cuando se está trabajando con más de seiscientos productos distintos, ya me imagino lo que estaba pasando.

—No se te olvide, —agrega Bob, —que encima de los seiscientos diferentes artículos, tengo además veinticinco bodegas regionales, todo lo cual se suma considerablemente a la falta de concordancia.

Todos asentimos y Bob resume: —Cuando una bodega regional quiere surtir un pedido, siempre le faltan artículos. Al mismo tiempo, estos artículos existen en nuestros inventarios. Tenemos muchos, pero en otras bodegas. Ahora comienza la locura. El gerente de la bodega presiona a las plantas para que le entreguen de inmediato, y si no lo puede conseguir, comienza a recurrir a las otras bodegas. No creerás la cantidad de embarques cruzados entre bodegas. Es espantoso.

—Lo puedo creer fácilmente, —dice Stacey. —¿Qué más se podría esperar cuando las plantas envían sus bienes con tres meses de adelanto al consumo? Deben de terminar con demasiado de un producto en un lugar y nada del mismo en otro lugar. Así que ya veo lo que han hecho. Eliminaron las consideraciones locales y decidieron conservar las existencias en el origen, es decir en la planta.

—Donde la consolidación es mayor, —agrego, —donde el pronóstico es mucho más exacto.

—Pero de todos modos necesitas a las bodegas regionales, —dice Stacey, cavilando.

—Sí, —contesta Bob, —puesto que deseamos responder rápidamente a los pedidos de las tiendas y reducir los costos de embarque. De lo contrario tendríamos que enviarle cada pedido a cada tienda directamente desde la planta. ¡A "Federal Express", le encantaría!

—Ya veo, —dice ella. —Así que, ¿cómo determinaron cuánto inventario necesitan tener en cada bodega regional?

—Ajá. Esa era la pregunta de los sesenta y cuatro mil, —exclama Bob, brillando. —De hecho, es bastante sencillo. Simplemente extrapolé lo que habíamos aprendido acerca de cómo se amortigua una restricción física. Stacey tú has de ser tan paranóica como yo en lo que se refiere a crear amortiguadores de inventario frente a un cuello de botella.

—Sí, claro, —dice Stacey.

—¿Cómo decides el tamaño del amortiguador de un cuello de botella?

—Eso lo resolvimos juntos en la planta de *Bearington*, —dice sonriendo. —El tamaño del amortiguador lo determinan dos factores: el consumo esperado del mismo y el tiempo esperado de reposición.

—Exacto, —dice Bob, —y eso es precisamente lo que hice con mi sistema de distribución. Trato a las bodegas regionales como amortiguadores de la restricción física real, más las tiendas, los consumidores. El tamaño de cada inventario regional se determina, como tú dijiste, de acuerdo con el consumo de él (es decir, en base a lo que consumen las tiendas a quienes sirve), y el tiempo de reposición del mismo; que en este caso es de más o menos una y media veces el tiempo de embarque más largo de la planta, o el intervalo entre embarques. Mira, yo uso en distribución las reglas que desarrollamos en producción. Por supuesto, con sus debidos ajustes.

—Continúa, —lo insta.

—Puesto que embarco cada tres días, y para la mayoría de las regiones el tiempo de transporte es de unos 4 días, tengo que llevar suficiente inventario en la bodega como para cubrir las ventas reales de la semana siguiente. Teniendo en cuenta que yo realmente no sé que se va a vender exactamente en los próximos 4 días, que el consumo de las tiendas fluctúa por todos lados, tengo que tener precaución. Recuerda, el daño de no tener existencias es mayor que el daño de estar sobreinventariado. Así que decidimos tener en cada bodega regional el equivalente a veinte días de ventas promedio de la región.

—Entiendo que tienes que ser un poco paranoico, pero me parece que inflar una semana a tres semanas no es paranoia, eso más bien colinda con la histeria, —digo yo.

—Ya me conoces, —dice Bob riéndose. —Nadie me ha acusado todavía de ser un histérico.

—¿Por qué tanto? ¿Por qué veinte días?

—Debido a la forma en que están pidiendo las tiendas, a granel, —responde. —Yo creo que se acostumbraron a hacerlo porque, en el pasado, nosotros y nuestros competidores éramos muy poco confiables. Para garantizar que no se les escaparan demasiadas ventas durante las épocas de carestía, no se atrevían a llevar en inventarios sólo lo que necesitaban para el futuro de muy corto plazo. Gracias a Dios que en cada región también hay tantas tiendas que el consumo semanal no es del todo errático, de lo contrario veinte días no serían suficiente.

—Si las tiendas ordenaran de acuerdo con lo que vendieron realmente, si tan sólo se resurtieran, —dice Stacey, cavilando, —entonces tu vida sería mucho más fácil. ¿Has hecho algo para convencerlos de que cambien?

—Por supuesto, —responde Bob. —Nuestros gerentes de distribución les enviaron una carta, diciéndoles que estábamos dispuestos a resurtirlos incluso diario, pero la mayoría no está aprovechando este servicio. Supongo que todo cambio es lento, especialmente cuando estamos tratando de cambiar los hábitos de compra que han existido desde hace décadas.

—Entonces, ¿cómo sabes si veinte días van a ser suficientes? —pregunta Stacey.

—Esta cifra no la baso en mi experiencia, sino en mis cálculos, —admite Bob. —De acuerdo con los patrones de los pedidos actuales de las tiendas, con veinte días tendremos suficiente para garantizar más del noventa por ciento de respuesta inmediata. Ahorita estamos en la transición. Ya resurtimos las existencias regionales dos veces por semana, pero todavía no hemos drenado los cerros de inventario que aún tenemos aquí. Como resultado de esto, el desempeño actual es demasiado bueno, podemos surtir de inmediato más del noventa por ciento de los pedidos. No hay necesidad de dar una respuesta tan excepcional. Si en el noventa por ciento de los casos se surte el pedido completo en su totalidad, sabemos que en el diez por ciento restante de los casos las tiendas esperarán una semana para recibir los saldos que les faltan. Esto es el paraíso en comparación con lo que nosotros y nuestros competidores habíamos hecho hasta ahora. De hecho, para no echarlos a perder demasiado, deliberadamente hemos deteriorado nuestro desempeño para sólo dar el noventa por ciento. —Sí, —dice confiadamente, —podemos reducir las existencias a un máximo de veinte días. Pero en todo caso lo sabremos con certeza en otros cuatro o cinco meses.

—¿Cuánto tienes ahora en tus bodegas regionales? —pregunta Don.

—Ya han bajado las existencias a cuarenta días y continúan reduciéndose rápidamente. Por supuesto, conforme pase el tiempo esta rápida mengua se desacelerará. Recuerden que estábamos tan fuera de control que en algunas de nuestras bodegas, para algunos productos, teníamos más de nueve meses de inventario.

—No está mal, —concluyo, —no está nada mal. Así que incrementaron sus entregas a tiempo de un treinta por ciento a los noventa por cientos, al tiempo que redujeron los inventarios de noventa a cuarenta días, y todavía van de carrera. ¡Qué bien!

—Cuarenta días es lo que tiene actualmente en las bodegas regionales, —me recuerda Stacey. —Para garantizar que el tiempo de resurtido a las bodegas regionales sólo dependa del transporte y no de la disponibilidad, Bob también deberá tener productos terminados adicionales en las plantas, sus "existencias centrales", como él las llama.

—Sí, claro, —se ríe Bob. —Ojalá que mi inventario total de producto terminado hubiera sido de sólo veinte días. En cuanto a las existencias de la planta, hago lo mismo. El tiempo de resurtido en este caso lo determina la habilidad de la planta para producir su gama completa; las mejoras que hicimos el año pasado redujeron este tiempo de forma considerable. Tengo aproximadamente veinte días de inventario de producto terminado en las plantas. Con eso es suficiente.

—Ya veo, —dice Stacey, resumiendo. —Antes, estabas embarcando los productos en el momento en que se producían, apoyándote en un pronóstico que vivía tres meses en el futuro. Con razón acababas con productos equivocados en el lugar equivocado. Ahora le embarcas a una región específica sólo cuando las tiendas han realmente consumido el producto. ¡Qué listo! Tengo que pensarlo un poco más, —dice ella tratando de digerirlo. —¿Puedo ver los **árboles de lógica** en detalle?

—No hay problema, —dice Bob radiante, —con mucho gusto te los muestro.

Don pone cara de confusión. No creo que lo haya entendido todo. El no revisó los **árboles de lógica** con Bob y no es ningún experto en logística como Stacey.

—¿Tienes alguna pregunta, Don? —le pregunto yo.

—Muchas. Pero lo que me da una curiosidad especial es saber qué pasó con los costos de transporte.

—Ahora estamos reabasteciendo las existencias regionales en forma constante, —explica Bob pacientemente, —esto nos permite embarcar sólo camiones completamente cargados. Es más, ya nunca tenemos que enviar por aire pequeñas cantidades a alguna bodega regional y las bodegas no tienen que estar enviándose embarques mutuamente. Con razón bajaron los costos de transporte.

—Esto estuvo "bastante grueso", —digo yo, —¿qué tal si nos vamos a comer? Stacey, después de la comida hablamos de tu empresa, ¿de acuerdo?

—¡Seguro, Jefe!

7

Yo no voy a comer con ellos. Necesito este tiempo para pensar. Bob ya ha reducido sus inventarios por treinta días y va a seguir reduciéndolos. Operativamente tiene mucho sentido, pero hay un problema. Un enorme problema. Reducir los inventarios de producto terminado tiene un efecto de corto plazo negativo en la utilidad neta. Los inventarios los llevamos en libros a su valor de costo; me refiero al costo como lo calcula la contabilidad de costos. Esto quiere decir que el inventario de producto terminado no se registra como materia prima sino como materia prima más el valor agregado, es decir, la mano de obra y los indirectos. Durante el período que reduzcamos el inventario de producto terminado, el valor agregado de la porción que hayamos reducido se refleja en resultados como una pérdida.

Trato de calcular los números para el caso de Bob. Va a reducir sus inventarios a unos cincuenta días de ventas. Su compañía está vendiendo actualmente como unos $180 millones al año. Así que cincuenta días representan unos $25 millones. En los libros no voy a ver una reducción de inventarios por $25 millones, puesto que en los libros llevamos el producto terminado al valor de costo en lugar de al valor de venta. Voy a ver una reducción de inventarios de unos $17 millones. ¿Y el impacto en las utilidades? Para eso tengo que restar de este número el dinero que pagamos por la materia prima, digamos unos $7 millones. ¡Dios mío! Sus pérdidas van a incrementarse como en unos $10 millones.

Trato de no sentir pánico. Por supuesto se trata de dinero "de mentiras", distorsiones de la contabilidad de costos... y ¡sí!, posteriormente se compensará con creces con dinero "de verdad", con los ahorros reales de una menor obsolescencia en nuestros productos y también, espero, por un incremento en ventas. Pero ¿cómo le voy a explicar esto a un prospecto de comprador? Aun cuando lo entendiera perfectamente, actuaría como si no lo entendiera. Esto le daría una carta que jugar para reducir el precio de la compañía.

¿Hay algo positivo en todo esto? La obsolescencia se reducirá. Debido a la reducción de inventarios, la introducción de nuevos productos no nos obligará a cancelar contablemente las existencias de los productos anteriores. ¿Cuánto es? Reviso el presupuesto de Bob. Presupuestó $18 millones para obsolescencia de productos terminados. ¿Habrá tomado en cuenta el nuevo entorno, de cuando se reduzcan los inventarios? Busco su desempeño del año pasado. No, ¡gracias a Dios! El año pasado esta partida fue de $18 millones, simplemente la copió de un año al siguiente. Si los inventarios se reducen en un 50% aproximadamente, la obsolescencia se reducirá aún más. Especialmente cuando es mucho más fácil controlar la entrada de productos nuevos y la mitad de las existencias se tienen en un solo sitio en lugar de regadas por todo el país.

Está bien, ¿qué significa todo esto? Bob va a llevar la ventaja de la cantidad que no tendrá que cancelar contablemente, como un millón de dólares al mes. Digamos $12 millones al año. Mientras más logre posponer la venta, mejor estaremos. Si la pudiera posponer hasta fines del año... pero ¡eso es imposible!

¿Cuándo es más probable que los examinadores de los compradores comiencen a revisarnos con lupa? Aun cuando me pare de cabeza y recurra a todos los trucos del mundo que se me ocurran para demorarlos, esto sucederá en dos o tres meses. ¡Me lleva! ¡Precisamente en el peor momento! Justo cuando los inventarios se hayan recortados al máximo, pero cuando el impacto de una menor obsolescencia esté apenas en su infancia.

¿Qué diablos voy a hacer? Una cosa es tratar de vender una empresa que está saliendo casi tablas. Pero es un cuento totalmente distinto tratar de vender una compañía que está perdiendo $10 millones de dólares con ventas por $180 millones. ¿Decirle a Bob que se regrese al viejo sistema de distribución? ¡De ninguna manera! Además, de nada serviría.

Bob y Stacey tienen toda la razón, si no encontramos una forma de hacer que las empresas sean sumamente rentables antes de cambiar de manos, todos estaremos perdidos. Yo, ellos y las compañías. Todo se irá al diablo.

Debemos encontrar la forma de incrementar las ventas de inmediato. Es la única salida. Y no podemos hacerlo del modo correcto. Pete no puede tener las prensas más avanzadas que necesita desesperadamente. Bob no puede darse el tiempo para sistemáticamente mejorar su departamento de Ingeniería. Debemos movernos muchísimo más rápido. ¡Demonios con estos tiburones de Wall Street por presionarnos en forma tan devastadora! ¡¿Por qué no nos dejan en paz?!

Regresan de la comida.

—Alex, —comienza Don, —durante la comida hablamos del impacto que el nuevo sistema de distribución de Don va a tener en sus resultados netos.

—Bastante devastador, —digo yo con toda naturalidad.

—Así que tú lo notaste también, —dice Don, un tanto decepcionado.

—¿Qué esperaban? ¿Que no lo notara? —Bob les pregunta y se dirige a mí, —¿qué debo hacer? ¿ignorarlo o inflar mis existencias centrales? Sabes bien que con mi exceso de capacidad puedo fácilmente lograrlo. Lo pienso por un momento. Inflar las existencias centrales, no como las existencias regionales, no causará daño alguno a la habilidad de Bob para responder rápidamente a las necesidades de las tiendas. La introducción de nuevos productos se va a ver afectada pero no mucho. Por otro lado, así no sufrirá los efectos negativos surgidos de la distorsión en la forma en que actualmente se evalúan los inventarios en nuestros libros. La tentación es enorme.

—No, Bob. No lo hagas, —decido.

—Ya me imaginaba que así responderías. Nunca te gusta tomar la salida fácil, jugar a los números. Pero de todos modos pensé que debía preguntarte.

—Gracias. *Okey*, Stacey, —digo yo, —te toca.

—Sorprendentemente, al ver la panorámica general, no es muy diferente, —comienza. —Yo también he revelado una gran cantidad de capacidad excesiva durante el año, nos está saliendo capacidad hasta por las orejas; tenemos más capacidad que Bob. Nuestro problema, como era de esperarse, son las ventas.

—Como tú sabes, —continúa, —nosotros no le vendemos a tiendas, le vendemos a industrias que necesitan vapor a presión. Hay cada vez más y más mejoras en nuestro campo, y algunos productos nuevos, pero nada parecido a lo que Bob tiene. Algunos de nuestros diseños tienen más de diez años. El problema es que la competencia está tan dura que, con frecuencia, nada más para penetrar, tenemos que vender el equipo inicial a nuestro costo de materia prima. Ganamos nuestro dinero cada vez más en base a las adiciones y refacciones. Siguen siendo bastante lucrativas.

—¿Es adecuado tu suministro de refacciones? —pregunta Don.

—No, —admite Stacey, —para nada. Oh, tenemos cerros de refacciones, por todos lados... pero con demasiada frecuencia no es la parte correcta ni está en el sitio adecuado, y por eso los clientes nos ponen "como campeones".

—¿Te podría servir de algo el sistema de distribución de Bob a ti también?

—Podría. Por eso le pedí los árboles de lógica de su sistema. Tendríamos que hacer muchos ajustes, ya que nuestra situación es bastante diferente. Responder el noventa por ciento de las veces no es suficiente para nosotros. Verán, cuando un cliente nuestro necesita una refacción nuestra y nosotros no podemos entregársela de inmediato, le generamos tiempos muertos en alguna de sus operaciones. Necesito mejorar mi respuesta de como la tengo en este momento, del noventa y cinco por ciento, al cien por ciento.

Es claro que podemos hacer mejor las cosas. Tenemos que reexaminar los niveles de inventario que tenemos en nuestras existencias regionales. Yo creo que siguiendo los conceptos de Bob podríamos mejorarlo bastante. —Y volviéndose a mí, agrega, —Alex, un mejor servicio en refacciones no me va a resolver el problema de ventas. Lo que yo necesito es una idea verdaderamente radical y de avanzada.

—Dijiste que los precios de las refacciones las hacen bastante lucrativas, —comienza a decir Don con un titubeo.

—Sí, sí lo dije, —confirma Stacey. Cuando se percata de que Don no se atreve a continuar, lo alienta. —Anda, habla. Muchas veces un externo puede tener una idea que a nosotros, por estar tan embebidos en el modo de hacer las cosas siempre, no se nos ocurre, porque estamos cegados.

—Probablemente no es nada, —continúa él, —pero yo creía que ustedes vendían el equipo básico a sólo el costo de la materia prima, para poder meter el pie en la puerta.

—Eso también es correcto.

—¿Significa que la compañía que le venda el equipo básico a un cliente tiene, para todo efecto práctico, un monopolio sobre la venta de las refacciones que necesitará ese cliente? —Don suena mucho más seguro ahora.

—Tienes toda la razón, —dice Stacey. —Cada compañía tiene sus diseños únicos. Le vendes el sistema básico y el cliente está obligado a comprarte las adiciones y refacciones a ti.

—Bueno, ¿puedes conseguir echarle mano a los diseños de tu competencia? Supongo que técnicamente los puedes producir. Las diferencias entre los suyos y los tuyos no pueden ser tan grandes.

—Así que eso es lo que quieres decir, —Stacey suena decepcionada. —A tu pregunta, Don, no sólo podemos conseguir sus diseños, ya lo hicimos. Y, sí, sí podemos técnica y legalmente producir sus refacciones. Así que, ¿qué estás sugiriendo?

—Que le ofrezcas a sus clientes las refacciones que necesitan, —dice él con menos seguridad. —Pero es obvio que tú ya pensaste eso. ¿Por qué no funciona?

—Muy sencillo Don, —responde ella. —¿Por qué querría comprarnos a nosotros un cliente? Por ofrecerlo a un precio ligeramente menor.

—Sí, sí, ya veo, —interrumpe, —y luego tus competidores te hacen a ti lo mismo, y el resultado sería una guerra de precios.

—Y si hay algo que debamos evitar a toda costa, —dice Stacey concluyendo, —es una guerra de precios.

—Perdón, fue una idea tonta.

—No tan tonta, —le dice Stacey sonriendo. —Si logramos implementar con éxito el equivalente al sistema de distribución de Bob, y tenemos el tiempo para ganarnos una reputación sobresaliente en lo referente a suministro de refacciones, tu idea podría funcionar. El problema es que crear ese tipo de reputación lleva años, y lo que tenemos son meses.

—Compañeros, —digo lentamente, —necesitamos ideas de mercadeo. Algo que nos haga diferentes, que haga que nuestras ofertas sean mucho más atractivas que las de nuestros competidores; algo que podamos implementar rápido.

—Sí, —confirma Stacey, —pero no podemos arriesgarnos a hacerlo reduciendo los precios.

—Lo que significa, —agrego, —que esas ideas sólo deben de aprovechar los productos que ya hacemos. Tal vez con algunos cambios, pero nada mayor.

—Correcto, —interviene Bob, —necesitamos ideas de verdadera avanzada.

—Sí, —y agrego para mis adentros, —tres de ellas, una para cada compañía.

8

Estamos a punto de terminar de cenar cuando sucede lo inevitable.

—¿Qué "onda" con lo del carro, Papá? —pregunta Dave.

No está mal, el chico tiene paciencia. Estaba esperando que me atacara al momento de llegar a la casa. Julie probablemente le aconsejó que se esperara hasta que hubiera yo descansado y comido. De alguna manera me siendo provocado. —¿Qué "onda" de qué? —replico.

—Que si lo puedo usar mientras tú te la pasas "a todo dar" en Europa...

—¿"A todo dar"? —digo.

—Perdón, no "a todo dar", trabajando duro. ¿Puedo usar tu carro mientras tú estás fuera?

No me gusta su tono de voz. No está pidiendo. Está prácticamente exigiendo. —Dame una buena razón de por qué debo hacerlo.

No responde.

—¿Y bien? —presiono.

—Si no me lo quieres prestar, pues no me lo prestes, —murmura entre dientes para que sólo lo pueda escuchar su plato.

Lo podría dejar así. De hecho, yo no quiero prestarle mi carro y ahora ya no tengo que hacerlo. Está bien.

Julie y Sharon están hablando de algo. Dave y yo continuamos comiendo en silencio. No, no está bien. Todos los efectos negativos que me hicieron dudar en primer lugar ahora son una realidad. Dave está poniendo carota, se siente herido, pero lo peor del caso es que está convencido de que es imposible comunicarse conmigo. Adolescentes...

—¿Dijiste que ibas a pagar tu propia gasolina y que llevarías el carro a su revisión? —digo finalmente.

Dave levanta los ojos del plato y me mira. —Sí, eso dije, —dice tentativamente. Y luego, como agarrando vapor, continúa, —Y durante esa semana, cuando Mamá tenga que llevar a Sharon a alguna parte, yo la llevaré en lugar de ella.

—¡Qué listo! —me río. —Sigue así, maniobrando para granjearte a tu mamá y a tu hermana. Me vas a arrinconar.

—No es eso lo que quise decir, —empieza a sonrojarse.

—Espera un momento, —Sharon no desaprovecha la oportunidad. No se necesita mucho tiempo para que ella resuma todo, —¡Bravo! ¡Espérate a que le cuente a Debbie! ¡No se la va a creer!

—Ni yo tampoco, —la aplaca Dave. —Papá todavía no ha dicho que sí me presta su carro.

—Papito, di que sí, ¿por favorcito? Anda, ¿sí? —Sharon hace exactamente lo que Dave esperaba que hiciera.

—No sé, —digo. —Todavía no lo decido.

—Pero me prometiste que lo pensarías, —se queja Dave.

—Sí, así es.

—¿Y...?

—Y tengo ciertas dudas.

—Claro, seguro, —Dave está visiblemente irritado.

—Hijo, —le digo con voz firme, —te prometí que lo pensaría, y sí lo pensé. No debe sorprenderte que tenga dudas. Si tú me tranquilizas al respecto de ellas, podrás usar mi auto mientras estoy en Europa. Ignóralas como si fueran problema mío y no tuyo, y te lo negaré de plano, sin discusión. ¿Queda claro?

—Sí, Papá. —Se calma. —¿Cuáles son los problemas?

—Déjame enseñarte, —contesto y me voy al estudio a traer mis papeles.

Al regresar, le entrego la primera hoja. —A la lista de lo positivo debo agregar una cosa más, —digo. —Te comprometes de chofer con tu hermana para llevarla y traerla.

—Yo no diría que eso es positivo exactamente, —murmura, y luego lee en voz alta el último punto: "Fortalecimiento de la confianza entre mi hijo y yo". Piensa por un segundo y luego dice: —Eso quiere decir que lo que te prometa te lo tengo que cumplir al pie de la letra, —y con un suspiro concluye: —Lo que es justo es justo. *Okey*, Papá, ¿cuáles son los problemas?

—El primero de ellos, creo que ya está resuelto, pero de todos modos, vamos a verlos. Yo me voy a Europa precisamente cuando tú tienes tus vacaciones de primavera y todos sabemos que tú quieres visitar México...

—Papá, no te apures por México, —interrumpe Sharon de inmediato, —Dave prometió llevarme todos los días, y ten fe, yo no lo voy a soltar para nada.

—Había esperado que pudieramos hacer un trato, —dice, —pero, bueno, Papá, nada de viajes largos. Te lo prometo.

Me tranquilizo totalmente, paso a la siguiente hoja. —Léelo tú, —le digo a Dave. —Comienza con los enunciados de abajo.

"Mientras yo esté ausente", comienza a leer, "el carro estará a tu disposición".

Confundida Sharon pregunta: —¿Significa eso que Papá ya decidió prestarte el carro?

—Eso quisiera, —dice, —pero desafortunadamente sólo quiere decir que está tratando de ver cuáles van a ser los resultados negativos de hacerlo.

—Ah.

—Continúa, —lo animo.

—Estoy alejado por un tiempo prolongado, —continúa leyendo Dave, y luego agrega su propia interpretación: "Una semana no es tanto tiempo".

—Habla por ti mismo, —dice Julie.

—Está bien, Mamá, ya no voy a decir nada. Ahora voy a leer el siguiente nivel: "Por un período prolongado de tiempo podrás usar el carro siempre que quieras".

—No, —digo yo, —no estás leyendo una lista de enunciados, estás leyendo un **árbol de lógica**. Lee siguiendo las flechas, —y para ilustrar el punto señalo la primera frase y comienzo a leerla correctamente. "Sí, cuando yo esté fuera el carro estará a tu disposición, y..." señalo la segunda frase con el dedo, "yo estaré fuera por un período prolongado, entonces.." y señalo al enunciado de más arriba, "por un período prolongado tú podrás usar el carro cada vez que quieras".

—Obvio, —es el único comentario de Dave.

—Ahora lee la siguiente entrada, —digo y le sonrío a Julie. Ella me devuelve la sonrisa. Ambos recordamos lo que dijo Jonah: "Cuando la respuesta sea 'obvio' o 'claro', es puro sentido común', quiere decir que te estás comunicando."

Dave continúa leyendo: "Cuando las personas pueden usar algo regularmente, se les convierte en hábito, en un derecho".

—¿Correcto? —pregunto.

—Sí, normalmente así sucede. ¿Ahora puedo leer el siguiente nivel?

—Sí, pero trata de leer las relaciones de causa y efecto, usa "si... entonces..."

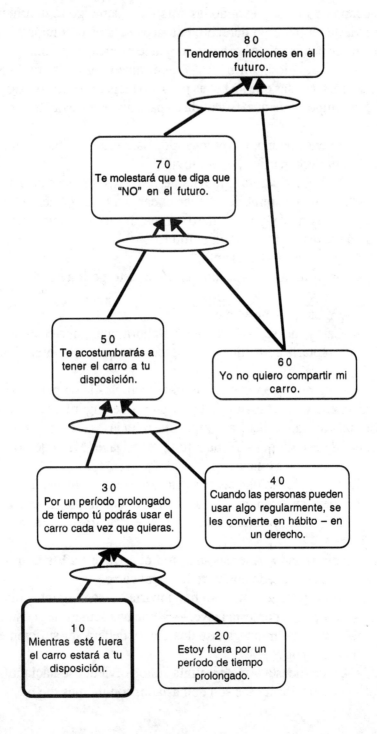

80
Tendremos fricciones en el futuro.

70
Te molestará que te diga que "NO" en el futuro.

50
Te acostumbrarás a tener el carro a tu disposición.

60
Yo no quiero compartir mi carro.

30
Por un período prolongado de tiempo tú podrás usar el carro cada vez que quieras.

40
Cuando las personas pueden usar algo regularmente, se les convierte en hábito – en un derecho.

10
Mientras esté fuera el carro estará a tu disposición.

20
Estoy fuera por un período de tiempo prolongado.

"Si por un período prolongado", lee despacio, "puedes usar el carro cuando quieras, y cuando las personas usan algo regularmente se les convierte en hábito o derecho, entonces te acostumbrarás a tener el carro a tu disposición". Ahora veo lo que te preocupa, pero...

—Dave, —lo interrumpo, —antes de empezar a tomarlo a la ligera y prometer cosas que no hayas pensado bien, preferiría que te percataras de lo importante que esta duda es para mí. Por favor léelo hasta su final.

—Bueno, bueno, estoy leyendo. La entrada adicional primero: "Yo no quiero compartir mi automóvil".

—Y ahora la derivada inevitable. "Si... y... entonces..." por favor.

"Si tú te acostumbras a tener el carro a tu disposición", lee sin mucho entusiasmo, "y yo no quiero compartir mi carro, entonces te molestará que te diga que 'NO' en el futuro".

—¿Correcto? —pregunto.

—Sí, —admite, —puedo ver cómo esto podría conducir a fricciones.

—¿Y bien? —pregunto.

—Caray, no sé, —responde, —ahora cualquier cosa que diga podrás interpretarla como que yo simplemente quiero ignorar el problema.

Menos mal que me había tomado la molestia de ponerlo por escrito en forma tan detallada. Estoy a punto de sugerir una resolución cuando Julie me lanza, justo a tiempo, una mirada. Me trago mis palabras, y en lugar de eso digo: —Tómate tu tiempo Dave. Mi viaje no es sino hasta dentro de una semana.

Dave empieza a parecer pescado, abre repetidamente la boca para decir algo, pero se arrepiente y no dice nada. Por fin, logra decir:

—Tal vez, si prometiera no pedirte el "Beamer" durante.... ¿dos meses?...

Es demasiado. Además, no creo que Dave podría cumplir esa promesa, está demasiado enamorado de mi carro.

—¿Por qué crees que eso funcionaría? —le pregunta Julie.

—Simple, —contesta Dave. —Si con una semana te acostumbras y te echas a perder, entonces con dos meses deberá ser suficiente para revertir la cosa, ¿no?

—¿Qué dices? —me pregunta Julie volviéndose hacia mí.

Digo que dos meses son demasiado, con un mes me basta.

Julie está trabajando en sus archivos, construyendo árboles para entender mejor y resolver los problemas de sus clientes. De este modo puede restaurar lazos inciertos en tres o cuatro sesiones en lugar de permitir que la cosa se prolongue meses enteros sin resolverse. Cuando le menciono que cobra por horas y no por resultados, se ríe y señala su lista de espera.

Está muy metida en su trabajo pero no parece tensionarla. Siempre la encuentro ocupada pero nunca sin tiempo. Me gustan estas noches plácidas, cuando Julie murmura estudiando sus casos mientras que yo trato de ponerme al corriente en mi papeleo. En el fondo *Simón y Garfunkle* nos están narrando de nuevo sus problemas con *Cecilia*. Los chicos están en sus habitaciones, probablemente roncando.

—Estoy contenta con la forma en que manejaste a Dave, —me dice Julie con una sonrisa.

—En UniCo lo llamábamos "compra de paz industrial", —digo, regresándole la sonrisa.

—¿Qué quieres decir? —pregunta intrigada.

—Julie, —trato de explicarle, —no me malentiendas, estoy en paz con mi decisión, pero francamente mira con objetividad lo que sucedió: Dave me pidió el carro, se lo presté y "colorín colorado".

—Querido, ¿deveras te sientes mal con tu decisión? —pregunta con suavidad.

—Oh, no, para nada. Me siento bien al respecto, —me da un beso en la mejilla.

—Entonces decir que lo que sucedió es que Dave se salió con la suya y consiguió lo que quería es, en el mejor de los casos, una descripción parcial.

Lo pienso. No es que yo no deseara que mi hijo obtuviera lo que desea tan ardientemente. Es que yo no quería que sucedieran otras cosas interrelacionadas, como que Dave sintiera que tiene derecho a mi carro. Ahora, como lo hemos arreglado, estoy seguro de que eso no sucederá. También surgieron algunos beneficios colaterales. Julie tendrá menos exigencias sobre su tiempo y Sharon, en lugar de sentir envidia, está totalmente a favor de la idea.

—Tienes razón, —la abrazo, —¿quién se hubiera imaginado que Dave estaría de acuerdo en no pedir el carro durante dos semanas? ¿Sabes? el consejo de Jonah de simplemente presentar la **rama negativa** claramente sin tratar de sugerir una solución es correctísimo. Si yo se lo hubiera sugerido habría recibido mi sugerencia como una exigencia insultante e injusta, en el mejor de los casos.

Sonriendo, Julie asiente con la cabeza. —Los métodos de Jonah sí funcionan. Siempre conducen a soluciones de **ganar-ganar.**

—Ojalá tuviera yo tu seguridad, —digo suavemente. —Julie, tengo tantas **nubes** importantes ahora en el trabajo.... me siento escéptico de que pueda haber siquiera una buena solución de **ganar-ganar** para una de ellas.

—Cuéntame más, —dice ella en el mismo tono tranquilo de voz.

No sé qué decir. No tiene caso quejarme sobre mi **nube** personal. Eso sólo perturbará a Julie y a mí me pondrá de muy mal humor, o me deprimirá devastadoramente.

—¿Has analizado cómo proteger tus compañías? —pregunta.

—No realmente, —suspiro. Le cuento del "plan" que se discutió hoy con Stacey y Bob. —En realidad es como tratar de luchar con un fantasma,— concluyo.

—¿Por qué?

—Julie, ¿cuál crees tú que sea la probabilidad de encontrar un avance de mercadeo que nos permita disparar nuestras ventas en unos cuantos meses?

—¿Esas cosas suceden? —dice tratando de alegrarme.

—Sí, —concedo. —Rara vez. Pero tenemos que hacerlo sin productos nuevos y sin gran cosa como presupuesto de publicidad, —y después de una pausa, agrego: —No sólo vamos a necesitar una solución milagrosa. Necesitamos tres de ellas. Va a ser totalmente imposible.

—No, no es totalmente imposible, —dice con voz firme, —puede ser difícil, pero imposible no.

—¡Anda, vamos!

—Alex, escúchame. Jonah nos enseñó su método especialmente para las situaciones en que no parece haber salida. Cuando todo parece indicar que lo mejor es darse por vencido.

—Cariño, —continúa, —sé de lo que estoy hablando. Casi todas las semanas veo situaciones así.

—No me había dado cuenta, —digo levantando las cejas para indicarle hasta qué grado creo que está exagerando.

—No en lo personal, tontín. Estoy hablando de mis clientes. Algunos de ellos han llegado a un callejón sin salida tal que verdaderamente parece que no tiene reparación o remedio, —y luego, con voz pensativa me dice, —¿Sabes cuál es la diferencia entre nosotros dos? Que tú casi nunca usas los métodos de Jonah.

Empiezo a protestar, pero ella continúa: —Sí, ya sé que usas parte de ellos todos los días en tus negociaciones, creando equipos, hasta cuando necesitas prepararte y planear para una junta muy importante. Pero Alex, ¿cuándo fue la última vez que trataste de usarlos en su totalidad? ¿para analizar una situación difícil y construir una solución de **ganar-ganar** que logre darle un giro al asunto?

Yo quiero decirle que lo acabo de hacer el mes pasado, en lo referente al problema de distribución. Pero no lo hice yo, fueron Bob Donovan y su gente.

—En mi trabajo, —continúa recalcando Julie, —yo constantemente me enfrento a situaciones nuevas, y tengo que usar el **Proceso de Pensamiento** entero. Con razón tengo confianza en el resultado de su uso. Es difícil. Requiere de mucho trabajo duro, pero está funcionando, y tú lo sabes.

Cuando se percata de que no pienso responder, me lanza la siguiente lapidaria frase a boca de jarro: —Alex, estás viviendo de las soluciones genéricas que desarrollaste en el pasado. Ya no te puedes dar ese lujo. Debes desarrollar una solución para tu situación actual.

—¿Qué quieres decir? —estoy molesto. —¡¿Tú crees que yo puedo desarrollar un proceso genérico para encontrar soluciones de mercadeo!?

—Sí, eso es exactamente lo que quiero decir.

Yo no me molesto en contestar.

9

—Yo creo que hemos encontrado la forma de hacer que el departamento de envolturas sea incluso más rentable que el departamento de cajas, —Pete está emocionado. Yo también. El año pasado, el departamento de envolturas ocasionó pérdidas por $4 millones, reduciendo las utilidades generales de la compañía a menos de un millón. Si Pete tiene razón, si ha encontrado un avance mercadotécnico que convierta a Envolturas en un área tan rentable como el resto del negocio, entonces...¡Dios Santo! con tan sólo salir a mano, las utilidades serían de $5 millones.

No lo puedo creer. Es demasiado bueno para ser cierto. ¿Podría ser que Pete, en su entusiasmo por detener la venta de la compañía, haya dado con un enfoque estrafalario y arriesgado?

—Comienza desde el principio.Tómate tu tiempo, —le digo, —y prepárate para un escrutinio en forma.

—Eso es lo que quiero, —dice con una amplia sonrisa. —Todo se acomodó después de la llamada telefónica de Don.

—¿Mi telefonazo?, —pregunta Don con sorpresa. —No recuerdo haberte dado ninguna idea nueva.

—Sí, sí lo hiciste, —insiste Pete, —y muy grande.

—Te agradezco mucho que lo digas, —dice Don totalmente confundido, —especialmente frente a mi jefe. Pero, lo siento, Pete, lo que yo recuerdo es haberte preguntado por qué no puedes competir contra las prensas rápidas en los grandes volúmenes y sí puedes hacerlo con los volúmenes pequeños.

—¡Exactamente!, —Pete está divertidísimo con la cara que pone Don.

—Has logrado hacer que dejemos de tener lástima de nosotros mismos y nuestras aparentes desventajas y nos empecemos a concentrar en las ventajas que sí tenemos.

—Ya veo, —dice Don. Pero después de un momento, agrega, —no, no es cierto. No veo nada. No veo cómo tu habilidad para hacer preparaciones rápidas te pueda ayudar a competir con las grandes cantidades.

—Don, se te está escapando el punto, —le digo. —Pete no dijo que vaya a ir tras las grandes cantidades, sólo dijo que decidieron concentrarse en los mercados donde tienen la ventaja. Felicidades, Pete. Yo sabía que si vencían su obsesión de que el dinero en grande estaba únicamente en los grandes volúmenes, encontrarían que hay suficientes mercados lucrativos adicionales que requieren volúmenes pequeños. Así que dime, ¿qué mercados son? —pregunto complacido.

Pete no responde, sólo carraspea apenado. Yo suelto la carcajada. Tal parece que no es Don, sino yo el que no ha entendido. Me equivoqué como por dos kilómetros.

—Muy bien, Pete, explícanos tu brillante idea. ¿Cómo puede una preparación rápida ayudarte a ganar el mercado de los grandes volúmenes a pesar de la velocidad de las prensas de tus competidores?

—Bien, —dice él, —de hecho, no es tan sencillo. Permítanme comenzar describiendo la nube de nuestros clientes.

—Adelante.

Pete se pasa al pizarrón y comienza a desarrollar la **nube**. —El objetivo de un comprador es estar alineado con sus directrices corporativas, el comprador debe de tratar de obtener el mejor trato financiero posible con sus proveedores. En nuestra industria, donde los tiempos de preparación son largos, la única forma de conseguir un mejor precio es ordenando grandes cantidades. Así que para poder conseguir el mejor trato financiero con el proveedor, el comprador debe ordenar grandes cantidades.

—Está claro.

—Por otro lado, —continúa Pete, —para poder estar ajustado con sus lineamientos corporativos el comprador debe esforzarse por reducir los inventarios. No tengo que explicarte hasta qué grado ha cambiado la cultura corporativa con relación a su tolerancia a los grandes inventarios.

—No, no tienes que decírnoslo, —contesto completamente de acuerdo.

—Esto significa, —termina Pete la **nube**, —que para poder esforzarse por reducir los inventarios el comprador debe pedir cantidades pequeñas más frecuentemente.

—El conflicto está claro, —dice Don, —pero la presión por obtener precios bajos domina, ¿no?

—Sí, —contesta Pete.

—¿Ves alguna razón por la que deba cambiar eso? —continúa interrogando Don.

—Tal vez, —responde Pete. —Conforme la competencia en el mercado se vuelve más feroz, y estoy hablando del mercado de mis clientes, su pronóstico se hace menos preciso. Esto hace que pedir cantidades grandes sea más peligroso para el comprador. Las reglamentaciones del gobierno también nos están ayudando a nosotros, los impresores. De vez en cuando cambian las normas de cómo deben aparecer en las envolturas los ingredientes más insignificantes que contienen los productos alimenticios. Con un cambio mínimo, las existencias que se tengan se vuelven obsoletas.

—Pero el verdadero punto es que, debido a la intensa competencia, nuestros clientes sorprenden a sus clientes con campañas de mercado más frecuentes, lo cual casi siempre implica un cambio en la impresión de las etiquetas y envolturas.

—¿Así de mal están sus comunicaciones internas? ¿No le informan al comprador de las campañas que tienen programadas en mercadotecnia?

—No es tanto un problema de comunicación interna. En el mercado actual nuestros clientes tienen que reaccionar mucho más rápido que nunca. Con frecuencia lanzan una nueva campaña de mercado específica en cuestión de dos o tres meses.

—Así que, —concluye Don, —¿esperas que conforme pase el tiempo los compradores estén más dispuestos a comprar cantidades pequeñas?

—Sí y no. Esta tendencia comenzó ya y probablemente se acelerará,pero no tenemos tiempo para esperar este proceso gradual. Necesitamos ayudarle.

—¿Cómo?, —pregunto.

—Ayudándole a nuestros compradores a romper su **nube**, —responde Pete.

Definitivamente es la forma correcta de abordarlo. —¿Qué flecha pretendes romper? —pregunto.

—La que dice que para poder obtener el mejor trato financiero del proveedor, el comprador debe pedir grandes cantidades, —dice.

—Continúa, —insisto.

—Espera un momento, —interrumpe Don, —si queremos examinar completamente la solución de Pete, ¿por qué no rompemos la **nube**?

—Buena idea, —dice Pete sonriendo de oreja a oreja, —mientras más soluciones propongamos y tumbemos, más impresionados estarán con mi solución.

Definitivamente se siente seguro de su solución. Muy prometedor...—El supuesto que está bajo esta flecha, —Don sigue los lineamientos de cómo romper una **nube**, —es que debido a las preparaciones largas, un comprador sólo puede conseguir precios más bajos si hace sus pedidos en grandes cantidades. ¿Cómo podemos desafiar este supuesto? Tú tienes un tiempo de preparación relativamente rápido...¡Espera un momento! ¿Por qué tenemos que pensar como todo el mundo? ¿Por qué hay que fijar el precio de acuerdo con el tiempo que te tardes en imprimir? Tienes mucho exceso de capacidad, cualquier precio más alto que el precio de la materia prima será mejor que dejar que el recurso esté ocioso.

—Don, ¿estás recomendando una guerra de precios? —Pete no puede creer lo que está escuchando.

—No, en lo absoluto, —Don dice comenzando a emocionarse, —lo que estoy sugiriendo es que iguales el precio que tu competidor da por grandes volúmenes.

Pete trata de decir algo, pero Don ya agarró vuelo. —Puedes hacerlo a pesar del hecho de que tus prensas sean más lentas puesto que tienes un gran exceso de capacidad. Funcionará. La presión creciente que tienen los compradores por reducir el tamaño de los lotes que ordenan, lo garantiza. ¿Ya calculaste cuánto más podrás ganar de utilidad? Recuerda que la cantidad de capacidad excesiva que tienes también está limitada.

—No, Don, esto no puede ser la respuesta, —digo yo.

—¿Por qué no?

—Primero que nada, yo sigo sin ver cómo el empatar el precio por volumen de la competencia le permitirá al comprador comprar en cantidades más pequeñas. El precio por unidad del pedido grande seguirá siendo menor que el de un pedido chico.

—Me equivoqué, —acepta Don,—pero de todos modos mi solución sigue siendo válida. Pete podrá competir en esos pedidos y el hecho de que sea más barato en cantidades pequeñas le dará la ventaja. Los compradores prefieren trabajar con menos proveedores si tienen la posibilidad de hacerlo.

—Don, —digo pacientemente, —tu solución no rompe la **nube** del comprador, así que obviamente no es la solución de Pete. ¿Cierto, Pete?

—Sí, por supuesto. —Y volviéndose hacia Don, agrega: —No sólo es muy arriesgado bajar los precios para igualar a la competencia, sino que la cantidad de capacidad sobrada que tenemos no será suficiente para lograr que la sección de envolturas llegue a ser rentable.

—¿Por qué es arriesgado empatar los precios de la competencia?

Pete contesta divertido: —Don, tienes que considerar que los clientes que ordenan grandes cantidades de envolturas para las golosinas más populares, son los mismos que ordenan pequeñas cantidades para los dulces menos populares. Son los mismos compradores.

Lo piensa por un minuto, Pete y yo lo esperamos. Finalmente dice: —Déjame ver, los compradores esperan que mientras mayor sea el volumen, más bajo deberá ser el precio unitario.

—Correcto, —lo alienta Pete,—eso es fundamental.

—Eso significa, —continúa Don, un poco más seguro, —que el comprador no sólo compara tus precios con los de la competencia, sino que compara tu precio por unidad en los pedidos más grandes, con tu precio por unidad en los pedidos más chicos. Ahora ve el problema. Si reduces tu precio por unidad en los pedidos de grandes cantidades, el comprador exigirá una reducción proporcional en las cantidades más pequeñas aunque para esas cantidades actualmente estés dando precios más baratos que la competencia.

—Ahí tienes, —dice Pete sonriendo. —Los hábitos de los compradores presionarían para que bajaran los precios en todos lados, lo cual echaría a perder el negocio.

—Está claro, —asiente Don. —No le veo otra solución. ¿Tú, Alex?

—Déjame intentarlo, —comienzo a decir. —La flecha que estamos examinando es "Para poder obtener el mejor trato del proveedor, el comprador debe pedir grandes cantidades", porque las grandes cantidades permiten bajar los precios, lo cual incrementa la rentabilidad. ¿Cómo puedo desafiar eso?

Por un momento no le veo salida, pero de repente le encuentro el lado flaco, las palabras "desempeño financiero" y "rentabilidad". La utilidad es sólo uno de los resultados financieros que le interesan a la empresa. Hay otro que algunas veces es más importante que las utilidades: el flujo de efectivo.

—Pete, —pregunto, —¿algunos de tus clientes tienen serios problemas de flujo de efectivo?

—Algunos, —responde. —El flujo de efectivo es preocupación importante de algunos de mis clientes, pero no de todos. Pero no veo cómo pueda usar esto para hacerlos pagar un precio más elevado.

—¿No lo ves? pedir más frecuentemente en cantidades pequeñas amarra menos dinero en inventario. Aun cuando el comprador tenga que pagar un precio más elevado por los pedidos pequeños estará en mejores condiciones de flujo.

—Pero sólo en el corto plazo, —protesta Pete.

—Pete, —le digo, —¿qué no sabes que cuando estás presionado por flujo lo único que importa es el corto plazo?

Pete lo piensa. —Sí, podría funcionar... a veces.. con algunos de mis clientes. No creo que pudiera basar todo mi negocio en ellos, pero en todo caso, fortalecerá los argumentos de mi propuesta a los compradores. Gracias.

—De nada.

—¿Quieres intentar con otra idea? —pregunta.

—No, Pete, —me río, —aunque tuviera una, y no la tengo, tengo demasiadas ganas de oír la tuya.

—Nuestra solución, —comienza Pete, —se basa en un ataque directo al supuesto de que pedir en grandes cantidades le da al comprador un precio unitario más barato.

—¿No es ese el caso en tu industria? —pregunta Don.

—No, no lo es, —sorprende Pete con su respuesta.

—¿Por qué? —ahora el extrañado soy yo.

Pete aparentemente está divertidísimo. —Tomemos un caso reciente en el que perdimos una venta ante uno de nuestros competidores. —Saca una bola de papeles de su carpeta y señalando a la parte superior de una página dice: —Esto es lo que cotizamos. La primera columna es la cantidad y la segunda es el precio, —da la vuelta a la hoja, —y aquí... tenemos lo que cotizó la competencia.

Comparamos las dos páginas. En la parte superior, donde las cantidades son pequeñas, los precios de Pete son significativamente más bajos, pero conforme crecen las cantidades va bajando paulatinamente. Hacia la parte baja de la página los precios de Pete son casi 15% más elevados. Con razón, debido al tiempo de preparación más rápido de Pete somos más baratos en las pequeñas cantidades, pero debido a las prensas más rápidas del competidor, ellos son más baratos en cantidades grandes.

—No te entiendo para nada, —dice Don, —acabas de decir que cantidades grandes no necesariamente significa un menor precio unitario, y ahora nos muestras las listas de precios reales y demuestras precisamente lo contrario. Tu lista y la de tu competidor sólo tienen en común una cosa: en ambas cotizaciones el precio unitario se reduce cuando el tamaño del pedido crece.

—Continúa, —le digo a Pete.

—El cliente decidió pedir esta cantidad, —Pete señala un número cercano a la parte baja de la hoja, —y, por supuesto, para esta cantidad el competidor es mucho más barato que nosotros, así que no nos llevamos el pedido. Pero,—agrega triunfalmente, —lo que ustedes no saben es que esta cantidad representa las necesidades del cliente ¡para los próximos seis meses!

—Ahora ya lo sabemos, y ¿qué? —se impacienta Don.

—Ya te dije qué, —Pete se divierte exasperando a Don. —Te acabo de decir que los pronósticos de nuestros clientes se están haciendo cada vez menos confiables, que su propia presión por tener más y más campañas de mercadeo les hace cambiar, cada vez más frecuentemente, parte de lo que llevan impreso sus envolturas.

—Sí, sí, eso ya nos lo dijiste, pero sigo sin ver qué con eso.

—¿Cuál es la probabilidad de que el cliente use realmente todo lo que pidió? —pregunta Pete. —Recuerden, su pedido teóricamente debe ser suficiente para los próximos seis meses. ¿Saben cuántos cambios pueden ocurrir en ese lapso?

—No. No lo sé, —responde Don, —pero tú tampoco lo sabes.

—Tal vez no lo sepas, pero todo mundo en la industria tiene una idea bastante cercana, —sigue jugando con él, Pete. —Las revistas especializadas de nuestra industria están llenas de estadísticas. Mira algunas de éstas, —y nos da la siguiente página. Es una copia de alguna revista. Señalando una gráfica borrosa, dice: —En promedio, la probabilidad de que agotes lo pedido para seis meses es de sólo el 30%.

Examino la gráfica. He visto estas cosas antes, pero sigue sorprendiéndome. Miro mi reloj furtivamente. En menos de una hora tengo otra junta. ¿Encontró o no encontró Pete una solución real a su problema de mercadeo? Su seguridad parece indicar que sí. A paso de tortuga nos vamos acercando y hay una buena probabilidad de que tenga que avisar para que retrasen mi siguiente junta. ¿Lo hago ahora?

—Ahí voy, Alex, —me asegura Pete. —Nuestra solución se basa en el hecho de que la probabilidad de no usar toda la cantidad pedida es mucho menor cuando el pedido sólo debe cubrir los siguientes dos meses. De acuerdo con esta gráfica, es de sólo 10%. ¿Lo ven? Lo que debemos hacer es convencer al cliente de que si considera la posible obsolescencia, cosa que debe hacer de todos modos, entonces pedirnos a nosotros en lotes de dos meses, le reportará un precio unitario más bajo que pedirle a los competidores en lotes de seis meses.

—En otras palabras, —digo, tratando de digerir el concepto que Pete nos ha lanzado, —lo que estás sugiriendo es que el comprador no considere el precio unitario de lo que compra, sino más bien el precio que paga por unidad por lo que probablemente va a aprovechar. Tiene sentido.

Vuelvo a examinar las primeras dos páginas. Pete no escogió dos meses al azar. Para esta cantidad relativamente pequeña (una tercera parte de lo que fue pedido realmente) nosotros salimos más baratos que los competidores. ¡Eso sí que es ser listo!

—Tengo un problema con esto, —Don está más que escéptico. —No con el concepto, (que me parece sensato), sino con el impacto. Acepto que en el 30% de los casos el pedido entero no se usa, pero ¿cuánto de él es lo que no se usa? Supongo que todo depende de los números.

—¿Qué quieres decir con "depende de los números"? Por supuesto que todo depende de los números, —Pete se levanta para defender su solución.

—Mi corazonada es, —ahora le toca a Don exasperarlo a él, —que en la mayoría de los casos, me temo que no vas a poder demostrar un ahorro claro.

Generalmente disfruto de ver a Don y Pete en gran encuentro de "vencidas", pero hoy no tengo tiempo. Además, el asunto es demasiado importante. —Don, compara los dos casos, —exclamo con cierta impaciencia. —Es obvio que cuando el pedido es para seis meses, en el 10% de los casos más de dos tercios del mismo se vuelven obsoletos.

Fiel a su naturaleza, Pete no prosigue sino que se lo explica a Don. —El hecho de que en dos meses hay una probabilidad del 10% de que algo inesperado va a hacer que la envoltura se vuelva obsoleta, demuestra que en el 10% de los casos la cantidad adicional ordenada para los siguientes cuatro meses se tendría que tirar.

—Ya veo, —dice Don. —¿Así que en base a esta lógica, calculaste el precio por unidad de la porción utilizable del pedido?

—Así es.

—Pero ¿qué tanto más cara fue la oferta del competidor que la tuya? —pregunto.

—La mía sigue siendo un poco más cara, más o menos por 0.5% —responde Pete.

—Entonces, ¿a qué se debe la celebración? —inquiere Don.

—Considerando la presión hacia el comprador de reducir los inventarios de materia prima, y del hecho de que ningún comprador quiere quedarse con lo obsoleto, yo creo que tengo una buena probabilidad de ganar contra una diferencia de precio del 0.5%. Pero mi idea es hacer algo mucho mejor que eso. Mi plan es ofrecerle al cliente la opción de pedir en cantidades para dos meses, mientras que yo le hago embarques en forma quincenal.

—¿Quieres decir, —digo, tratando de entender, —que el precio se basará en las cantidades de dos meses, pero que el cliente no recibirá la cantidad completa en un solo embarque, sino que durante dos meses recibirá cantidades más pequeñas cada dos semanas?

—Exactamente, —confirma Pete, —y después del primer embarque puede cancelar el resto, sin sanciones, en el momento que él desee.

—Eso es generoso, —dice Don.—Demasiado generoso.

—No, —le digo, —eso es ser listo.El cliente está pagando el precio por cantidades de dos meses, pero sufre la obsolescencia como si hubiera pedido sólo para dos semanas. Eso hará que el precio por unidad utilizable baje al mínimo absoluto.

—Y encima de eso, —dice Pete radiante, —el comprador tendrá inventarios muy bajos, menos de 5% de lo que lleva actualmente.

—La **nube** del comprador desvanecida completamente, —concluyo.—El precio real es más bajo de lo que actualmente paga, incluso por cantidades grandes, y al mismo tiempo, tendrá inventarios más bajos de lo que puede esperar actualmente al hacer pedidos de lo que él percibe que son cantidades pequeñas. Desde la perspectiva del comprador es como "poder chiflar y comer pinole" al mismo tiempo.

Pete está contento. —¿Ves algún efecto negativo? —pregunta.

—Sólo los obvios, —contesto yo, —y esos seguramente tú ya los tomaste en cuenta.

—No estés tan seguro, —dice Pete. —A ver, dime cuáles.

—Yo tengo uno, —dice Don. —Si entendí correctamente lo que dijiste, vas a conservar en tu poder el resto del pedido, bajo tu propio riesgo. ¿Vale la pena? Acuérdate, en 10% de los casos te vas a tener que quedar con algo de ese inventario.

-Don, eso es *peccata minuta*, —digo yo.

—¿Por qué?

—Primero que nada, ¿estás de acuerdo en que la oferta de Pete no conduciría a una guerra de precios?

—Sí. La competencia realmente no puede contra eso. Para bajar los precios deben recurrir a los altos volúmenes, pero entonces el riesgo de llevar los inventarios del cliente es demasiado alto. —Don comienza a emocionarse con la idea de Pete, —esto realmente significa que Pete logra el mercado de los grandes volúmenes a precios de volúmenes medios. Con razón puede darse el lujo de absorber el daño de un poco de obsolescencia. Y de hecho, el daño es realmente mínimo, no se nos olvide que el riesgo de obsolescencia es mucho menor para nosotros que para nuestros clientes. A ellos les cuesta el precio de venta. A nosotros, mientras tengamos capacidad sobrada, nos costará sólo la materia prima. Buena solución, realmente me gusta.

Pete se siente visiblemente halagado, pero trata de ocultarlo. —He calculado el riesgo. En esos pedidos nos costará, en promedio menos del 2 por ciento.

—¿No temes que algunos compradores abusen de tu oferta? —pregunto.

—¿Qué quieres decir?

—¿Cómo vas a asegurarte de que un cliente que necesite una corrida relativamente pequeña, por única vez, no te haga un pedido grande sólo para bajarte los precios y cancelarte el resto después del primer embarque? De acuerdo con tu sugerencia pueden hacerlo sin castigo alguno, e incluso, sin tener que dar explicaciones.

—No lo había pensado, —dice Pete, y después de un momento, agrega: —Yo creo que podemos encontrar un buen modo de cerrar este recoveco sin insultar a nuestros compradores.

—Sí, estoy seguro, —digo. —Así que van a ofrecer el mejor precio, los menores inventarios, liberar su efectivo, y casi cero obsolescencia. Aunado a su excelente confiabilidad en cuanto a entregas a tiempo y alta calidad, es el sueño del comprador. ¿Qué impacto tendrá en tu renglón de utilidad neta?

—Como decía al principio, si puedo vender todo mi exceso de capacidad a esos precios, el departamento de envolturas va a ser más rentable que el resto de las operaciones. Significa más o menos nueve millones de dólares de utilidad neta. Buena "lana", ¿no? Bien, Alex, ¿te gusta? ¿Le ves algún problema?

—Me gusta. Claro que me gusta. Pero le veo un problema. Tan enorme, por cierto, que podría convertir a tu brillante solución en una decepción espantosa.

—¿Cuál es? —pregunta Pete con preocupación.

—Tu solución es demasiado buena y demasiado complicada como para explicarla. Me temo que vas a batallar para convencer al comprador de que tu oferta es real, de que realmente va a cosechar todos estos beneficios. Y aun cuando viera los beneficios de la solución, no debes olvidar lo que un comprador tiene que vivir, lo que él percibe como generosidad del vendedor, se convierte en algo en lo que hay que desconfiar. Le parece sospechoso. Va a ser un problema.

—¿Eso es todo? —dice Pete con alivio.

—Sí.

—No te apures, Alex. Yo creo que lo podemos vender. Puede ser que tenga yo más confianza en nuestros compradores que tú, pero realmente pienso que no tendremos problema alguno para vender la idea.

—Te tomaré la palabra; suena bien, muy bien. Dale para adelante.

—Gracias, Jefe. Vamos a tener una idea mucho más clara de qué tan bien funciona, muy pronto. —Y al acompañarlo yo a la puerta, agrega:—Mañana vamos a enviar esas dos cotizaciones y luego mi gerente de ventas y yo nos reuniremos con los compradores la semana que viene.

—Excelente trabajo, "¡super!" —le digo y le extiendo la mano. Ha hecho un muy buen trabajo, su solución es verdaderamente una solución de **ganar-ganar**. Si la puede vender, no sólo habrá roto la **nube** de sus compradores, sino que habrá roto también la suya propia, convertirá al departamento de envolturas en una mina de oro. Pero tengo mis dudas. Hasta que no vea los pedidos llegando a la empresa no voy a cambiar el pronóstico. Unos momentos después, asoma la cabeza al salón para decirle a Don: —A propósito, mientras tengamos capacidad excesiva no tenemos intención alguna de imprimir lotes de dos meses y guardarlos almacenados.

10

Es la primera vez que cruzo el Atlántico en primera clase. Tengo derecho ese derecho por ser Vicepresidente Ejecutivo, pero el año pasado, simplemente no tuve necesidad de ir a Europa. De hecho, no creo que necesite ir ahora y si de mí dependiera, no iría. No creo que debamos de vender mis compañías. Yo creo que es un error. La única razón de la venta, en mi opinión, es que el Consejo quiere demostrarle a Wall Street que está haciendo algo, que tiene un plan de acción decidido. ¡Pamplinas! Ni siguiera saben qué van a hacer con el dinero que recibirán.

Y el hombre que está detrás de este gran teatro hueco que están montando, Trumann, viene sentado al lado mío. En el gran sillón de cuero de primera clase, suficientemente grande para que puedan sentarse en él dos turistas, es la butaca más cara del mundo. La tarifa actual es de tres mil doscientos setenta y ocho dólares por siete horas.

Comienzan a servir la comida. ¡Mira nada más la variedad de entremeses! Paté de hígado de ganso, langosta a las castañas, caviar del Mar Caspio. ¿Alguna vez han pedido caviar del Mar Caspio como entremés? Yo, nunca. Por lo menos no hasta ahora. Estas pequeñas esferillas negras cuestan $50 dólares la onza. Es como comer plata pura. Sabe a rayos. Ahora entiendo por qué lo sirven con *vodka*. Francamente, prefiero *pizza* y cerveza.

Trumann sí que sabe manejar el caviar. Deberían de ver con qué velocidad lo unta en el pequeño triángulo tostado con clara de huevo y cebolla finamente picada. Un verdadero profesional, les digo. ¿Por qué será que una persona que no produce nada, que no contribuye a nada, vive con tanto lujo? Supongo que así ha sido siempre, los negreros siempre han vivido mejor que los esclavos.

—¿En cuántos consejos directivos está? —pregunto.

—Ahorita sólo doce.

Ahorita sólo doce, pienso para mis adentros. Probablemente el mes pasado cerraron una empresa y vendieron otras dos.

—¿Por qué preguntas? —Trumann levanta la vista de su consomé.

Grave error. Por la forma de sacudirse el avión y con estas cucharas tan planas, seguramente va a mancharse la corbata de seda. Pues no.

—Sólo curiosidad, —le digo.

—¿Curiosidad de qué? ¿Que si tengo tiempo para saber realmente lo que está sucediendo en las empresas de las que soy consejero? ¿O curiosidad en general sobre mi trabajo?

—Supongo que de ambas cosas.

—Alex, —me dice sonriendo. —Tú eres relativamente nuevo en este juego ¿verdad? No recuerdo haberte oído hablar en las juntas de consejo.

Trumann es un hombre poderoso. Cuando mis compañías se vendan y me quede sin trabajo, lo voy a necesitar. No puedes encontrarte un puesto ejecutivo respondiendo anuncios de periódico. Se necesitan contactos. Necesitas conocer, y que te conozca, la gente adecuada. Gracias a Granby ahora tengo la oportunidad. Una semana entera es tiempo suficiente; tengo que impresionar a Trumann, hacer que llegue a conocerme mejor.

—No como algunos otros, —digo, pensando en Hilton Smyth, —yo prefiero hacer más y hablar menos.

—Ah, —su sonrisa se vuelve más amplia, —así que así ves mi trabajo, pura palabrería y nada de obras, ¿eh? —Antes de que yo tenga la oportunidad de corregir su impresión por demás precisa, continúa: —Supongo que el trabajador de producción encadenado a su máquina durante ocho horas todos los días ha de decir lo mismo de ti. —Me obligo a regresarle la sonrisa. Pero a pesar de todas las sirenas de alarma no puedo entrar en ese juego. —Yo creo que no, —respondo llanamente.

—¿Por qué? ¿Cuál es la diferencia?

Hay una diferencia, una enorme diferencia, pero por alguna razón no puedo encontrar las palabras para demostrarlo claramente. ¿Qué pensará para sus adentros esta sanguijuela? Que estar en juntas de consejo puede compararse con la responsabilidad de manejar una compañía? ¿Sabrá lo difícil y exigente que es darle un giro completo a un negocio que está perdiendo dinero?

—¿Sabía que el año pasado resucité tres compañías?

—Alex, no me malentiendas. A pesar del hecho de que nunca andas presumiendo en las juntas de consejo, Doughty y yo estamos bastante conscientes de tus logros. Sí leemos los reportes con atención, incluyendo lo que está escrito entre líneas.

—¿Y?

—Que no respondiste mi pregunta. ¿Cuál es la diferencia entre tu trabajo y el mío? ¿Produces algo con tus propias manos? ¿No es cierto que tú haces todo tu trabajo mediante el habla?

—Sí, por supuesto, —empiezo a irritarme ante mi incapacidad para expresarme. —Pienso, hablo, decido. Así es cómo se hace mi trabajo.

—¿Por qué piensas que el mío sea diferente? —Trumann continúa calmado y amable. —Yo también pienso, hablo y decido.

Lo hace; por lo menos las dos últimas cosas. Habla y decide. El habló en la junta de consejo. Y decidió. Decidió vender las compañías. La única cosa que no sé es si pensará. La venta de mis compañías no tiene sentido. ¡De repente "me cae el veinte"! Hay una diferencia, y es importante. ¿Cómo expresarla sin ofenderlo?

—Supongo, —comienzo lentamente, —que no sé lo suficiente sobre su trabajo.

—Aparentemente.

—Yo tengo la responsabilidad de manejar compañías. ¿Usted de qué es responsable?

—Yo manejo dinero, —responde.

Lo pienso. Supongo que tiene razón. ¿Pero cómo maneja dinero una persona? Probablemente invirtiéndolo en compañías y luego...

—¿Así que su trabajo es ser el perro guardián de las empresas en las que ha invertido? —Pienso que debí haber escogido mis palabras con más cuidado.

Se "ataca de la risa". —Sí, supongo que podríamos describirlo así. Mi trabajo es determinar en qué compañías invertir, y luego ser el perro guardián. Vigilar la optimización local.

Esto me pica la curiosidad: —¿Optimizar lo local? —digo haciéndome eco de sus palabras.

—Alex, ¿sabes cuántos altos ejecutivos se olvidan de que la meta de su empresa es ganar dinero? Se concentran en la producción, en los costos, en las estrategias, pero con frecuencia se les olvida que ésos son sólo los medios, no la meta. Tomemos a UniCo, por ejemplo. ¿Tú sabes cuánto tiempo se han comportado sus ejecutivos como si la meta de UniCo fuera darles una chamba muy bien pagada? Algunas veces me da la impresión de que a los altos ejecutivos se les olvida que la empresa no es de ellos. Es de los accionistas.

No respondo.

—Toma tu grupo, por ejemplo. Hemos invertido en él casi trescientos millones de dólares. Hasta ahora lo que hemos recuperado es punto menos que nada. Y ahora, tendremos suerte si logramos venderlo por la mitad. ¿De quién crees que es ese dinero? ¿Quién lo pago?

—Mi grupo ya no está perdiendo dinero, —digo. —Déme un poco más de tiempo y lo haré verdaderamente rentable. ¿Por qué vender ahora?

—Alex, ¿qué tan rentable puedes hacer que sea el grupo de empresas diversas? Ya vi tu pronóstico para este año. ¿Te das cuenta de que existe la inflación? Para poder proteger el valor del dinero, y tomando en cuenta lo arriesgado que es, debemos invertir sólo en empresas que tengan una verdadera oportunidad de ganar más que la inflación.

Ya entiendo de dónde viene. No puedo garantizar que mis empresas produzcan más que la inflación. Aun así....

—Esa es la parte más desagradable de mi trabajo, —continúa. —Algunas veces la gerencia toma alguna decisión mala, es inevitable. Pero cuando insisten en proteger su mala decisión, tenemos que entrar nosotros. Ese es nuestro trabajo. Recuerda que la meta es ganar dinero. Tus compañías, tienen que "marchar" Alex, es inevitable.

Trumann no necesita decirme que la meta de mi compañía es ganar dinero. Ese ha sido mi lema desde que era gerente de planta. Pero al mismo tiempo, tuve cuidado de no ganarlo a costa de mi gente. Nunca he pensado que la forma de ganar dinero sea recortando pedazos de la organización. Ese es el modo de Smyth; para ahorrarse unos centavos corta a quien sea.

—No creo que en mi caso, —digo tratando de escoger muy bien las palabras, —sea cuestión de proteger una mala decisión. Yo no tengo nada que proteger, yo no estuve involucrado en la decisión de diversificarnos. Todavía no estoy seguro de que sea correcto vender mis empresas.

—¿Por qué?

—Porque no se trata nada más de dinero. Se trata también de gente. Los altos ejecutivos, creo yo, no sólo tenemos una responsabilidad para con nuestros accionistas, sino también para con nuestros trabajadores y empleados.

Tal vez acabo de firmar mi sentencia de muerte, pero ¡qué demonios! Hay un límite hasta el cual estoy dispuesto a seguirles su juego del dinero. Pero debo decírselo todo, de una vez.

—Algunas veces, desde donde yo estoy, parece injusto apretarles el cinto a los empleados y trabajadores, que han invertido sus vidas en la empresa, para que unos cuantos ricos se hagan todavía más ricos... La meta de nuestra compañía es ganar dinero, pero eso no es toda la historia.

Trumann no parece sorprendido, ha escuchado cosas como ésta antes, aunque me pregunto si alguna vez lo habrá escuchado en labios de alguno de sus ejecutivos. Tal vez de sus ex-ejecutivos.

—Algunos ricos se hacen todavía más ricos, —repite mis palabras. —Alex, ¿de dónde crees que viene el dinero que yo invierto? ¿De los inversionistas ricos? ¿De los bancos? ¿No sabes que la mayoría del dinero invertido en el mercado pertenece a los fondos de pensiones?

Me siento ruborizar. Por supuesto que lo sé.

—La gente ahorra toda su vida para su vejez, —explica Trumann, diciéndome lo obvio. —Están ahorrando ahora para que dentro de veinte o treinta años se puedan retirar en paz. Nuestra chamba es asegurarlos de que cuando se jubilen haya dinero ahí para ellos. No dólar por dólar, pero sí poder de compra por poder de compra. No son los intereses de la gente rica los que estamos cuidando, son los de la misma gente que te preocupa a ti, los empleados y trabajadores.

—Interesante **nube**, —digo totalmente de acuerdo.

Trumann se ve decepcionado. —No tomes lo que te digo a la ligera. No estoy hablando de **nubes**. Estoy hablando de los hechos de la vida.

En lugar de tratar de explicarle, saco mi pluma y empiezo a dibujar la **nube**. —El objetivo es servir a los interesados. ¿No tiene problema con eso?

—No. Yo sólo tengo problemas con la gente que se olvida de eso.

—Para lograrlo debemos asegurarnos de satisfacer dos condiciones necesarias. Una es proteger los intereses de nuestros accionistas. La otra es proteger los intereses de nuestro personal. —Espero a que exprese sus objeciones, pero sólo asiente con la cabeza.

—Para poder proteger los intereses de nuestros accionistas insiste usted en vender el grupo de empresas diversas.

—¿No estás de acuerdo? —pregunta.

—Estoy de acuerdo en que, bajo las actuales circunstancias, para proteger los intereses de los accionistas debamos vender las compañías. Pero eso no quiere decir que yo esté de acuerdo en que debamos venderlas.

—Alex, pareces político. ¿Estás o no estás de acuerdo?

—Hay otro lado en esta cuestión.Téngame un poquito de paciencia. También dijimos que debemos proteger los intereses de nuestro personal, pero para poder hacer eso, no debemos vender las compañías.

Espero que no esté de acuerdo, que diga que la venta de las compañías no tiene nada que ver con los intereses del personal. Pero no dice ni media palabra. Toma la servilleta y examina la **nube**.

—Usted tiene una vida fácil, —le digo. —Para usted es bastante obvio que debemos vender el grupo de empresas diversas. Usted mira los números del renglón de resultados, mira el pronóstico y le dan la respuesta. No hay suficiente dinero ahora ni en el futuro, así que ¡a vender! ¡Con razón! Sólo mira un lado de la ecuación, cual debe. Eso está bien. Lo compensan los empleados, los sindicatos, que también sólo ven un lado de la moneda. Sólo nosotros, los ejecutivos, estamos "entre la espada y la pared". Estamos en medio; tenemos que satisfacer a ambos bandos. Póngase en mi lugar y trate de responder su pregunta, ¿vender o no vender las compañías? ¿Ve? No es tan fácil.

Todavía mirando a la **nube** dice: —Sí vemos los dos lados de la ecuación. Tal vez no lo hacíamos en el pasado, pero ahora, definitivamente lo hacemos. Ningún inversionista prudente invierte hoy sólo mirando los números. Aprendimos, a base de golpes, que el factor clave es la gente. Si no está satisfecha con su trabajo, si no se siente orgullosa de su empresa, sólo será cuestión de tiempo y empezarán a aparecer las pérdidas.

—Supongo que lo mismo piesan los de sindicatos. Saben bien que no hay seguridad en el trabajo en una empresa que está perdiendo dinero, independientemente de lo que les prometamos nosotros, los ejecutivos. Más y más exigen ver nuestro plan de inversiones, antes de considerar hacer concesión alguna.

Levanta sus ojos de la **nube** y me mira. —En nuestro caso, creo que así es.

—¿Así es qué?

—Yo creo que es fácil responder que debemos vender tus compañías. No, no te alteres. Déjame terminar. Mira, tú sabes cómo está nuestra clasificación como riesgo de crédito. Casi hemos tocado fondo.

Lo sé. Estamos pagando 2% arriba de la tasa prima.

—Todo mundo está tratando de alegrarme con el repunte del mercado, pero los mercados oscilan, luego vendrá la baja. La última baja del mercado casi dejó a UniCo "en la lona". Ya no tenemos las reservas suficientes para aguantar otro período malo y no creo que podamos reunir suficientes reservas en este lapso de repunte. Por lo menos, no debemos contar con eso. Nadie sabe cuánto tiempo va a durar, y todo mundo me está diciendo que no será fácil ganar dinero en este repunte, la presión por bajar los precios continúa igual de intensa.

Empiezo a ver su punto de vista.

—Alex, aunque me olvidara por un segundo de mis jefes, aunque sólo me concentrara en los intereses del personal de UniCo, de todos modos llego a la misma conclusión: debemos vender alguna parte de la empresa para proteger al resto. Y el grupo de empresas diversas es nuestra única opción. Tenemos que proteger nuestro negocio medular.

—Pero, ¿por qué vender precisamente ahora? ¿Por qué no acumular utilidades mientras el mercado está bueno?

—La oportunidad tiene que ver muy poco con la jubilación de Granby, —Trumann responde a mis inquietudes recónditas. —Sin embargo, es el momento en que podríamos obtener el mejor precio, cuando todo el mundo está viendo, esperanzado, hacia el futuro.

—Compramos a mis compañías bajo circunstancias similares, en 1983 cuando todo el mundo estaba esperando un repunte... Y definitivamente, pagamos precios exagerados.

—Eso es precisamente lo que digo yo, —suspira. Quedamos en silencio.

—Esto es interesante, —dice después de un rato. —¿Dónde aprendiste esta técnica de presentación?

—Es limpia. En media página se puede ver la panorámica completa.

—Exacto. El conflicto te salta a la vista. No puedes hacer caso omiso del verdadero problema. Es una forma poderosa de presentar las cosas.

—No es sólo una técnica de presentación, —comento. —Esta técnica dice que no debe uno de tratar de llegar a un arreglo a medias, a un compromiso. Exige examinar los supuestos que están detrás de las flechas para poder evaporar el conflicto.

—¿Qué quieres decir?

Jonah dice que cualquier **nube** puede romperse, evaporarse, pero está equivocado. Si yo pudiera encontrar la forma de evaporar este conflicto yo no tendría que vender mis compañías. Ahora, por haber abierto mi bocota, tengo que defender su técnica.

—Mire, por ejemplo, a esta flecha, —le digo a Trumann: —"Para poder proteger los intereses de los accionistas, debemos vender las compañías". El supuesto aquí es que las compañías no son suficientemente rentables. Si podemos encontrar la forma de hacerlas más rentables, una forma en que garantice que puedan vender mucho más producto sin incrementar su gasto de operación, entonces se rompe la **nube**. No tenemos que vender las compañías. Simultáneamente protegemos los intereses de los accionistas y de los empleados por igual.

—¿Sabes cómo hacerlo? ¿Tienes una idea de cómo incrementar las ventas de productos sin elevar el gasto de operación?

—No, —admito. —No veo la forma de hacerlo.

Sonríe. —Así que aunque en teoría el conflicto puede eliminarse, en la práctica tenemos que vivir con él. Supongo que hay una gran distancia entre las teorías bonitas y la dura realidad.

No me queda otra que estar de acuerdo con él.

11

A primera vista los taxis de Londres se ven extraños, pero al subirte a uno, lo parecen aún más. En la parte posterior hay un asiento en el que sólo caben dos personas. Se pueden abrir de la pared que separa al operador de los pasajeros dos repisas más para sentarse. Ni en los trenes me gusta sentarme de espaldas al sentido en que nos movemos. En un taxi, quedando frente a Trumann y Doughty, me molesta aún más.

Estamos regresando de una junta en la que negociamos la venta de la empresa de Pete. De hecho, no lo describí bien. No negociamos nada, sólo hablamos, principalmente yo. Cuatro personas hicieron preguntas y debido a la naturaleza de las mismas, Trumann y Doughty me dejaron responder a mí. La mayoría de las preguntas se orientaban a las razones del sobresaliente desempeño (no confundir con desempeño financiero, porque de eso la empresa de Pete es inocente).

Me tardé un buen rato en explicar por qué nuestras entregas a tiempo están tan altas mientras que los inventarios están tan bajos. No es fácil explicarle esto a personas cuyos puntos de partida son tan diferentes, gente que cree que los gerentes deben de concentrarse en exprimir al máximo cada eslabón, aunque al hacerlo, inadvertidamente pongan en peligro el desempeño de la cadena entera. Tuve que comprobar por qué los esfuerzos como el de tratar de ahorrar tiempo de preparación en las prensas, u optimizar la carga de trabajo de cada técnico en la sala de preparaciones, conduce precisamente a lo contrario, es decir, a islas de ociosidad disfrazada y a la degradación del desempeño en general.

Debo decir que siguieron con interés lo que yo decía, hicieron muchas preguntas, y escucharon atentamente mis explicaciones cada vez más elaboradas. No sólo los ingleses, Trumann y Doughty tampoco perdían palabra. Yo creo que subieron un poco mis bonos con ellos.

Después de cinco horas de conversaciones, nos fuimos, dejando tras de nosotros, "de tarea", unos 10 centímetros de reportes financieros. La batalla sobre los términos y condiciones no empieza sino hasta la próxima junta, pero eso será dolor de cabeza de Trumann y Doughty. Yo no tendré que participar. Si tienen éxito en lograr que el prospecto convenga en el marco general de la operación, el prospecto enviará a sus auditores a la compañía. A partir de ese momento, comenzarán los dolores de cabeza de Pete.

—¿Nos reunimos en media hora en el bar? —sugiere Trumann cuando llegamos al hotel.

Buena idea. Me caerá muy bien una cerveza o dos. Al llegar a mi habitación, trato de llamar a Don. Puesto que los hoteles europeos te cobran un 400% sobre el costo de las llamadas telefónicas, uso mi tarjeta telefónica. Tres hileras interminables de números, dos errores y, finalmente, Don está en la línea.

—¿Hay novedades? —pregunto.

—¿Qué quieres que te diga primero? —Don está de buen humor. ¿Las buenas o las malas?

—Las malas primero.

—Las malas noticias son que te equivocaste al pensar que Pete iba a tener problemas al presentarle su nueva oferta a sus clientes.

—Yo no pensé que Pete iba a tener problemas al presentar su oferta, —me río. —Dije que creía que sus clientes iban a batallar para aceptarla. ¿Así que las malas noticias son que me equivoqué y las buenas son que Pete tenía razón?

—Precisamente. Pete dice que se entusiasmaron bastante. No se aguanta las ganas de explicarte lo bien que le fue. ¿Por qué no lo llamas?

Se me olvidó oprimir la tecla de "gato" (#) para retener la línea y hacer otra llamada, así que cinco minutos y 30 dígitos después, tengo a un entusiasmado Pete en la línea.

—No, no tengo la orden de compra en la mano. Tengo algo mucho mejor.

—Lo único mejor que una orden de compra en la mano, —digo con sarcasmo, —es el dinero del cliente en nuestra cuenta bancaria. Pete, entiendo que tuviste dos visitas de venta muy buenas, ¿pero podrías ser más específico, por favor?

—Comencé por presentar "la **nube** del comprador". ¿La recuerdas? ¿La del conflicto entre la necesidad de obtener precios más bajos y la necesidad de tener inventarios más bajos?

Estoy ansioso por conocer el trato que cerró, para conocer la reacción de los compradores a esta oferta suya tan poco convencional, pero mi impaciencia ha hecho que Pete "se clave" en todos los detalles. Percatándome de que la forma más rápida es dejar que Pete lo cuente a su manera, le aseguro que recuerdo la **nube** del comprador.

—Luego establecí la diferencia entre el precio unitario y el precio por unidad utilizable. Tú sabes, use la gráfica de la probabilidad de obsolescencia como función del horizonte del pedido...

Sigue así por un rato, dándome, golpe a golpe, una reseña de lo que presentó, cómo lo presentó, por qué lo presentó, etc. Miro a mi reloj. En cinco minutos tengo que estar en el bar, y además, la llamada es transatlántica. Por fin, llega al meollo. —A cada comprador que visité le gustó tanto la oferta que me pidió una propuesta para la totalidad de sus necesidades de envolturas.

—¿Qué significa eso, Pete, en Dólares?

—Todavía estamos preparando las cotizaciones, y no terminaremos hasta entrada la tarde de mañana. Pero en cada caso estamos hablando de grandes negocios. Más de medio millón al año.

—¿Cuáles son tus probabilidades de ganar, siendo realista? —trato de enfriarlo un poco.

—Muy buenas, sumamente buenas.

Hago algunos ruidos para indicar mi escepticismo.

—Alex ¿qué no ves? Ahora el comprador tiene una referencia tangible. Puede comparar mi cotización contra lo que está pagando realmente por año. No hay mejor forma de demostrarle el concepto de precio por unidad utilizable. Tengo que ganar.

Tiene razón, pero...

—Alex, tengo juntas programadas con estos dos clientes para jueves o viernes de esta semana. Habrá tiempo más que suficiente para revisar nuestras cotizaciones con todo detalle.

Buena idea. No enviarla por correo sino discutirla cara a cara con los compradores. Pueden evitarse así muchos malos entendidos, especialmente en un caso como éste donde la oferta es tan poco convencional.

—¿Entonces para el fin de semana sabremos?

—Tendremos una mejor idea, pero no espero conseguir la orden de compra en ese momento, necesitan tiempo para digerirlo. También tendrán que pedirle una contra-oferta a los proveedores que ya tienen, por lo menos eso es lo que yo haría. No obstante, yo creo que la tendremos antes de fin de mes. Nuestra oferta es sencillamente demasiado buena y yo voy a seguir sobre ella.

Le digo lo contento que estoy con el trabajo que está realizando y me dirijo hacia el bar. En el elevador me percato de que tengo un problema nuevo. Desde el inicio me gustó la solución de Pete, mi único problema era que los compradores lo aceptaran. Ahora que lo ha probado con dos de los más "duros de roer" y en ambos casos la han entendido al grado de estar considerando comprar todo lo que compran a la reserva que tenía ya no me molesta. Si, todavía tenemos que ver si los compradores van a aceptar el trato, por ahora sólo es cuestión de afinar la presentación y no si funciona o no la solución. Así que, ¿cuál es mi problema? La credibilidad. Hoy, al explicar el desempeño de la planta de Pete, enfaticé que el departamento de envolturas iba a necesitar grandes inversiones para hacerlo rentable. ¿Cómo voy a explicar que este barril sin fondo se ha convertido, de repente, en una mina de oro? Voy a tener que planearlo muy bien.

No se trata de un bar. Es un típico *English pub*, lleno de gente que se detiene ahí a tomarse una cerveza.

—Aquí viene mi salvador, —dice Trumann, haciéndome señas con la mano,   —¿Qué te tomas?

—Una pinta de *lager*, por favor, —digo, tratando de ajustarme al ambiente.

—Y yo quiero otra, —grita Doughty hacia Trumann que ya se ha levantado y se dirige a la barra.

—¿Qué salvador? ¿De qué está hablando?

Doughty sólo me da una servilleta. Está toda rayada. Apenas reconozco la **nube** que escribí en el avión. Así que eso es lo que quiere Trumann, que yo le explique a Doughty el dilema de proteger a los accionistas —proteger a los empleados. Comienzo a hacerlo. Trumann llega con tres grandes tarros y los coloca silenciosamente frente a nosotros. Cuando termino, Trumann está brillando de gusto sobre una **nube** limpiecita.

—Bueno, ¿qué piensas ahora?

—Me parece que es un juego bonito pero impráctico, —Doughty no está impresionado.

—Sí, ya sé lo que quieres decir, —Trumann le da una fuerte palmada en la espalda. —Yo también me pongo así de cínico, cuando todo parece ser un juego. Brutal, a veces injusto, y hagamos lo que hagamos, el juego continúa jugándose, con o sin nosotros. Alégrate, muchacho, tómate tu cerveza.

—Doughty sonríe, envuelve su tarro con la servilleta, lo levanta bien alto y dice: —¡Por el juego! —nos unimos a su brindis.

—Y yo sigo diciendo que, —me guiña un ojo, —que todos los diagramas, concisos como éste, o complicados como los reportes financieros, no nos ayudan a jugar mejor. Al final de cuentas todo se reduce a la intuición, a la corazonada.

—Tú y tus corazonadas, —dice Trumann bajando su tarro, —pero una cosa sí te acepto, esta **"nube"** como la llama Alex, tiene muy pocas ramificaciones prácticas, si acaso tiene alguna. —Viendo mi expresión, pregunta sorprendido, —¿No estás de acuerdo?

Veo una maravillosa oportunidad para soltarles las buenas pero embarazosas noticias de la compañía de Pete y decido darle para adelante. —No, no estoy de acuerdo.

Como lo esperaba, muerden el anzuelo. —¿Qué se puede hacer con un diagrama como éste, excepto pasar el rato en una cantina? —dice Doughty con voz dubitativa.

—De hecho, —decido ser un poco arrogante, —uno se molesta en escribir una **nube** sólo si pretende usarla. Por supuesto, si después de enunciar el problema con toda precisión, después de escribir la **nube**, no se intenta resolver el problema, entonces tengo que estar de acuerdo, en que es impráctica. El valor real de la **nube** estriba en que ofrece una forma directa para resolver el problema, para evaporar el conflicto.

—¿Estás diciendo que tú sostienes que este diagrama, —pregunta Doughty al tiempo que cuidadosamente quita la servilleta de su tarro, —puede usarse para dar resultados tangibles?

—Sí, eso es precisamente lo que afirmo.

—¿Y que puede ayudarnos a ganar el juego? —pregunta Trumann aferrándose a su metáfora.

—No sólo el juego, también el *set*.

—Compruébalo, —dice Doughty con firmeza.

En un instante siento que estoy bajo el microscopio, sometiéndome a un tipo de examen muy importante. Pero no se apuren. Estoy bien preparado.

—Tomemos, por ejemplo, el tema sobre el que estuvimos trabajando todo el día: mi imprenta. —Cuidadosamente aliso la servilleta. —Para poder proteger a nuestros accionistas estamos tratando de vender esta compañía porque no es lo suficientemente rentable para justificar la inversión.

—No es lo suficientemente rentable ahora y de acuerdo con tus reportes sólo será rentable marginalmente en el futuro previsible, —me corrige Trumann.

—Sí, —confirmo, —ése es nuestro supuesto. Hemos examinado la situación con cuidado. Como ustedes saben, la clave para incrementar sustancialmente las utilidades es hacer algo con respecto a las pérdidas del departamento de envolturas...

—Si pretendes persuadirnos de que invirtamos en nuevo equipo... —Trumann interrumpe mi explicación.

No titubeo en hacerle lo mismo, —y cómo sabíamos que no hay autorización para hacer inversiones adicionales, tuvimos que discurrir cómo presentarle una nueva oferta al mercado. Una oferta basada en el equipo existente, que fuera muy atractiva para el mercado y muy rentable para nosotros.

—En pocas palabras, —dice Doughty, —misión imposible.

—Así parece, —y sonriendo, tomo un sorbo, bien despacio, de la sabrosa cerveza *lager* que tengo en mi tarro.

Ambos me miran. Después de un rato Trumann pregunta: —¿Estás tratando de decir que has encontrado el modo de hacerlo?

—Así parece, —digo, celebrando el momento.

—Alex, te voy a traer otra cerveza, pero ¡Dios te ampare si estás tomándonos el pelo!

Trumann espera hasta que Doughty se ha ido a la barra.—¿Qué está pasando? Alex, tú me dijiste en el avión cuando veníamos de camino a Europa, que no tenías ni la menor idea de cómo incrementar las ventas de tus compañías sin incrementar los gastos. ¿Cambió algo en los últimos dos días? ¿o estás intentando hacer una maniobra *kamikaze* para sabotear la venta de tus empresas?

—Nada de eso, —le aseguro. —Sé lo extraño que le han de parecer estos últimos cinco minutos, pero no estoy jugando ni haciendo trucos. Acepto que todavía no sé qué hacer con las otras dos empresas, pero en lo que se refiere a la imprenta, acabo de recibir confirmación telefónica, de que nuestra innovadora idea funciona.

—¡Cuéntamelo todo! —dice Trumann con la misma firmeza que Doughty.

Espero que Doughty se siente y empiezo a explicarles la solución de Pete, dando crédito a quienes lo merecen, por supuesto. —Así que, —termino una explicación de quince minutos, —como ya se habrán dado cuenta, por eso no se los pude decir antes, porque no esperaba que me lo tomaran en serio. Francamente, hace apenas una hora ni yo mismo lo tomaba en serio del todo.

—Tendremos que esperar a ver si los dos tratos grandes pasan, pero tengo que aceptar que es alentador.

—Tendremos que darle largas a nuestras negociaciones de la compañía de impresos, —dice Doughty lentamente, —por lo menos hasta que se aclare un poco más la situación.

—Sí, —concuerda Trumann, —y será mejor que preparemos más prospectos. Si lo que Alex nos dijo se hace realidad, va a ser un juego de pelota totalmente diferente. Y no podremos regresar con nuestros prospectos existentes con tales cambios en nuestra historia. Sin importar cuánto lo expliquemos, nuestra credibilidad se verá menoscabada. No, Alex, no te apures, nos daremos por satisfechos si tu solución funciona realmente. Es mucho más divertido vender una compañía que gana el 15% de utilidad sobre las ventas que una que apenas llega al punto de equilibrio. —Comienzan a calcular cuánto deben pedir por la empresa de Pete. Sí. Pretenden seguir con su plan de vender la compañía. Con razón, su principal preocupación es la clasificación de crédito de UniCo. Pero si la idea de Pete funciona, y yo cada vez más me convenzo de que sí funcionará, entonces su futuro queda asegurado. Nadie se mete con "la gallina de los huevos de oro", la dejan en paz. Y pensar que nuestro punto de partida fue invertir una pequeña fortuna para cambiar nuestras prensas de preparación rápida, ¿hasta dónde llegaba nuestra estupidez? Doughty interrumpe mis reflexiones: —Alex, ¿usaron los diagramas para construir esta solución tan buena?

—Sí, definitivamente. Sin ellos no hubiéramos tenido ni la menor oportunidad. Con ellos, apenas nos salvamos.

—Mmmm, —es su única respuesta.

12

Muchos viajeros se quejan de la cocina inglesa, pero en mi opinión, los restaurantes ingleses tienen algo que lo compensa todo: se trata de su modo de servir el café. Para el café nos dirigen a otro salón, amueblado con grandes sillones de cuero, mesas bajas y una chimenea con fuego de leña de verdad.

Fácilmente me convencen de probar un *brandy* de 1956. A Brandon y a Jim los convencen con la misma facilidad. Yo me quedo mirando al fuego fijamente, tratando de digerir lo que he aprendido en los últimos dos días. Si se fijaron ya no son Trumann y Doughty, después de dos pintas de cerveza, (como un litro), y una botella de vino tinto cada uno, es natural que cambie y empiece a llamarlos por su nombre de pila.

Trumann se ganó mi respeto en el vuelo cuando empecé a entender mejor sus motivos. Esta noche he aprendido a apreciar el otro lado de su personalidad, el "lado Brandon", como yo lo describo. Es un individuo cálido y humano. Tan diferente del estereotipo de un tiburón sin corazón con el que lo había etiquetado. Pero la gran sorpresa es Jim. No es frío como un pez, el Jim de después del trabajo es muy diferente al Doughty del trabajo. No es que sea parlanchín y optimista, sino que es amistoso y tiene un sentido del humor encantador aunque un tanto cínico.

Cuando Brandon nota que he regresado a la realidad, me dice:
—Alex, hay una cosa que nos está molestando. Dijiste que esta solución de avanzada para mercadotecnia que estás probando en la imprenta no fue inventada "por chiripa", sino sistemáticamente, usando diagramas de lógica. ¿Cómo es que no has tenido éxito con ellos para encontrarles so-luciones de mercadotecnia?

Empiezan a sonar como Julie. Pero ¿qué les puedo decir? ¿Que no lo he intentado? Sí, eso es cierto, pero ¿por qué no lo he intentado? Por-que estoy seguro de que habría sido una pérdida de tiempo.

—La lógica sola no basta, —explico, —se requiere intui ción. Pete se ha pasado la vida entera en el negocio de las imprentas, su experiencia le ha dado suficiente intuición. Por eso con los **Procesos de Pensamiento** pudo encontrar una solución de avanzada para su compañía. Pero

Bob Donovan y Stacey Kaufman son relativamente nuevos en las suyas.

—Así que estamos de regreso en la intuición, —dice Brandon decepcionado. —Sí, así es, ¿cuál es la gran ventaja de usar estos diagramas de lógica?

Puedo demostrarles lo importante que son los **Procesos de Pensamiento**. Te obligan a verbalizar tus corazonadas, y así te permiten liberar realmente tu intuición, y la habilidad para verificarla. Pero ¡qué demonios! si lo hago volverán con su pesada pregunta: ¿Por qué no lo hice yo por *Cosméticos I* y *Vapor a Presión*? Así que en lugar de responder, me dedico a saborear mi delicioso *brandy*.

Jim toma mi silencio como respuesta y resume: —Si no tienes intuición, no habrá método que pueda ayudarte. Si tienes intuición no necesitas método alguno.

Eso me provoca. Está totalmente mal. —Si no tienes intuición —replico, —no habrá método que valga. Estoy de acuerdo. Pero si la tienes, todavía puedes equivocarte. La intuición es una condición necesaria para encontrar soluciones, pero según mi experiencia, dista mucho de ser suficiente. Tienes que tener un método para liberar, enfocar y criticar tu intuición si es que deseas llegar a soluciones prácticas y sencillas.

—Tal vez, —dice Jim Doughty.

—No, no tal vez. Definitivamente. ¿Alguna vez has estado en una situación en la que sentías que estabas en una alberca llena de pelotas de ping-pong y que tu tarea era mantenerlas a todas bajo el agua? ¿La sensación de estar pasando la mayor parte de tu tiempo apagando incendios?

—¿Que si lo he sentido? —se ríe, —esa ha sido la historia de mi vida, especialmente en los últimos cinco años.

—Verás, en esas situaciones el mero hecho de que sabes cómo "apagar los incendios locales" indica claramente que tienes intuición. No obstante, no has encontrado el hilo de la madeja todavía para ayudar a deshacer el nudo.

—Estoy de acuerdo —dice Brandon, —pero si no tengo el inicio del hilo, ¿cómo puedo escribir la **nube** relevante?

—Oh, lo siento. Te di una impresión equivocada. La **nube** no siempre es el primer paso. Se supone que debes usarla sólo después de que tienes bien organizada en tu mente la situación actual.

—¿Qué quieres decir?

—Si estás constantemente "apagando incendios" tienes la impresión de que estás rodeado de miles de problemas.

—Lo estoy, —dice Jim.

-Los **Procesos de Pensamiento** sostienen que estos problemas no son independientes unos de otros, sino que hay fuertes lazos de causa y efecto entre ellos.

-Sí, yo también creía eso, cuando iba al Catecismo. Lo que la vida me ha enseñado es que los problemas están enlazados por pretextos.

Hago caso omiso de su broma. —Hasta que no se establezcan estas relaciones de causa y efecto no tendremos una imagen suficientemente clara de la situación. El primer paso, entonces, es usar una forma muy sistemática para armar lo que se llama un **Arbol de Realidad Actual**, diagramando las relaciones de causa y efecto que conectan a todos los problemas que prevalecen en una situación. Una vez que has hecho esto, te percatas de que no tienes que lidiar con muchos problemas porque en el núcleo casi siempre hay una o dos causas independientes.

—Lo que estás diciéndonos es que por debajo de cualquier situación hay de hecho sólo uno o dos problemas medulares? —Brandon encuentra difícil de creer esto.

—Precisamente. Sólo uno o dos problemas centrales son la causa de todos los demás. Por eso yo no llamo a los síntomas "problemas" sino **efectos indeseables**. Son derivados inevitables del problema medular.

—Esto es importante, —dice Brandon pensativamente. —Si lo que dices es posible, lo cual dudo, entonces tenemos la clave para dirigir nuestros esfuerzos hacia la razón medular, no hacia los síntomas.

—¡Ya lo tiene! —exclamo sonriendo. —Y los **Procesos de Pensamiento** nos dan una receta de cómo hacerlo paso a paso. Se comienza con una lista de **efectos indeseables**, entre cinco y diez de ellos, luego se sigue la receta y acaba uno con una identificación clara de los problemas medulares. Más aún, intensifica su intuición, la cual es vital para el siguiente paso, que es encontrar una solución para el problema medular.

—Suena demasiado simple, —dice Jim.

¿Por qué hago esto? Repito lo que Jonah sostiene como si fuera mío, pero si realmente creyera en ello, habría usado sus métodos más seguido. Por ejemplo, desde la última junta del Consejo, he tenido la sensación de estar en un enredo, dando golpes sin ton ni son, y sólo Dios sabe cuánto necesito encontrar una solución sólida. Pero la verdad de las cosas es que no creo lo suficiente en la teoría de Jonah como para intentarla ahora.

—¿Lo has intentado tú alguna vez, —me pregunta Brandon llanamente, —me refiero a situaciones que parecían no tener esperanza alguna?

Lo pienso por un momento. Como gerente de planta no usé los métodos de Jonah. Usé sus conclusiones. Con razón, en ese tiempo yo no estaba consciente de los **Procesos de Pensamiento**, núcleo fundamental de la **Teoría de Restricciones** de Jonah. Cuando llegué a ser gerente divisional, Jonah insistió en que aprendiera sus métodos para que dejara de depender de él y pudiera valerme por mí mismo. Desde entonces he utilizado mucho algunas de las secciones de su método, principalmente para dar poder a mi gente, facultarla, para resolver conflictos y para fomentar el espíritu de equipo. Pero en por lo menos tres situaciones utilicé los **Procesos de Pensamiento** en su totalidad.

—Sí lo hice, —debo admitir, —más de una vez.

—¿Y...?

—Y funcionó... sorprendentemente bien. —Para justificarme agrego, —lo que se necesita es intuición sobre el tema y la voluntad de realizar un trabajo meticuloso.

—¿Cuánto tiempo ocupa? —pregunta Jim.

—Depende. Unas cinco horas más o menos.

—¿Cinco horas? —dice Jim soltando la carcajada, —eso es menos que las horas de sueño que pierdo en una noche por pensar en esos problemas.

No entiende la dificultad, no es el tiempo; es decidirte a hacerlo.

—Intentémoslo, —sugiere Brandon Trumann. —¿Por qué no escogemos un tema en el que todos tengamos intuición y luego nos lo demuestras?

Miro mi reloj. Son casi las 11:00. —No creo que sea práctico. Ya es tarde y tenemos dos juntas importantes en la mañana... Y, además, ¿qué tema podríamos elegir? Yo no creo que haya algún tema sobre el cual cada uno de nosotros tenga suficiente intuición.

—Sí lo hay, —dice Trumann. —Tú tienes mucha experiencia en manejar empresas y darles un giro completo. Nosotros tenemos mucha experiencia en controlar empresas. Y si hay una cosa que nos está volviendo locos a los tres es el tema de cómo incrementar las ventas.

—Sí, —concuerda Jim Doughty, —además, no tenemos que hacerlo todo esta noche. Simplemente hacemos el primer paso; te damos una lista de problemas, de... "efectos indeseables", para usar tu terminología. Posteriormente tú nos puedes enseñar cómo se conectan unos a otros, si es que esto es posible.

¿Qué quieren que le haga? Me han atrapado. Brandon Trumann saca su pluma y busca otra servilleta, se sienta en el tapete bajo los chocolates y anuncia su **efecto indeseable**.

—"La competencia está más feroz que nunca". Estoy harto de oír esto en todas las compañías con las que tengo tratos.

-Sí, —dice Jim, —y a eso agrégale: "Hay una presión creciente en el mercado por reducir los precios".

—Ese es uno bueno, —dice Brandon con entusiasmo. —Independientemente de lo alta que sea la demanda, se sigue oyendo la misma excusa. Se ha llegado a tal grado que nosotros, como consejeros externos, tenemos miedo de pedir más ventas. Generalmente las logran, pero bajando los precios.

Es interesante ver cómo se ven las cosas desde su lado de la mesa. —Síganle,—apremio, —necesitamos entre cinco y diez **efectos indeseables.**

—¿Qué otros pretextos escuchamos todo el tiempo? —Brandon se ha metido realmente en el juego. —¡Ah!¡ Ya tengo uno! Oigan: "Cada vez, en más y más casos, el precio que el mercado está dispuesto a pagar no deja suficiente margen".

—¿Llamas a eso un pretexto? —pregunto extrañado sin poder ocultar mi sorpresa.

—Definitivamente. Yo creo que el verdadero problema —dice Jim, —es una falta de visión panorámica. Lo que vemos son soluciones *ad hoc*, "bomberos apagando incendios", pero no una estrategia sólida general respaldada por un plan táctico razonable y detallado.

—¿Se vale escribir un discurso entero como **efecto indeseable**? —pregunta Brandon, divertido.

—Está bien, —contesta Jim, —te lo voy a plantear tan concisamente como sea posible. Yo creo que el verdadero problema es que los gerentes están tratando de manejar sus compañías tratando de optimizar lo local.

—Sí, ése es uno bueno. —Brandon contesta casi para sus adentros pues está ocupado escribiéndolo todo. —Eso es lo que están tratando de hacer y, como resultado, lo que nosotros vemos como observadores externos es que las diversas funciones dentro de las compañías se la pasan culpándose mutuamente por su falta de desempeño. Siempre es culpa del otro departamento.

—Escribe también eso, —le digo, —este comportamiento definitivamente es un problema.

—Estoy escribiendo, estoy escribiendo, —contesta Brandon, y continúa diciendo dirigiéndose a mí: —Alex, ¿no quieres donarnos un problema desde tu perspectiva?

—Está bien. Les voy a dar uno, además, ustedes conocen de sobra la fuente de este problema. "Hay presiones sin precedente por realizar acciones para incrementar las ventas".

Se ríen, y Jim dice: —Y a juzgar por los resultados, la presión ha sido insuficiente.

—Pero ya en serio, —continúa Brandon, —hemos olvidado algo que es verdaderamente molesto. Estoy hablando de la necesidad de lanzar nuevos productos al mercado a un ritmo sin precedentes. ¿Se acuerdan de la época en que los productos tenían una vida útil de más de diez años? Se acabaron esos tiempos. En casi todas las industrias en que yo tengo algo que ver, la vida media de un producto en el mercado no llega a tres años y en muchos no es ni siquiera de un año.

Recordando lo que Bob Donovan dijo acerca de sus productos cosméticos, no puedo menos que estar de acuerdo. —Hay otro problema debido a eso. Esta constante introducción de nuevos productos confunde al mercado y los convierte en niños mimados, los echa a perder.

Cuando Brandon termina de escribir pregunta: —¿Jim, tienes algo que agregar a este tema?

—Sabes bien que sí, —contesta Jim. —Me has oído hablar con escepticismo sobre el impacto positivo de los productos nuevos. Muchos de ellos fracasan. La mayoría no justifica la inversión que se hizo en su desarrollo, pero aun cuando el producto nuevo o mejorado tenga éxito, casi siempre afecta en forma negativa las ventas de los productos que ya se tienen. De hecho, no sólo pasa con los productos nuevos sino también con los nuevos canales.

Me pregunto si debo expresarle mi opinión de lo que acaba de decir cuando Brandon le manifiesta su apoyo. —Apenas la semana pasada me enteré de algo que no van a creer. Desafortunadamente sucedió en una empresa en la que tenemos grandes inversiones. Hace seis meses reportaron un gran éxito: habían firmado un gran negocio con una cadena de clubes de consumidores. La semana pasada me enteré de que la baja en ventas que experimentamos el trimestre pasado se debió al hecho de que las ventas del club erosionaron notablemente las ventas de las tiendas de menudeo.

Puesto que en UniCo nos pasó a nosotros exactamente lo mismo hace poco, prefiero salir de este tema lo antes posible, y digo: —¿Por qué no anotas "La mayoría de los nuevos canales de venta y la mayoría de los productos nuevos o mejorados erosionan las ventas de los canales de venta o productos existentes"?

—Bueno.

Hago un recuento rápido de la lista de Brandon. —Muy bien, tenemos diez ya. Con eso basta.

—No, no, —dice Jim. —No voy a dejar que te quedes con esta lista. Esos puntos le echan la culpa demasiado al mercado y a las compañías ni las toca. Déjame agregar unos más.

Volteando hacia Brandon dice: —Escribe que "un gran porcentaje de los vendedores actuales carecen de suficientes habilidades de venta".

Antes de que continúe, yo interrumpo, tratando de balancear la cosa un poco. —Los vendedores están sobrecargados de trabajo. —Y me aseguro de que lo anote.

Jim continúa: —"Producción y distribución no mejoran con suficiente rapidez ni en lo verdaderamente importante".

—Espera, espera, —dice Brandon. —Déjame terminar de escribir... ahora sí, continúa.

—Ingeniería, —dice Jim.

—¿Qué con eso? —pregunto, como si no lo supiera.

Ambos me sonríen y Brandon escribe: —"Ingeniería no puede sacar productos nuevos con suficiente rapidez".

—Y con suficiente confiabilidad, —agrega Jim.

—Bueno, ahora sí ya tengo suficientes, —digo. —Realmente no es necesario continuar.

Jim me sonríe y dice: —Déjame cerrar la lista con un último problema que te recordará de lo que estamos hablando. Anótalo con cuidado, —le dice a Brandon. —Las empresas no aportan suficientes ideas innovadoras de mercadotecnia.

Jim Doughty espera a que el recordatorio cale hondo y luego dice: —Alex, ¿de veras crees que podrás conectar todas las partidas de esta lista con relaciones rigurosas de causa y efecto?

—Y recuerda, —agrega Brandon Trumann, —de acuerdo con lo que tú dijiste, esta receta tuya debe de conducirnos a la identificación de sólo uno o dos problemas medulares causantes de todos los elementos de la lista. Me parece inútil, Alex, tal vez deberíamos dejarlo por la paz y olvidarnos del asunto ¿no? Ya tienes demasiadas cosas en qué concentrar tu atención esta semana.

—No, —el orgullo me obliga a negarme. —Dénmela.

—*Okey*, —dice Doughty, con toda formalidad. —Pero antes de que regresemos a América quisiéramos ver qué hiciste con ella.

—Seguro, —digo, sintiendo que de nuevo me enfrento a una prueba importante. ¿Cómo no dejé las cosas por la paz cuando tuve oportunidad de hacerlo?

13

Estamos en una junta discutiendo la venta de la división de *Vapor a Presión*. Es una reunión extraña. No es con una compañía, como en la junta de ayer, ni con inversionistas, como en la junta de esta mañana. Tengo la clara impresión de que estamos hablando con una comadreja de pocos escrúpulos, con el colmillo retorcido más largo que jamás haya visto. Me pone nervioso.

—Muy bien, —dice "Don Picudo" después de un rato, —hablemos del verdadero meollo del asunto, los activos de la compañía. Abre el balance general.

—Los verdaderos activos de la compañía son su gente, —interrumpo, sin poder evitar recordarle a esta persona lo obvio.

Mira mi tarjeta de presentación y me sonríe, —¿Así que usted es el responsable de esta compañía?

—Sí, señor, —digo con firmeza.

—Y su compañía está generando menos de un cuarto de millón de dólares de utilidad neta con ventas de, veamos... —mira sus notas, —91.6 millones de dólares, ¿verdad? No está muy bien que digamos, lo que estoy tratando de decidir es cuánta utilidad neta generan sobre su activo neto.

La "Víbora de Cascabel" se enrolla y ahora me sonríe. —Si puede usted ponerle un valor monetario a su gente, me temo que le reducirá el retorno sobre los activos. ¿Qué le parece si mejor procedemos a determinar el valor realista de los activos de la empresa?

Cada vez me cae peor.

"Don Crótalo" vuelve a mirar mi tarjeta. —Señor Rogo, en su balance general el equipo de la compañía está registrado a un valor de 7.21 millones de dólares. ¿Cuál es su valor real?

—¿Qué quiere decir? —estoy confundido e irritado. —En UniCo no maquillamos los libros.

—Lo sé, —me dice enseñando los dientes. —Estoy seguro de que sus libros se llevan de conformidad con todos los principios de contabilidad. Pero esa es exactamente la razón por la que pregunto, —explica pacientemente, —el equipo está registrado a valor de compra menos la depreciación acumulada desde que se compró.

—Para efectos de depreciación, estamos tomando una amortización a diez años, —explico. —Está escrito en una de las notas.

—Efectivamente, la nota número 21, para ser exactos.— Con esto demuestra que conoce mi balance mejor que yo. —Pero ese no es el caso, —mira a Brandon y a Jim como pidiendo ayuda, pero ellos no dicen ni media palabra.

—Señor Rogo, —repite, intentándolo de nuevo, —una máquina que su compañía compró hace diez años ahora aparece en su balance general con un valor de cero.

—Por supuesto, para esta fecha está totalmente depreciada.

—Sí, pero todavía podría tener valor. Cuando lleguemos a venderla, podríamos sacarle un buen precio.

Antes que yo pueda comentar, continúa: —Por otro lado, una máquina que se haya comprado hace apenas un año, y que por lo tanto aparece a casi todo su valor de compra, con frecuencia no se puede vender más que por una bicoca. ¿Ve usted? El balance general no me da ni la menor idea del valor real de su equipo.

—No veo la relevancia de eso, —contesto, —pero hipotéticamente, si pusiéramos a la venta las máquinas solas, no nos darían gran cosa. Muchas de ellas están bastante viejas y la mayoría fueron hechas sobre pedido para ajustarse a nuestras necesidades especiales. Hay pocos fabricantes que podrían usar nuestro equipo.

—¿Así que cuánto les podemos sacar?

—No lo sé, —bajo presión agrego, —menos de 7.21 millones de dólares, eso que ni qué.

La "Cobra", probablemente se ha percatado de que no pretendo darle una mejor respuesta, así que cuando Brandon y Jim también se desentienden y no muestran señales de que vayan a clarificar más el asunto, garabatea algo en su libreta y pasa a otra cosa.

—¿En cuánto debemos estimar el valor del inventario? —pregunta.

—¿Por qué no usa el valor en libros?

—Porque, Señor Rogo, sus libros se manejan de acuerdo con las disposiciones legales.

Y apuesto que los suyos no, pienso para mis adentros. No, sencillamente no me cae esta persona, pero para nada. Y en voz alta digo:
—¿Qué tiene eso de malo?

—Nada, excepto por el hecho de que da una información inútil. Ustedes evalúan su inventario de acuerdo a lo que les cuesta tenerlo. A mí me interesa su valor cuando lo tratan de vender. ¿No está de acuerdo en que estas dos cifras serán bastante diferentes?

—No, no lo creo. Por lo menos en nuestro caso, no.

Le echa una mirada desesperada a Brandon y Jim.

—¿Por qué? —me pregunta Brandon a mí.

—Porque tenemos muy poco inventario de producto en proceso, —explico. —La mayor parte de nuestro inventario es de refacciones terminadas, cuyo precio de venta es, como mínimo, nuestro costo, aun cuando lo vendamos a precio de mayoreo. El resto es materia prima común.

Brandon lo mira.

—Tiene sentido, —replica. —¿Y el terreno?

Ya sé lo que quiere decir. Generalmente el número que aparece en libros es algún número histórico que no tiene nada que ver con el valor actual.

—Aquí no hay sorpresas, —dice Brandon. —Se hizo un avalúo del terreno cuando compramos la compañía hace cuatro años. Desde entonces, el valor de los bienes raíces en esa región ha permanecido más o menos constante.

—Preferiría un avalúo actualizado.

—Por supuesto, —accede Brandon.

No entiendo qué está pasando. Esta persona lo está abordando todo mal. La compañía es rentable, es un negocio en marcha. ¿Por qué lo dejan Trumann y Doughty valuar la compañía mediante sus componentes? De este modo, por fuerza el valor será más bajo. Y obtengo la respuesta en ese instante.

Brandon dice: —¿Le parece que discutamos el verdadero activo de la empresa, es decir, su participación de mercado? Tenemos como el 23 por ciento del mercado Norteamericano y nuestra participación es muy estable.

"La Víbora" voltea hacia mí. —¿Qué tan difícil es penetrar este mercado?

—Mucho, —le digo dándole mi verdadera apreciación. —El mercado está dominado por cuatro compañías, todas del mismo tamaño más o menos, todas han estado en este negocio desde hace unos cuarenta años.

—Ya veo, —dice, y comienza a mordisquear su lápiz. Me repatea que muerdan los lápices. —¿A qué se debe esto? —pregunta.

—A varias razones, —respondo con toda calma. —Existe una lealtad en los clientes. Este negocio es en realidad el negocio de las refacciones. Se les vende el equipo básico a los clientes y quedan amarrados para la venta de las refacciones, se las tienen que comprar a uno.

—Con eso basta, —concede.

—Y, —continúo, —no es tan sencillo construir este equipo. Cada pedido es diferente; hay que hacer todo a la medida del cliente, de acuerdo con sus necesidades específicas. Es más artesanal que otra cosa. Se necesita mucho tiempo para desarrollar la experiencia necesaria. —Apenas me controlo para evitar agregar que el verdadero activo de la empresa es su gente.

—¿Existe mucho exceso de capacidad en esta industria? —pregunta.

¿A qué viene esta pregunta? Y luego lo entiendo: —Sí, sí existe capacidad sobrada, —contesto. —Todas las empresas de *Vapor a Presión* aprovecharon la tecnología de *CNC* y de *CAD*, así que no es de extrañar que exista mucha capacidad sobrada. Pero todo mundo tiene mucho cuidado de no emprender una guerra de precios. Muchísimo cuidado. Como decía, todas han estado en el negocio desde hace muchos años y están ahí para el largo plazo. No veo peligro alguno de que se desate una guerra de precios.

—Bien, —dice. Y, volviéndose hacia Brandon y Jim, pregunta: —¿Cuánto?

Para mi sorpresa, responden: —Cien millones de dólares.

Es una cifra enorme. Increíblemente superior al verdadero valor de la compañía de Stacey. Tal vez este sagaz reptil no es tan astuto como yo pensaba, porque su única respuesta es: —Déjenme preguntar por ahí un poco. Yo les aviso el mes que entra.

No, este número inflado ha de ser sólo una postura de entrada. Vale más que recuerde que el mercado de comprar y vender compañías es parecidísimo al regateo que se da en los bazares del medio oriente.

En el camino de regreso no hablamos. No me gustan esta clase de juntas. Me cae mal este tipo. Estoy asqueado de toda la situación. Analizar el valor de las empresas como si fueran tan sólo una colección de máquinas, inventario, terrenos y participación de mercado. Está mal. ¡Está tan distorsionado!

Y el dichoso balance general, ¡qué broma es ésa! Hasta ahora no me había dado cuenta de su pasmosa inutilidad. Los verdaderos activos como la experiencia de la gente, la participación de mercado, la reputación, la imagen, el crédito mercantil, etc.... nada de eso aparece. Y los números que sí aparecen, como el valor de las máquinas, el inventario y los terrenos, apenas si se parecen a su verdadero valor.

Me dan ganas de abandonar este mundo de números artificiales. Ya quiero regresar a casa.

14

Este día no comenzó bien y, a juzgar por como van las cosas, va a terminar peor. Estaban programadas dos juntas para negociar la venta de la compañía de cosméticos de Bob. Mi problema es que yo no había decidido aún qué hacer con el nuevo sistema de distribución de Bob. Su sistema representa una mejora notable en servicio y niveles de inventarios, pero la reducción de los inventarios conduce a una pérdida a corto plazo de unos diez millones de dólares.

Los estados financieros que enviamos a los prospectos son del trimestre pasado, así que el impacto del nuevo sistema no aparece en ellos. ¿Puedo darme el lujo de no mencionarlo? ¿Cuál será la mejor forma de revelarlo?

De camino a nuestra primera junta lo consulté con Brandon Trumann y Jim Doughty. Les puedo decir que no estuvieron muy contentos con la nueva sorpresa que les coloqué enfrente.

—¿Un nuevo sistema de distribución? ¿Los inventarios reducidos por diecisiete millones de dólares? La pérdida esperada es de diez millones de dólares más de lo que actualmente hemos presentado. Alex, ya deberíamos estar acostumbrados a tus sorpresas. Pero la próxima vez danos un aviso un poco más anticipado.

Gracias a Dios que el viaje en taxi fue relativamente corto. De lo contrario habrían abundado sobre lo mucho que les encanta recibir noticias como éstas en el último momento. Pero como andábamos sobre el tiempo, no tuvieron oportunidad de decirme lo que realmente me hubieran querido hacer. En lugar de ello se aseguraron de que yo entendiera lo importante que sería mencionar el asunto frontalmente.

—Si hay una cosa que puede echar a perder un trato, —dijo Brandon, —es una sorpresa de última hora. Esta es nuestra primera junta con los prospectos a comprar *Cosméticos I*. Diles todo, no les ocultes nada.

Aún en el elevador me iban diciendo que enfatizara los beneficios, pero que fuera muy explícito con relación al resultado negativo esperado por esta única reducción de inventarios.

Seguí sus instrucciones y mi explicación fue bien recibida. Tal parece que la mayoría de los inversionistas están conscientes de las utilidades y pérdidas ficticias relacionadas con un cambio en los niveles de inventario.

A los prospectos no les preocupaba la reducción de corto plazo en las utilidades. Al contrario, estaban impresionados con los cambios que habíamos implementado y la velocidad a que lo hicimos.

Lo recibieron tan bien que Trumann insistió en que el impacto negativo único no debía ser un factor en la determinación del precio. Para sorpresa mía, en ambas juntas los prospectos estuvieron de acuerdo.

Por supuesto que me cuestionaron, a profundidad. Pero los conceptos de nuestro nuevo sistema de distribución son tan lógicos y tienen tanto sentido que no tuve problema en convencerlos de la validez de lo que estamos haciendo. La única pregunta que no pude responde fue:
—¿Por qué no lo había hecho antes?

Supongo que esa siempre es la pregunta ante las soluciones nuevas y de sentido común.

¿Seré, acaso, demasiado paranóico con relación a la venta de mis compañías? ¿Quizás será que el mundo ha cambiado y ya no se mueve tanto en base a los números de corto plazo como lo hacía antes? Si todo el mundo es como la gente con la que he hablado hoy, yo creo que a Bob y a Stacey les permitirán manejar sus compañías a su manera.

No, eso no es correcto. Es sólo mi intento por persuadirme de que está bien que colabore en la venta de mis compañías. Yo sé de sobra las distorsiones provenientes de la presión por cumplir con el presupuesto.Esta presión de trimestre a trimestre y de mes a mes que obliga a intervenir hasta a los más prudentes altos ejecutivos. Si la venta de las compañías se cumple, ni Bob ni Stacey tendrán la menor oportunidad.

Pero ahora no puedo siquiera pensar en eso. Tengo algo urgente que hacer. Dentro de una hora tengo que estar en la suite de Trumann.

Lanzo mi ropa sobre la cama y me meto a la ducha. Hace calor aquí en Londres. Mucho calor. En más de una forma.

No, no es lo que ustedes se imaginan. No pretenden quemarme por lo que parece ser mi flagrante intento por sabotear la venta. Hay otro asunto. Alex Rogo, campeón mundial en lo que se refiere a meterse en problemas solo, se ha vuelto a anotar un auto-gol.

Verán, cuando terminó la última junta, Doughty y Trumann se me dejaron caer duro: —Alex, —comenzó a decir Brandon, —quiero preguntarte más sobre este nuevo sistema de distribución.

—Es puro sentido común, nada más, no tiene chiste, —traté de evadir lo que por justicia me toca.

—¿Así que puro sentido común, nada más, no tiene chiste... eh? —Brandon acabó por repetir mis palabras con todo el sarcasmo del mundo. —¿Has notado que tu solución es muy extraña? En tu solución ya no se juzga a las plantas por lo que se supone tradicionalmente que es su responsabilidad, es decir, por su producción.

—Pero esto no quiere decir, —me apresuré a corregir su impresión, —que no se les mida por algo que esencialmente está bajo su control. Es su responsabilidad tener en la planta, suficiente inventario para cada artículo.

—Lo cual me conduce al siguiente punto, —continuó Brandon. —En aras de la reducción del inventario, incrementaste el inventario en las plantas de menos de un día a veinte días. Encima de eso, en aras de una respuesta rápida a las tiendas, ahora demoras los embarques hasta el último minuto posible, o casi. Alex, si no te importa, todo esto, cada aspecto, va contra la práctica común.

No supe cómo responder a su línea de ataque. Yo pensé que habían entendido la solución de distribución. Mi problema, pensé yo, era que también habían entendido por qué no se los había dicho sino hasta el último minuto.

¿Debía comenzar a explicar la solución de distribución desde el principio? No. Sus comentarios en las juntas indicaron claramente que sí entendieron en su totalidad. ¿Pero entonces qué estaba pasando?

Con cautela dije: —Sí, nuestra forma de abordar la distribución parece oponerse a la práctica común, pero sigue siendo sentido común.

—Eso, precisamente, es lo que nos molesta, —intervino Doughty.

Ahora sí que estaba totalmente confundido.

—¿Cómo le hiciste? —preguntó Brandon Trumann. —¿Qué te permitió ignorar la tradición tan olímpicamente? ¿A cambiar lo que siempre se había hecho de un modo, hasta el grado de ser capaz de desarrollar un sistema tan sencillo y poderoso?

¡Así que sí les había gustado nuestra solución!

—Yo no la desarrollé, —honor a quien honor merece, —fueron Bob Donovan y su gente.

—¿Y la solución de ventas de tu imprenta? La que les permite competir contra las imprentas rápidas, que piden precios más elevados por grandes volúmenes. ¿Esa no fue tuya tampoco, sino de Pete y sus equipos?

—Sí, ellos la desarrollaron, —insistí yo.

Pero Brandon no soltaba. —Y el giro de la división de *Vapor a Presión*, dar ese giro sólo en un año, sacando a la empresa de ser un barril sin fondo para empezar a producir alguna utilidad... supongo que esto lo hicieron Stacey y su gente, no tú.

—Exacto. Es un hecho.

—Y a quién le vas a atribuir los logros fenomenales que obtuviste en tu división anterior?

Me habría sentido adulado si no hubiera sido por el tono de su voz. Le salió como si tuviera algo en contra mía.

—¿Qué desean? —pregunté finalmente.

—¿Qué no es obvio? —Jim Doughty preguntó con no menos agresividad. —Tal parece que tú y tu gente tienen un método, un sistema, que les permite romper con las prácticas comunes.

—**Procesos de Pensamiento** que permiten construir y comunicar el sentido común, —dije repitiendo las palabras de Jonah.

—Eso es lo que encontramos tan difícil de creer.

—Y la única otra explicación —empecé a reírme, —es que yo soy algún tipo de genio de la administración. Eso es más difícil de creer.

Fue divertido, realmente divertido. Aunque ellos no se veían así.

—Nos parece difícil de creer que tengas un sistema, pero no podemos nada más olvidarlo, —Jim estaba hablando en serio.

Me encogí de hombros. Me miró directo a los ojos y me dijo: —Alex, vas a tener que guiarnos en un ejercicio.

Y Brandon agregó: —Francamente, no creí que pudieras sacarle sentido al montón de problemas que te pasamos hace dos o tres días. No tomé tus afirmaciones en serio, ¿sabes? lo que dices de que se puede encontrar sólo un problema medular y que ese sea la causa de todos los problemas que enumeramos. Pero ahora no estoy tan seguro. Tal vez sí tienenes una sistema después de todo, aunque parezca extraño.

Así que en menos de una hora debo ir a la suite de Trumann para mostrarles cómo encontrar un problema medular. Para esto voy a tener que construir el **Arbol de Realidad Actual** del tema más complejo que jamás he arrostrado. No tengo ni la más remota posibilidad.

Me visto de prisa. ¿Cuándo fue la última vez que hice un **Arbol de Realidad Actual**? He usado todos los demás **Procesos de Pensamiento** bastante extensamente, y le ayudé a Bob con el trabajo de distribución, pero la última vez que me puse a batallar para construir un **Arbol de**

Realidad Actual yo mismo, fue hace más de dos años. Ni siquiera estoy seguro de recordar los lineamientos de Jonah para hacerlo. Yo y mi bocota. ¿Cómo es que siempre me las ingenio para arrinconarme en esta forma?

Tomo el papel con los garabatos de Brandon. A juzgar por su letra el hombre debió haber sido médico. Apenas puedo descifrar lo que escribió. Primero tendré que copiarlo para que sea legible. Al estar descifrando, empiezo a ver algunas conexiones. Tal vez sí pueda lograr algo con esto.

EFECTOS INDESEABLES

1. La competencia está más feroz que nunca.
2. Existe una presión creciente por reducir los precios.
3. Cada vez en más casos el precio que el mercado está dispuesto a pagar no deja margen suficiente.
4. Más que nunca, el mercado castiga a los proveedores que no actúan de acuerdo con sus expectativas.
5. Los gerentes tratan de manejar sus compañías esforzándose por optimizar lo local.
6. Las diversas funciones dentro de la compañía se culpan mutuamente de falta de desempeño.
7. Existen presiones sin precedentes para que tomemos acciones que incrementen las ventas.
8. Existe la necesidad de lanzar nuevos productos a una velocidad sin precedentes.
9. La constante introducción de nuevos productos confunde y echa a perder al mercado.
10. La mayoría de los establecimientos y la mayoría de los productos nuevos/mejorados erosionan las ventas de los productos/canales existentes.
11. Un gran porcentaje de la fuerza de ventas existente carece de suficiente habilidad.
12. Los vendedores están sobrecargados.
13. Producción y Distribución no mejoran con la suficiente velocidad o importancia.
14. Ingeniería es incapaz de entregar los productos nuevos con suficiente rapidez o viabilidad.
15. Las compañías no sacan suficientes ideas innovadoras en mercadotecnia.

15

—El siguiente paso, —digo con seguridad en mí mismo, —es encontrar una relación de causa y efecto por lo menos entre dos de los **efectos indeseables** que enlistamos. —Ojalá que me sintiera tan seguro como sueno, pero por lo menos recuerdo el paso siguiente.

—¿Importa cuáles dos? —pregunta Jim.

—No. No es como en otros métodos, la jerarquización de los **efectos indeseables** no es parte del proceso.

—Eso es bueno, —dice. —Brandon y yo nunca nos pondríamos de acuerdo en cuál efecto es más devastador. A propósito, decir "**efectos indeseables**" está muy largo, no sería más fácil llamarlos "problemas"?

—Yo prefiero usar las siglas **EIDEs**, por Efectos In-Deseables, tú sabes, "**eídes**", me parece que los describe mejor.

Sonríen cortésmente y "se clavan" sobre la lista.

Estoy en dificultades. No es cuestión de recordar o no recordar los pasos. Creo que puedo recordarlos todos. Es cuestión más bien de realizarlos meticulosamente. Es muy difícil convertir la intuición en una expresión verbal precisa. Nunca he logrado hacer un **Arbol de Realidad Actual** sin pasar por un largo período de tanteo. Ahora tengo que hacerlo bajo la mirada escrutadora de Trumann y Doughty. Espero que sean pacientes, de lo contrario, voy a salir de aquí luciendo como un tonto de capirote. En todo caso, tratar de construir un **Arbol de Realidad Actual** frente a ellos no es la mejor forma de impresionarlos, y eso es precisamente lo que me toca hacer: impresionarlos.

—¿Cómo le hacemos? —pregunta Brandon.

—¿Cómo le hacen qué?

—¿Cómo le hacemos para encontrar las relaciones de causa y efecto entre dos "**efectos indeseables**" o **EIDEs** como tú los llamas?

—Simplemente revisa la lista y usa tu intuición. Las conexiones te saltarán a la vista.

¡Ah!, ¡Ya caigo!, ¡Me salvé por un pelito! Ellos quieren hacer el trabajo. Bueno, entonces yo seré el maestro. Así, ellos van a ser los que estén tanteando, no yo. Hasta cierto punto, claro, porque mientras sientan que están avanzando, no van a estar haciéndolo sin ton ni son.

—¡En Nombre sea de Dios! —rezo para mis adentros y me lanzo a la obra en mi nuevo papel de mentor. —Bueno, ¿encontraron por lo menos dos **efectos indeseables**, o **EIDEs** que conectar?

—Sí, y más de un par, —dice Brandon.

—¿Entonces cuál es el problema? Dámelos.

—Sigo sin sentirme muy a gusto con ninguna de las conexiones. Están muy ordinarias, —declara.

Conozco de sobra este sentimiento. Examinas la lista y te saltan a la vista muchas conexiones. Tratas de ponerlas en papel y ninguna tiene sustancia. Pero para eso, Jonah me enseñó las categorías de reservas legítimas. Eso significa convertir una conexión intuitiva en algo sólido que todos lo describan como sentido común.

—No te preocupes, —digo animando a Brandon, —dime un par, cualquier par.

—Me parece a mí, —comienza a explicar titubeante, —que el hecho de que "haya presiones sin precedentes para que tomemos acciones que incrementen las ventas", conduce al hecho de que "exista la necesidad de lanzar nuevos productos a una velocidad sin precedentes". Pero no me siento a gusto con eso. No es que no sea correcto. Pero...

Tomo dos papeletas engomadas. En una escribo su primer **EIDE**, el **EIDE** número ocho, el de la presión por incrementar las ventas; en la otra escribo su segundo **EIDE**, el que tiene que ver con la necesidad de lanzar nuevos productos. Los pego en una hoja blanca de rotafolios y las conecto con una flecha.

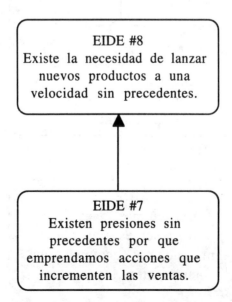

EIDE #8
Existe la necesidad de lanzar nuevos productos a una velocidad sin precedentes.

EIDE #7
Existen presiones sin precedentes por que emprendamos acciones que incrementen las ventas.

Se necesita algo de claridad, —concuerdo. —Estos dos efectos parecen estar conectados por una flecha sumamente larga.

—Una flecha transatlántica, —dice Doughty divertido.

—Trata de clarificar la conexión de causa y efecto insertando un paso intermedio, —le recomiendo a Brandon. Al ver que esto no sirve, lo intento de nuevo. —¿Cuál es la conexión entre la presión por incrementar las ventas y lanzar nuevos productos?

—¿Qué no es obvio? —pregunta con sorpresa. —La presión por incrementar las ventas se traduce en presión por desarrollar nuevos productos, los cuales hay que lanzar al mercado.

—Tiene sentido, —digo, y en un tercer papelito engomado escribo: "Hay presiones sin precedentes por desarrollar nuevos productos rápidamente". Esta nueva nota la pego en la hoja blanca entre las otras dos. Todos nos quedamos viendo lo que acabo de hacer, examinándolo.

EIDE #8
Existe la necesidad de lanzar nuevos productos a una velocidad sin precedentes.

Hay presiones sin precedentes por desarrollar nuevos productos rápidamente .

EIDE #7
Existen presiones sin precedentes por que emprendamos acciones que incrementen las ventas.

—Tiene más sentido, —dice Doughty, después de un momento, —pero le sigue faltando algo.

—Sí, lo llamamos "insuficiencia". Así que déjenme agregar lo que yo creo que falta. —Me esperan mientras escribo en otra papeleta engomada y la pego a un lado de la de abajo. Leo la nota que acabo de agregar: —"Uno de los modos más eficaces para incrementar las ventas es desarrollar nuevos productos mejorados", ¿estamos de acuerdo?

Asienten.

—Entonces, si "existen presiones sin precedentes por que emprendamos acciones que incrementen las ventas" y "uno de los modos más eficaces de incrementar las ventas es desarrollar nuevos productos mejorados", entonces, —y leo la nota intermedia, —"hay presiones sin precedentes por desarrollar nuevos productos mejorados rápidamente", y entonces, en muy poco tiempo, "existirá la necesidad de lanzar nuevos productos a una velocidad sin precedentes". ¿Cómo se ve ahora?

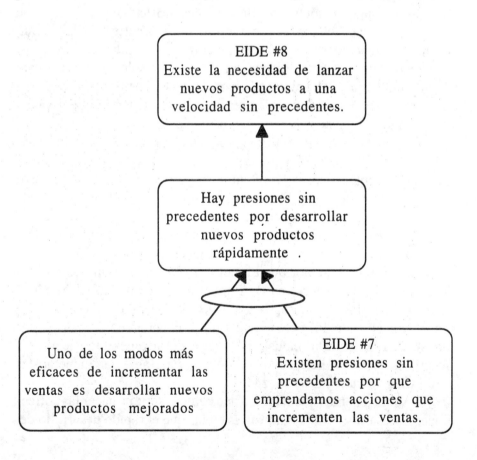

103

Les gusta.

A mí no.

—Amigos, —les digo, —algo anda mal todavía. En casi todas las industrias hay presiones sin precedentes por emprender acciones que incrementen las ventas, pero sólo algunas industrias están lanzando productos nuevos a ritmo sin precedentes.

—No estoy de acuerdo, —dice Brandon. —Casi todas las industrias están lanzando productos nuevos con una mayor frecuencia que antes. Hasta los Bancos están sacando constantemente programas nuevos.

—Hay una diferencia, —dice Jim. —¿Puedes realmente comparar lo que está pasando en industrias como los cosméticos, los palos de golf o cualquier cosa que tenga que ver con electrónica, con lo que sucede en los Bancos? En esas industrias la vida media de un producto es menos de dos años o, incluso, menos de un año. Todas ellas tienen que reemplazar casi todos sus productos cada dos años. A eso es a lo que me refiero cuando digo que a una velocidad sin precedentes.

—Supongo que tienes razón, —contesta Brandon.

—¿Ven el problema? —pregunto yo. —En la parte baja del **Arbol**, tenemos afirmaciones que son ciertas o correctas en todas las industrias. En la parte superior tenemos una conclusión que sólo es correcta para algunas industrias. Falta algo en la parte baja, —concluyo. —Así que si queremos que el **Arbol** esté bien tenemos que agregar en la parte baja una entidad que existe sólo para algunas industrias, lo cual permite que esas mismas industrias desarrollen productos nuevos a ritmos tan acelerados.

Finalmente, digo:—Permítanme sugerir algo, —y luego agrego otra nota a la parte baja. "Hay industrias donde el rápido desarrollo de nuevos materiales permite el desarrollo de nuevos productos".

Pensativamente, Jim dice: —Es un punto válido, un ingeniero electrónico mediocre trabajando con los componentes de hoy puede producir un producto mucho mejor que el mejor ingeniero hace diez años. Así que, ¿qué vamos a hacer con eso? ¿Cómo vamos a corregir nuestro **Arbol**?

—Como los puerco espines cuando hacen el amor, —digo, —con muchísimo cuidado. Primero tenemos que escoger un nombre para estas industrias. Llamémoslas industrias donde el desarrollo rápido de nuevos materiales permite el denuevos productos. Para abreviar llamémoslas "industrias de materiales avanzados".

-Ahora tenemos que releer lo que hemos escrito y hacer las correcciones necesarias; si "Hay industrias en las que el rápido desarrollo de materiales nuevos permite el de nuevos productos, es decir, "industrias de materiales avanzados", y "Uno de los modos más eficaces para incrementar las ventas es desarrollar nuevos productos" y "Existen presiones sin precedentes por emprender acciones que incrementen las ventas", entonces, "En las industrias de materiales avanzados habrá presiones sin precedentes por desarrollar rápidamente nuevos productos mejorados".

—Está largo, pero tiene un sentido perfecto, —dice Brandon satisfecho. —Vamos a corregir la afirmación de arriba conforme a esto.

Como ya conozco sus garabatos, prefiero hacerlo yo mismo. Ahora la afirmación de arriba dice: "En las industrias de materiales avanzados existe la necesidad de lanzar nuevos productos a velocidades sin precedentes".

EIDE #8
En las industrias de materiales avanzados existe la necesidad de lanzar nuevos productos a una velocidad sin precedentes.

En las industrias de materiales avanzados hay presiones sin precedentes por desarrollar nuevos productos rápidamente .

Uno de los modos más eficaces de incrementar las ventas es desarrollar nuevos productos mejorados

Hay industrias en las que el rápido desarrollo de materiales nuevos permite el desarrollo de nuevos productos, es decir, industrias de materiales avanzados"

EIDE #7
Existen presiones sin precedentes por que emprendamos acciones que incrementen las ventas.

—Hasta ahorita, es puro sentido común, nada más, —dice Doughty.

Me reprimo de recordarle que hace apenas unos minutos teníamos muchas reservas con relación a este "sentido común".

—Sentido común, ¡al cuerno! —exclama Brandon con menos misericordia. —Si fuera sólo sentido común, ¿por qué no estuve de acuerdo con la forma en que pusimos la primera flecha originalmente y nos hemos comido casi media hora en llegar a esto, eh?

—*Okey*, está bien, —se disculpa Jim, —yo no dije que construir el sentido común fuera fácil. Pero, Alex, ¿cuál es el siguiente paso? Hasta ahorita apenas hemos conectado dos **EIDEs**, y todavía nos quedan otros trece.

—Ese, precisamente, es el siguiente paso, —le contesto. —Tenemos un núcleo sólido, tenemos que conectarle todos los demás **EIDEs**. Pero despacio, este proceso no se puede apresurar. ¿Qué otro **EIDE** le podemos conectar fácilmente?

—El siguiente de la lista, —dice Brandon. —"La constante introducción de nuevos productos confunde y echa a perder al mercado".

Lo pruebo: —Si "En las industrias de materiales avanzados existe la necesidad de lanzar nuevos productos a una velocidad sin precedentes", entonces, "En las industrias de materiales avanzados la constante introducción de nuevos productos confunde y echa a perder al mercado". —Embona, —declaro, y lo agrego al **Arbol**.

—¿Y el **EIDE** número doce? —desea saber Jim. —El de "Los vendedores están sobrecargados", me parece que ése lo deberíamos de poder conectar fácilmente.

Bueno, pues no fue tan fácil. Después de varios intentos, pruebas y errores, descubrimos por qué. Este **EIDE** no surgió de un lugar de nuestro **Arbol** sino de la combinación de dos razones. Cuando finalmente terminamos, queda conectado de la siguiente manera: Si "Existen presiones sin precedente por que emprendamos acciones que incrementen las ventas", entonces, "Se presiona a los vendedores para que traigan más ventas". Esto por sí sólo no es suficiente para justificar una sobrecarga, pero encima de eso hay otra cosa que les está demandando su tiempo. Si "En las industrias de materiales avanzados hay presiones sin precedente por desarrollar nuevos productos rápidamente", entonces, "En las industrias de materiales avanzados, los vendedores tienen que aprender acerca de los nuevos productos a velocidades sin precedente". Ahora podemos juntarlo y entonces queda claro, por qué "En las industrias de materiales avanzados los vendedores están sobrecargados".

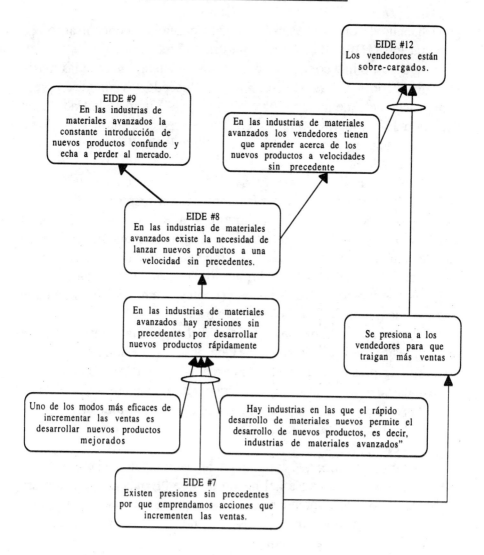

—¿Y las industrias regulares, aquellas industrias en las que los materiales avanzados no los empujan hacia la rápida carrera de los nuevos productos? —me pregunto en voz alta. —No podemos descuidarlas.

—Como yo señalaba, —dice Brandon, —aun para estas industrias el punto de partida sigue siendo válido. Ellas también están bajo presión sin precedentes por incrementar sus ventas.

—Conocemos el resultado inmediato de tales presiones, —dice Jim agarrando la bola, —lo sabemos de sobra. No se nos olvide que un "método" tradicional para obtener un pedido es reducir el precio. Alex,

¿qué hacemos con eso? Pensé que sólo debíamos concentrarnos en conectar los **EIDEs** adicionales a nuestro **Arbol**.

—Sí, y no hay contradicción. —Dos papeletas engomadas más y leo el resultado: —Si "Existen presiones sin precedentes por que emprendamos acciones que incrementen las ventas" y "Un método tradicional desesperado por lograr ventas es reducir los precios", entonces, "Existe una creciente presión por reducir los precios". Hola, **EIDE** número dos, bienvenido a la fiesta.

—Y este **EIDE** es correcto, desafortunadamente, en lo que toca a casi todas las industrias, —dice Brandon con un suspiro.

—Yo creo, dice Jim bien entrado, —que acabamos de llegar al **EIDE** número uno: "La competencia está más feroz que nunca". ¿Qué cosa le echa más leña al fuego de la competencia que una guerra de precios? Agréguenle encima de eso la guerra de la tecnología, el lanzamiento de nuevos productos a ritmos sin precedentes, y tendrás la realidad que estamos viendo en derredor nuestro, ya está.

No me apresuro para agregarlo al **Arbol**. Brandon también tiene una expresión de escepticismo. —¿Qué pasa? —presiona Jim. —¿No creen que la presión por reducir los precios, especialmente cuando es alimentada además por la alocada carrera por introducir nuevos productos, es la causa de la feroz competencia que nos acosa por todos lados?

—Sí, lo creemos, —reconoce Brandon con renuencia, -pero...

—Pero ¿qué?

—Pero, yo pensé que el punto de que la competencia está más feroz que nunca era la causa del hecho de que "Exista una presión sin precedentes por que emprendamos acciones que incrementen las ventas".

—Ajá, ya veo lo que dices, —responde Jim volteando hacia mí.

—¿Qué debemos de hacer ahora?

—¿Cuál es el problema? —actúo como si no entendiera. —El problema es, —me lo explica Brandon pacientemente,—que de acuerdo con Jim, el **EIDE** número uno es el resultado de lo que escribimos, en cuyo caso debe de ir hasta arriba del **Arbol**. Pero de acuerdo con lo que yo digo, el **EIDE** número uno es la causa de nuestro punto de partida y por lo tanto debe de estar en la parte más baja del **Arbol**.

—Brandon, ¿estás de acuerdo con el razonamiento de Jim?

Toma su tiempo para volver a pensarlo y después dice estar de acuerdo.

—Jim, ¿estás de acuerdo con el razonamiento de Brandon?

—Sí, lo estoy.

—Entonces ¿cuál es el problema? El **EIDE** número uno debe aparecer tanto en la parte alta como en la parte baja del **Arbol**. Está en un circuito en el que se alimenta a sí mismo, —digo con toda calma.

—Pero si algo se alimenta a sí mismo, —dice Brandon, tratando de digerir la idea, —si hay un circuito, entonces los efectos deben de hacerse cada vez más y más grandes.

—¡Precisamente! ¿No es eso lo que estamos viendo en la realidad? Mira las palabras que utilizamos en uno de los **EIDEs**: "presiones sin precedentes", "velocidades sin precedentes", "más feroz que nunca". Todas estas expresiones revelan hasta que grado están inflándose ya estos efectos. Es más, examinemos el último **EIDE** que acabamos de conectar: "Hay una presión creciente por reducir los precios". ¿No indica esto claramente un proceso que todavía está llevándose a cabo? De hecho, debido a las palabras que hemos escogido para expresarnos, esperaba, desde el principio, que hubiera un circuito por ahí. No es algo tan raro. Al contrario, en cualquier tema complicado siempre me he encontrado, por lo menos, un circuito devastador.

Agregan el circuito al **Arbol** y lo volvemos a leer. Probablemente les da una comprensión más profunda de la situación actual, porque al poco rato, Jim y Brandon están bien enfrascados en una discusión del resultado factible de esto en el futuro.

Yo soy mucho más lento. Todavía estoy examinando el **Arbol**. Cuando termino, vuelvo a comenzar, y me percato de que hay una insuficiencia en lo que han agregado. La competencia por sí misma no es suficiente para causar las presiones sin precedentes por incrementar las ventas. Debe de haber un factor adicional. Algo que diga que las compañías están batallando para competir y la mayoría teme irse para atrás. Se lo señalo a Brandon y Jim, pero tratan de hacerlo a un lado como una trivialidad, como algo que es demasiado obvio para ser mencionado.

Mi experiencia en la elaboración de **Arboles de Realidad Actual** me ha enseñado hasta qué grado es peligroso hacer a un lado estas "trivialidades". Generalmente son éstas las que nos permiten conectar todos los **EIDEs** para formar una representación coherente. Con la mayor frecuencia también son las que nos permiten poder llegar a soluciones de avanzada. Mi problema es que tratar de atar todas las trivialidades aparentes puede también conducir a una parálisis por análisis. Las agregas y pierdes de vista que el propósito de todo este esfuerzo es encontrar una solución que realmente haga una diferencia.

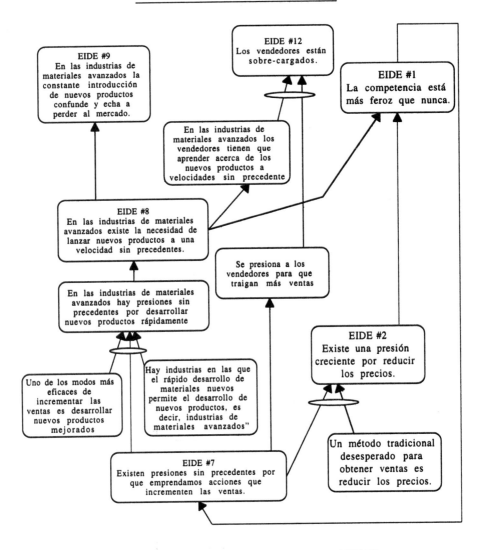

¿La agrego o no? Vuelvo a examinar la lista de **EIDEs** y encuentro la respuesta a mi dilema. El factor adicional que estoy titubeando si agregarlo o no, ya está enunciado ahí. Tomo el bloquecito de papel engomado amarillo y empiezo a escribir. Para cuando Jim y Brandon terminan su conversación sobre las ramificaciones del circuito yo ya casi he terminado.

Brandon lee en voz alta lo que estoy agregando: —Si "Producción y distribución no mejoran rápida/significativamente" y si "Ingeniería es incapaz de entregar productos nuevos con suficiente velocidad y confiabilidad" y si "las compañías no sacan suficientes ideas innovadoras en mercadotecnia", entonces, "Las compañías no estarán mejorando con suficiente rapidez". Si "Las compañías no están mejorando con suficiente rapidez" y "La competencia está más feroz que nunca", entonces, "Las compañías estarán quedándose cortas en el cumplimiento de sus objetivos financieros estipulados". Correcto.

—Aquí hay otra entrada, —continúa leyendo, —"Las compañías ya han recortado todos los costos que han podido". No estoy seguro, pero veamos a donde la vas a llevar. Si "Las compañías están quedándose cortas en el cumplimiento de sus objetivos financieros estipulados", y "Las compañías ya han recortado todos los costos que han podido", entonces, "Existen presiones sin precedente por que emprendamos acciones que incrementen las ventas". "Le pega al mero clavo", Jim, ¿no te parece?

En lugar de responder, Jim dice: —En el fondo del **Arbol** se encuentran tres **EIDEs**, todos los cuales señalan hacia la incompetencia de los gerentes. No necesitaba un **Arbol** para que me dijera que éste era el problema medular. Eso me fue obvio desde el inicio.

—Jim, no estás siendo justo. —Brandon se siente incómodo con el comentario de Jim.

Yo soy más directo. —Jim, ¿de repente todos los gerentes son incompetentes? Anda... para mí lo que dijiste suena más como el **EIDE** número seis: "Diversas funciones se están echando la culpa mutuamente por su mal desempeño". ¿Puedes hacerle la conexión formal a nuestro **Arbol**?

—Lo intentaré, —me regresa la sonrisa.

Mientras ambos se enfrascan en eso, examino la lista con intención de encontrar algún **EIDE** que pueda servir como explicación alterna a lo que Jim está diciendo sobre la incompetencia de los gerentes. El **EIDE** número cinco me salta a la vista de inmediato: "Los gerentes están tratando de manejar sus compañías esforzándose por optimizar lo local". Decido esperar a Jim y Brandon.

Cuando han terminado, les pregunto: —¿Por qué creen que la mayoría de los sistemas de distribución no mejoran tanto ni con suficiente rapidez?

Medio en broma, Jim contesta: —Porque no han desarrollado la solución que tú y tu gente implementaron en *Cosmeticos I*.

—Esa solución no es otra cosa que sentido común. ¿Qué crees que les haya impedido desarrollarla ellos mismos? Déjame preguntarte algo todavía más difícil: En la empresa que tú quieras, cualquier compañía

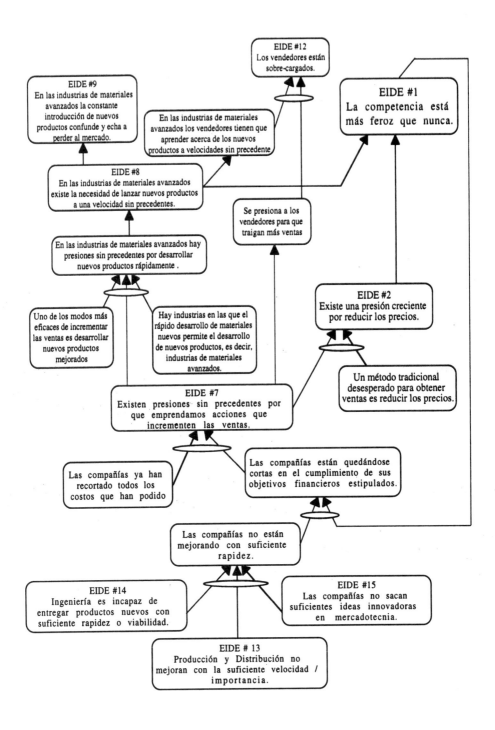

que conozcas, ¿Crees tú que sería fácil que un gerente convenciera a la compañía de que cambiara a un sistema así?

Eso los hace recapacitar por un momento, deteniéndolos un poco. Brandon es el primero en responder. —No, sería muy difícil. Como ya te había dicho, tu sistema requiere que se cambie la forma de medir internamente a las plantas.

—¿Y qué me dices de la distorsión causada por la contabilidad de costos que traduce a la reducción de inventarios en una descomunal, pero artificial, pérdida? ¿Sabías que debido a esta distorsión llegué a considerar darle marcha atrás a la implementación de Bob?

—No te culpo, —dice Brandon. —Esta mañana estuve a punto de sugerírtelo yo mismo.

—Si están de acuerdo con esto, ¿qué les parece esto otro? Permítanme comenzar con una afirmación genérica: "Los gerentes desarrollan mediciones adecuadas para cada modo de operación". Naturalmente, están de acuerdo y continúo: —Si "Los gerentes están tratando de manejar sus compañías esforzándose por optimizar lo local" y "Los gerentes desarrollan indicadores adecuados para cada modo de operación", entonces, "Existen mediciones importantes que se enfocan en la optimización de lo local, *verbi gratia*, indicadores basados en la contabilidad de costos". ¿Estamos de acuerdo?

—¡Por fin! —exclama Jim.

Y Brandon explica: —Nos advirtieron de que antes de que se terminara el viaje nos habrías llenado las orejas de ataques feroces contra la contabilidad de costos. Algunos han llegado a decir que tú describes a la contabilidad de costos como "enemigo público número uno de la productividad".

Irritado contesto: —Esto no es un juego ni una broma. Todas las mejoras que inicié en Producción e Ingeniería se topaban con todos los indicadores de la contabilidad de costos. Eficiencias, varianzas, costo de producto, los que ustedes gusten. Tuve que violarlos todos. Pero fue la única forma de mejorar esas compañías. Quiero decirles que en más de una ocasión hice precisamente lo contrario de lo que se esperaría, de plano "nadando contra la corriente", "arriesgando el pellejo". Es más, si no hubiera sido porque la velocidad con que nuestros cambios mejoraban la rentabilidad, estoy seguro de que no estaría aquí ahora con ustedes.

—Adelante, —dice Brandon dándome una palmada en la espalda. —Estamos totalmente de acuerdo.

Todavía un poco molesto, decido regresar al **Arbol**. —Aquí hay otra faceta de lo mismo: "Muchas de las acciones necesarias para mejorar los tiempos de entrega, la confiabilidad, calidad y tiempo de respuesta y servicio no ahorran costos, y/o incrementan los costos en el corto plazo". Antes de que empiecen a preguntar déjenme dejar muy en claro que me refiero a "costos" en el sentido tradicional. Al modo en que lo miden los contadores de costos en las plantas.

—Desafortunadamente, no es contigo con quien tenemos pleito, —me asegura Brandon. —Examinamos muy cuidadosamente lo que hiciste en tu división anterior y debemos estar de acuerdo. Sí, efectivamente, violaste todos los indicadores locales y, al mismo tiempo, todo lo que implementaste era perfectamente lógico, tenía sentido. Nuestro único problema es la lentitud lastimera con la que tus mejoras son imitadas por los demás en UniCo. Pero continúa, vamos a ver a dónde nos vas a conducir con esto.

—Ahora es sólo cuestión de juntarlo todo: Si "Existen indicadores importantes que se enfocan en la optimización de lo local, *verbi gratia*, indicadores basados en la contabilidad de costos" y "muchas de las acciones necesarias para mejorar los tiempos de entrega, la confiabilidad, calidad y tiempo de respuesta y servicio no ahorran costos, y/o incrementan los costos en el corto plazo", entonces, "Producción y Distribución no mejoran con la suficiente velocidad/importancia", y también, "Ingeniería es incapaz de entregar productos nuevos con suficiente rapidez o viabilidad". Mi dilema ahora es cómo derivar de ahí al tercer miembro de este mismo grupo: "Las compañías no sacan suficientes ideas innovadoras en mercadotecnia". Porque tengo la corazonada de que está conectado de alguna manera.

—Creo que tienes razón, —dice Jim asintiendo. —Y creo que el **EIDE** número tres está involucrado en la conexión de alguna manera.

Reviso la lista para ver cuál es el **EIDE** número tres. Dice: "En más y más casos, el precio que el mercado está dispuesto a pagar no deja margen suficiente". Tiene razón. ¿Cuál es la diferencia entre margen y costo de producto? Uno es sólo el precio menos el otro. Si el concepto de costo de producto es engañoso en operaciones, es posible que el concepto de margen tenga repercusiones igual de nocivas en mercadotecnia.

Jugamos con eso un rato, pero no llegamos a ninguna conclusión firme.

Son casi las doce y cuatro de los **EIDES** todavía no están conectados:

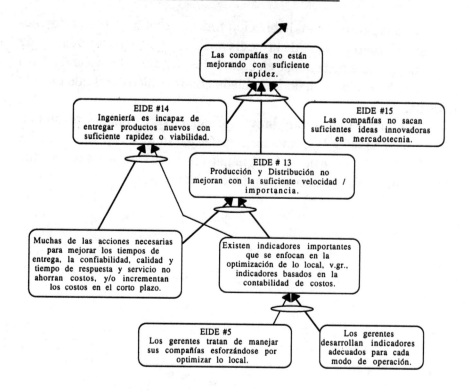

EIDE #3. "En más y más casos el precio que el mercado está dispuesto a pagar no deja margen suficiente".

EIDE #4. "Más que nunca, el mercado castiga a los proveedores que no actúan de acuerdo con sus expectativas".

EIDE #10. "La mayoría de los establecimientos y la mayoría de los productos nuevos/mejorados erosionan las ventas de los productos/canales existentes.

EIDE #11. "Un gran porcentaje de la fuerza de ventas existente carece de suficientes habilidades de ventas".

Brandon se pone de pie y se estira. —¿Lo vemos después? Ha sido un día muy largo.

—Sí, —contesto apresuradamente.

—Alex, —Jim todavía quiere decirme algo, —mañana sólo tendrás que estar con nosotros en la junta de medio día. ¿Vas a seguir trabajando con esto en la mañana?

—Seguro, —suspiro. —Les prometí que antes de regresar tendría localizado el problema medular que es la causa de todos estos **EIDEs**. Lo prometido es deuda ¿no?

—Sí, así es. Y ahora, empiezo a pensar que a lo mejor lo logras.

Ya de regreso en mi habitación trato de continuar pero estoy demasiado cansado. Ya pasa de la media noche, lo que significa que han de ser como las siete de la noche en casa. Julie no ha de estar todavía. Pero desde que he estado acá, no he hablado con los chicos. Así que hago la llamada.

Fue una llamada muy breve. ¿Cuántas veces puedes preguntar: "¿Está bien todo"?, "¿Cómo se la están pasando?", "¿Cómo van las cosas?", "¿Qué hay de nuevo?". Cuando regrese a casa voy a desarrollar algo de qué hablar con mis hijos. Esto es ridículo.

16

El tráfico es como un pronóstico de ventas, nunca se puede predecir con exactitud. Sabiendo que Londres se congestiona mucho más que Nueva York, nos apresuramos en la última junta. Nadie quiere arriesgarse a perder el vuelo de regreso a casa. Así que ahora estamos estancados en el aeropuerto de Heathrow con más de tres horas de sobra.

El salón de primera clase de la Terminal 4 es el mejor que jamás he visto. Gran diversidad de bebidas, un surtido impresionante de sandwiches pequeñitos, bien cortados, pastelillos deliciosos y todo gratis.

Así que, ¿de qué me quejo? ¿Preferiría estar todavía atorado en un embotellamiento de tránsito? ¡Cómo somos extraños los seres humanos! Si la realidad no es una copia fiel de sus expectativas, si las precauciones que tomaron resultaron innecesarias, se decepcionan. Hasta conozco gente que se queja de que nunca ha podido cobrar su seguro de vida.

Yo creo que la gente se merece lo que obtiene. Justo en este momento, tenemos una razón real para quejarnos: acaban de anunciar que nuestro vuelo está demorado debido a un problema mecánico. Nos dice que nos darán más información en una hora. Sí, seguro, ya lo he vivido, así es como comienzan las peores demoras.

Julie dice que uno puede siempre convertir un problema en oportunidad. Bueno, no en este caso... de hecho, sí puedo. No estoy satisfecho con el regalo que le compré. Es un bonito suéter de Cachemira, pero no encontré un color que le hiciera justicia a su cutis. Había pensado deambular por las tiendas esta mañana, pero en lugar de ello, trabajé con el **Arbol** de Jim. Ahora tengo algo de tiempo, y dicen que hay joyerías muy buenas en esta terminal. Tal vez encuentre algo que me grite "¡Cómprame!".

De regreso en el salón de primera clase, con una preciosa pulsera de platino y un hueco en mi cuenta bancaria, estoy tranquilamente tomándome una cerveza. En general, este viaje salió mucho mejor de lo que yo esperaba. Definitivamente subieron mucho mis bonos con Brandon y Jim. Las negociaciones de la empresa de Bob van mucho mejor de lo que me había imaginado; probablemente nos darán un muy buen precio por ella. La situación de la división de Stacey no está clara, pero lo mejor sucedió con la compañía de Pete. Ni siquiera la discutimos, ni la vamos a discutir hasta que no se "asiente el polvo".

¿Qué está pasando ahí? Esta mañana Pete debía tener una junta con uno de sus compradores. Me pregunto si su optimismo está justificado. Me pregunto si interpretó correctamente la primera reacción. Me pregunto si no habrá sido sólo un modo muy amable de decirle que no habían entendido su oferta.

—¿No ha regresado Pete? —le pregunto a su secretaria.

—Sí, Sr. Rogo, un momentito.

—Hola, Alex, ¿cómo van las cosas "al otro lado del charco"? —Pete se oye contento... pero así es como se oye cuando tiene que tapar alguna gran decepción.

—Pete, ¿cómo te fue en tu junta?

—Mejor de lo que esperaba.

Siento cómo se relajan mis músculos. Apenas ahora me percato conscientemente de lo mucho que estaba arriesgando. Si hubiera resultado que la idea de mercadeo de Pete no era nada más que palabras huecas, me hubiera metido en aprieto espantoso. Brandon y Jim sin duda habrían creído que yo lo había inventado todo para sabotear la venta. Me pongo a temblar sólo de pensarlo.

Más tranquilo, pido los detalles.

—Llegamos. Revisamos los detalles. Hice una concesión de otros veintidós mil y firmó el contrato. —Pete suena como si estas cosas las hiciera por lo menos tres veces al día.

Está bien. Todo mundo tiene derecho a presumir un poco. Especialmente cuando tiene de qué.

-¿Me vas a decir de qué tamaño es el pedido?

-Firmamos el contrato en base a las estimaciones de todas sus necesidades para el resto del año. Son seiscientos treinta y cuatro mil, más las adiciones de cada nuevo diseño. Pero en ésas le tuve que prometer entregar en cinco días. Ese fue "el último clavo en el... carruaje de bodas".

—¿Vas a batallar para cumplir con ese tiempo de respuesta?

—De acuerdo con mi gerente del área de preparación, no. Dice que puede cumplir con las entregas en cuatro días sin mayor problema.

—Fantástico, —pero tengo que seguir preguntando, —¿Qué hay del otro comprador, al que tienes que ver mañana? ¿Hay alguna novedad en ese frente?

—Bueno, nos la pasamos en el teléfono con él, —responde. —Cada dos o tres horas nos llaman para que agreguemos más cosas a la cotización. Probablemente metió a su departamento de mercadotecnia en esto. Nos está volviendo loco, pero no me quejo. ¡Para nada!

Ni yo. —Pete, acuérdate que no queremos estar en manos de unos cuantos clientes grandes.

—Sí, estamos discutiendo eso ahora. Es importante porque determina qué prospectos vamos a corretear. Según como están las cosas ahorita, con nuestra "oferta de la Mafia", podemos conseguir a quien nos dé la gana.

Está "volando". Yo en su lugar también estaría igual. Vale más que lo visite la semana que entra. Con tanto éxito puede escabullírsele alguna "víbora entre la hierba". Mientras esté la venta como "espada de Damocles" sobre nosotros, no podemos arriesgarnos con ningún resbalón.

Muy bien. De veras, ¡qué bien! Pongo a Brandon y Jim al tanto. Están tan complacidos como yo. Brindamos por Pete y su equipo.

—¿Están listos para saber qué pasó con nuestro **Arbol**? —digo, al tiempo que extraigo una gran hoja doblada y la extiendo sobre la mesa.

—¿Más buenas noticias? —Brandon acerca su silla a la mía.

—Yo creo que sí, pero juzga por ti mismo. —Me siento orgulloso de lo que construí esta mañana. Realmente orgulloso.

—¿Dónde comenzamos? —pregunta Jim, listo "para entrarle al toro". —De abajo para arriba, —respondo. —Así es más fácil de seguir la lógica.

Brandon se apunta para leer. —Si "Los gerentes tratan de manejar sus compañías esforzándose por optimizar lo local" y "Los gerentes desarrollan indicadores adecuados para cada modo de operación", entonces "Existen indicadores importantes que se enfocan en la optimización de lo local, *v. gr.*, indicadores basados en la contabilidad de costos". Sí, eso es lo que escribimos ayer. Oh, ya veo, aquí está lo nuevo. Si "Los gerentes tratan de manejar sus compañías esforzándose por optimizar lo local" entonces "La percepción de valor de un producto de la mayoría de los gerentes estará fuertemente influenciada por los esfuerzos locales requeridos para diseñar, producir, vender y entregar el producto". No sé si estoy de acuerdo con esta última conclusión.

—Sí, sí lo estás, —interviene Jim resueltamente, —tú mismo no crees que así es como se deba de considerar el valor de un producto, pero debes aceptar que esta es la percepción de la mayoría de los gerentes.

—Tienes razón, discúlpame, Alex.

—Síguele, —lo aliento, —lee la entidad adicional. —Estoy ansioso por ver su respuesta.

Brandon no necesita que lo empuje. —"La esencia de la contabilidad de costos es calcular el costo del producto". Mmmm... no estoy seguro, pero antes de objetar, vamos a ver qué vas a hacer con esta afirmación.

Respira hondo y continúa: —Si "Existen indicadores importantes que se enfocan en la optimización de lo local, *v.gr.*, los indicadores basados en la contabilidad de costos" y "La esencia de la contabilidad de costos es calcular el costo del producto" y "la percepción de valor de un producto de la mayoría de los gerentes estará fuertemente influenciada por los esfuerzos locales requeridos para diseñar, producir, vender y entregar el producto" entonces "La mayoría de los gerentes creen que el costo de producto es algo real que cuantifica los esfuerzos absorbidos por el producto." ¡Epa! Eso estuvo largo, déjame leerlo de nuevo.

Espero a que tomen aire.

Al final Jim dice: —No hay problema, acepto.

Brandon también está de acuerdo.

No puedo controlar mi impaciencia. —¿Ven la conclusión inevitable? Eso significa que... —busco la verbalización exacta en mi **Arbol**. —Significa que "La mayoría de los gerentes creen que el precio del producto debe ser igual al costo de producto más un margen razonable".

No lo captan, más bien, Jim concluye rápidamente: —La palabra clave es "debe", "...debe ser igual..." Ya veo, vas a conectarlo con uno de nuestros **EIDEs**. El que dice que "En más y más casos, el precio que el mercado está dispuesto a pagar no deja margen suficiente".

No hay prisa, a su debido tiempo lo captará. En voz alta, digo: —Correcto. Pero resulta que hacen falta algunas etapas antes de que podamos conectarlo. Aguántame tantito, primero tendremos que revisar el mecanismo mediante el cual se determinan los precios.

—¿Te refieres a la lucha entre la oferta y la demanda? —pregunta Brandon.

—Básicamente, —confirmo. —Pero tratemos de entenderla un poquito mejor. Las empresas representan el lado de la demanda, y como podemos ver, los proveedores tienen una percepción bastante precisa del valor del producto que ofrecen: este valor debe ser el costo del producto más un margen razonable. Naturalmente, buscan que su percepción de valor dicte los precios reales.

—Espérame, —dice Jim, —estás hablando de los proveedores como si fueran una sola entidad. Eso no es cierto. Los proveedores y oferentes se pelean entre ellos todo el tiempo.

—Esa es exactamente la otra entidad que tenemos que considerar, —contesto sonriendo y señalo el **Arbol**.

—No he hecho caso omiso de ella, al contrario. Como decíamos anoche: "La competencia se ha hecho cada vez más feroz", lo cual conduce a la conclusión de que: "Los proveedores u oferentes presentan un frente cada vez menos uniforme".

—Gracias, —dice Jim, —y ahora, me imagino que tendrás en alguna parte por aquí el lado de la demanda, ¿verdad?

—Aquí está, —digo al tiempo que lo señalo. —"La percepción de valor del mercado es de acuerdo con los beneficios de tener el producto".

Antes de que tenga oportunidad de plantear más preguntas, explico:

—En lugar de hablar de oferta y demanda, prefiero mostrarlo como el choque entre la percepción que las compañías tienen del valor del producto que ofrecen, y la percepción que tiene el mercado del valor del mismo.

—¡Qué interesante! —comenta Brandon. —Las dos percepciones no tienen nada en común. La percepción de valor de las compañías se basa en el esfuerzo que han tenido que realizar para hacer el producto, en tanto que la percepción de valor del mercado se basa en los beneficios derivados del uso del producto. Con razón el precio se determina como si fueran vencidas, no hay un criterio objetivo establecido.

—Exacto, —digo yo. —Y puesto que ahora estamos en un período en el que los proveedores presentan un frente cada vez menos uniforme, el resultado inevitable es que, —y me pongo a leer el sitio correspondiente del **Arbol**: —"Los precios y cantidades vendidas se determinan cada vez más en base a la percepción de valor del mercado y cada vez menos en base a la percepción de valor de los proveedores".

—Inevitablemente, —confirma Brandon, —y eso conduce a...

—y sigue leyendo donde yo me quedé: —que "Más que nunca satisfacer la percepción de valor del mercado es clave para el éxito". Lo cual, sin ser una sorpresa, es una lección que todos nosotros hemos tenido que aprender en los últimos diez años. Y a la manera difícil, debo agregar.

—"Curso de Economía I", —dice cínicamente Jim.

—No, no es cierto, —se me adelanta Brandon por una fracción de segundo, —y deja de ser tan fanfarrón. ¿Qué no te das cuenta de lo que Alex ha escrito aquí? El péndulo se está inclinando hacia el lado del mercado, sin tener nada que ver con la relación entre oferta y demanda.

—¿Qué quieres decir? —pregunta Jim, sorprendido por el exabrupto de Brandon.

—Permíteme explicarlo, —digo yo, conciliadoramente. —Lo que dijimos fue que cuando la competencia se vuelve tan intensa, léase feroz, como en los casos en que además "se alimenta el fuego" con la carrera de la tecnología, cuando las empresas lanzan productos al mercado cada pocos meses; en esos casos, los precios tenderán a seguir bajando, aun cuando la demanda sea mayor que la oferta.

—Pero no puede ser, —protesta Jim.

—Si no puede ser, entonces debes señalarnos dónde nos desviamos; dónde exactamente cometimos un error en nuestra lógica.

Jim se inclina sobre la mesa para reexaminar el **Arbol**, pero Brandon le dice: —No te molestes, Alex tiene razón. Mira, por ejemplo, a la industria de los *chips* electrónicos. La demanda es mucho mayor que la oferta. Todas las plantas de *chips* de todo el mundo son enormes cuellos de botella. La cantidad acumulada de pedidos pendientes rezagados es superior a un año. Y, con todo, los precios siguen desplomándose.

—Supongo que tienes razón. Lo tendré que pensar más. Brandon, si ese es el caso, entonces no debemos esperar que, en muchas de las compañías de tecnología alta y moderada en que hemos invertido, la recuperación conduzca a incrementos de precio. Eso sería horrible.

—Jim, ¿no lo sospechabas? La recuperación ha estado en marcha desde hace casi un año. ¿No has empezado a bajar la escala de las proyecciones de utilidad correspondientes a esas compañías?

—No lo suficiente, —admite.

—¿Podemos continuar? —les pregunto. —Estamos a punto de conectar unos **EIDEs** más.

No sirve de nada. Brandon sigue murmurando, "Economía Uno...", Jim probablemente está tratando de reevaluar el futuro de algunas de sus inversiones. ¿Quién dijo que no se pueden obtener resultados prácticos directamente de la etapa de análisis?

Finalmente, puedo seguir leyendo: —Si "La percepción de valor es costo de producto más un margen razonable" y "Los precios y cantidades vendidas se determinan cada vez más en base a la percepción de valor del mercado y cada vez menos en base a la percepción de valor de los proveedores", entonces, "En más y más casos el precio que el mercado está dispuesto a pagar no deja margen suficiente", lo cual es nuestro **EIDE** número tres.

—Simple, ¿no? —dice Brandon para molestar a Jim.

No creo que vayan a seguir sonriendo así cuando les haya dicho las siguientes derivaciones.

—Revisemos esta rama, —sugiero. —Si, como dijimos antes, "La mayoría de los gerentes creen que el costo de producto es algo real que cuantifica el esfuerzo absorbido por el producto", entonces "La mayoría de los gerentes creen que vender por abajo del costo del producto conducirá (por lo menos en el largo plazo) a sufrir pérdidas.

Los examino. Me miran. Se miran mutuamente en silencio, pensando. —Alex, ¿tú no crees eso? —pregunta Brandon.

—Si no creo en el costo del producto ¡cómo puedo yo creer eso! Yo creo en la utilidad neta. Pero eso es aparte. ¿Están de acuerdo con esta derivación?

—Creemos que la mayoría de los gerentes lo creen, —dice Jim. —En cuanto a nosotros, por ahora quisiéramos reservarnos nuestro juicio.

Hasta ahora vamos bien, me digo a mí mismo, y continúo leyendo con toda calma: —Si "La mayoría de los gerentes creen que vender por debajo del costo del producto conduce (en el largo plazo) a pérdidas", entonces "La mayoría de las compañías estarán renuentes a aceptar pedidos con márgenes bajos e incluso llegarán al extremo de eliminar los productos de bajo margen".

—Alex, —dice Brandon lentamente, —¿estás tratando de decirnos que es un error decirle a los gerentes de nuestras compañías que estratégicamente vayan recortando los productos de bajo margen?

—Depende, —digo poniendo cara de inocente. —Cuando "recortas" un producto de bajo margen, pierdes el dinero que estabas obteniendo de los clientes que estaban comprándote ese producto. La cuestión es si lo que te ahorras es superior a esa cantidad.

—Cortamos el costo variable, pero no siempre cortamos gran cosa del costo fijo, —admite.

—Brandon, deja de estar engañándote, —Jim dice con fuerza. —Muchas veces ni siquiera cortamos la totalidad del costo variable.

—Si la compañía no tiene un cuello de botella, —Brandon comienza a integrar estos pensamientos lentamente, —y no recortamos todos los costos que eran parte del costo de producto calculado, entonces.... Alex, nos estás diciendo que hemos participado activamente en poner en peligro a nuestras propias compañías, ¿verdad?

Sigo con cara de inocencia. No es fácil.

—Necesito un trago, —dice Brandon al tiempo que se levanta.

—Que sean dos... ¡dobles! —exclama Jim y sale tras él.

Me imagino que están mucho más interesados en la conclusión a la que acaban de llegar que en el modo en que he hecho la conexión con el **EIDE** número cuatro. Por mí está bien. No les hará daño hacer un examen de conciencia. Algunas personas dicen que "el camino al infierno está pavimentado con buenas intenciones". En base a lo que he observado y deducido desde que aprendí a construir el sentido común, esta gente está equivocada. El camino al infierno ha de estar bloqueado ya por tantas buenas intenciones.

Regresan con sendas tazas de café, me traen uno a mí también.

—¿Qué pasó con los tragos? —pregunto.

Jim se soba la panza. —Están aquí.

—Hay una cosa más que quisiera mostrarles, —digo.

—Ya nos has mostrado demasiado, —responde Brandon.

—No, —me opongo. —Recuerden que todo esto salió de su insistencia en que yo les mostrara cómo un solo problema medular es responsable de todos los **EIDEs.** Eso todavía no lo hacemos.

—Sí, ya lo hiciste, —dice Brandon con un suspiro. —Nos has demostrado cómo todo está estrechamente vinculado. Con eso basta.

—Además, —dice Jim levantando la mano, —a juzgar por tu entusiasmo, sospecho que nos aguarda otra bomba. Y ya tuvimos suficiente para un solo día.

—Sigue faltando un eslabón, —insisto. —No han visto cómo el esforzarse por optimizar lo local conduce a la falta de ideas innovadoras en el mercado.

—Sí, eso es importante, —concede Jim.

—*Okey*, Alex, —dice Brandon dándose por vencido, —nosotros nos lo buscamos. Ahora hay que aguantar vara. Adelante, enséñanoslo.

Captó perfectamente, la próxima vez lo pensarán dos veces antes de pedirme que me pase la mañana entera construyendo **"Arbolitos"** en lugar de salir tranquilamente a comprarle regalos a mi familia.

Señalo hacia el área del **Arbol** que no hemos cubierto todavía y comienzo a leer, lentamente: —Si "La mayoría de los gerentes creen que el precio del producto debe ser igual al costo del producto más un margen razonable", entonces "La mayoría de los gerentes creen que esencialmente existe un único precio justo de producto". Al mismo tiempo, ¿están de acuerdo en que: "¿Las diferentes secciones del mercado podrían tener necesidades diferentes"?

—Oh, oh. Aquí viene, —dice Jim. —Por supuesto, ¡qué dicotomía!

—No, —Brandon lo corrige, —¡Qué oportunidad! Adelante, Alex, esto está muy interesante.

Continúo. —Si "Las diferentes secciones de mercado podrían tener diferentes percepciones de valor incluso para un mismo producto..."

—Por supuesto, —dice Jim. —Diferentes percepciones, podemos exigir precios diferentes.

—No tan rápido, —digo. —Las diferentes percepciones no se traducen automáticamente a diferentes precios. Mi conclusión en esta etapa es sólo de que: "En gran medida la mayoría de los gerentes hacen caso omiso de las diferentes percepciones que tiene el mercado del valor de un mismo producto". Para responder a tu comentario, he agregado otra afirmación: "Se pueden implementar acciones para garantizar una segmentación eficaz". Pero, Jim, si una compañía descuida la búsqueda e implementación de estas acciones debe esperar que dos segmentos con diferentes percepciones de valor exijan pagar, ambos, el precio más bajo.

—Si un segmento se entera de lo que está pagando el otro, —concede.

—Jim, al final no quedan secretos. Al final ambos se enterarán de todo y entonces, ¿qué? Debes emprender acciones para garantizar que aun cuando desde el punto de vista del proveedor sea el mismo producto, desde el punto de vista del mercado no lo sea.

—¿Nos puedes dar un ejemplo?

—Seguro, miren al avión que estamos por abordar, bueno, que abordaremos tarde o temprano. Vayan a la sección de clase turista y pregúntenle a la gente qué precio pagó por su boleto. ¿Creen realmente que van a ver un solo precio?

—No, —dice con una sonrisa. —Para nada. Depende de cuándo hayan comprado el boleto, dónde lo hayan comprado... también depende de si compraron sus boletos en grupo o individualmente.

—Sí, —confirmo. —También depende de cosas extrañas como cuánto tiempo van a pasar en el lugar al que se dirigen. Si se fijan, nada de esto tiene relación alguna con el costo real de transportar a un pasajero de un lado al otro del Atlántico. Todos ocupan el mismo espacio, en el mismo avión y son atendidos por exactamente la misma tripulación. La línea aérea realizó algunas acciones para segmentar el mercado, de lo contrario no habría sobrevivido, aunque debo admitir que al mirar más a fondo, me da la impresión de que probablemente han sobresegmentado. Si conoces bien su sistema puedes encontrarte con unas gangas maravillosas. ¿Quieren otro ejemplo?

—No, —dice Brandon. —Creo que a mí se me pueden ocurrir otros muchos. Pero dime, ¿cuál es tu definición de segmentación?

—Hela aquí, —y se la muestro. — "Se dice que dos secciones del mercado están segmentadas una de la otra sólo si los cambios de precio de una sección no causan efecto alguno en la otra sección".

Brandon la lee de nuevo. —¿Así que no te refieres nada más a nichos de mercado?

—No, —confirmo. —Los nichos son sólo parte de mi definición. Estoy hablando del hecho de que una compañía puede realizar acciones para segmentar efectivamente un mercado que en este momento le puede parecer uniforme. Por supuesto, siempre y cuando este mercado efectivamente contenga secciones con diferentes necesidades.

—Sigue, —dice Jim.

—Debo enfatizar, —explico, —que estas acciones para garantizar la segmentación son muy importantes. Miren lo que sucede cuando no lo hacemos, ¿cuándo tenemos un solo precio, sin importar nada?, ¿están de acuerdo con la siguiente afirmación?: "La imposición de un solo precio le permite a los clientes que tienen una alta percepción de valor pagar un precio bajo".

Ambos están de acuerdo con ella.

Continúo: —Al mismo tiempo: "Imponer un único precio elimina a los clientes para quienes el precio está demasiado elevado con relación a su percepción de valor".

—Lo que nos estás diciendo en realidad, —concluye Brandon, —es que la mayoría de las compañías no aprovechan el enorme potencial inherente a la segmentación de mercados.

—Precisamente. —Lo captan mucho más rápido de lo que yo me tardé en derivarlo. Supongo que tienen más experiencia que yo.

—Alex, ¿nos estás diciendo que la falta de acciones para segmentar es la razón por la que tenemos el **EIDE** número diez? —Jim brinca a la siguiente conclusión.

—¡Bravo! —exclamo sin poder reprimir mi admiración.

—¿Cuál es el **EIDE** número diez? —pregunta Brandon.

Pongo mi dedo en el sitio correspondiente del papel y leo: —"La mayoría de los establecimientos y la mayoría de los productos nuevos/ mejorados erosionan las ventas de los productos/canales existentes". Y no lo estoy diciendo a la ligera. Me pasé un buen rato esta mañana repasando algunos casos en los que esto sucedió, de hecho, en mis compañías. En cada caso, si al tiempo de lanzar un nuevo canal, hubiera, en paralelo, llevado a cabo algunas acciones específicas para segmentar el mercado, podría haber minimizado el daño.

—Te creemos, —dice Brandon.

—Trata de hacerlo mejor en el futuro, —me dice Jim dándome una palmadita en la espalda.

—Ahora vean el siguiente paso, —digo, ansioso por terminar, — en base a lo que hemos dicho, es obvio que: "Mercadotecnia no está orientada para aprovechar el rumbo más prometedor y que además es casi virgen: el de la segmentación de mercados".

—Casi virgen, —dice Jim con una risita. —Al rato vas a escribir: "un poquito embarazada".

Le lanzo una mirada fulminante.

—Es broma, Alex, no te ofendas. Si reconozco hacia dónde nos llevas. Ahora es obvio. Muchas compañías están tratando desesperadamente de encontrar nuevas ideas de mercadotecnia. Todos sabemos lo difícil que es sacar ideas innovadoras en una dirección demasiado transitada. Todo mundo está tratando de hacerlo. Al mismo tiempo, son muy pocos los que están intentando segmentar agresivamente lo que parece ser un mercado uniforme. Sencillamente estamos cegados por la noción de un precio único. Tienes toda la razón.

—Ahora que todo está bien atado, podemos fácilmente encontrar el problema medular, —declaro.

—¿Cómo? —A Jim todavía le queda algo de curiosidad.

—Sigue las flechas. Mira cuál entidad es la causa, directamente o indirectamente, a través de otras entidades, de todos los **EIDEs**.

Se inclinan sobre el **Arbol**, siguiendo las flechas hacia abajo. Lo hacen por un rato. Luego Jim levanta la vista: —Felicidades, lo lograste.

Todos nuestros **EIDEs** de la lista (y probablemente muchos más que no enumeramos) se derivan de una afirmación: "Los gerentes están tratando de manejar sus compañías esforzándose por optimizar lo local". Y no te voy a decir que eso lo sospeché desde un principio.

—Así que, ¿qué sigue? —pregunta Brandon.

Antes de que pueda contestar, Jim levanta la mano y dice: —No, Brandon. Ya me está dando vueltas la cabeza y a ti también. Si quieres saber qué sigue, prográmate otra junta con Alex, e invítame a mí también. Pero, por favor, que no sea la semana que entra. Por ahora ya tuve suficiente.

17

—Gracias, Papi. —Sharon me da un beso en la mejilla, toma su regalo apenas abierto y se va a su recámara.

—¿Qué le pasa a ésta? —pregunto.

—No es nada. —Dave está ocupado desparramando bufandas por doquier. —"Manchester", "United", "Liverpool", "Arsenal". ¡Ja! Esta es una belleza, "Austin Villa", —se la enreda al cuello. —¿Sabías que la semana pasada lograron..?

Desde el Mundial, Dave está fascinado con el fútbol soccer, especialmente el europeo. ¿Qué puede tener de interesante el soccer?

Qué bueno que está contento con mi regalo. Me vuelvo hacia Julie. —¿Qué le pasa a Sharon? Pensé que tener a "como se llame" de noviecito, le iba a hacer cambiar de humor.

—Se llama Eric, y está mejor, nada más que no perfectamente todavía. Nada de qué preocuparse, —me asegura Julie. —En un día o dos estará bien.

—Creo que voy a subir a hablar con ella. Me dará gusto alegrarla un poco.

—Había extrañado a mi princesa demasiado.

—Puedes hacer la lucha. —Julie piensa que no lograré gran cosa.

—¿Puedo pasar?

Cero respuesta, por lo menos nada que yo pueda oír. Abro la puerta un poco. Sharon está acostada en la cama leyendo un libro.

—¿Puedo pasar? —repito.

Sharon deja el libro.

Decido interpretar su gesto como un "sí" y me siento en la orilla de su cama. Se hace a un ladito para dejarme lugar.

Entré. Ya es ganancia. ¿Pero, ahora qué debo hacer?

—¿Qué estás leyendo?

—Un libro tonto, —lo empuja y cae al piso.

—¿Cómo está Eric?, —vuelvo a intentarlo.

—Bien.

—¿Y la escuela?

—Más o menos.

Estoy empezando a aburrirme.

—¿Sabes, Sharon? —digo, tratando de ser más directo, —quisiera hablarte de algo que realmente me molesta.

—¿Qué?

—No tenemos nada de qué hablar que nos guste. Ni un tema que disfrutemos de platicar entre nosotros.

—¡Ay, Papá!, ¿no podemos platicarlo en otra ocasión? Estoy muy cansada para eso ahorita.

¡Bolas!

Muy bien, un último intento. Dicen que los adolescentes son muy sentimentales. Tal vez esto funcione: —Sharon, ahora que estuve en Europa me sentí muy solo en las noches. Los extrañé mucho a todos ustedes. No me daban ganas de hacer nada. No me daban ganas de leer, ni de salir a ninguna parte. Aparentemente sin razón estaba yo de muy mal humor y nada parecía valer la pena.

Cero respuesta.

—¿Te encuentras tú en la misma situación? ¿Sin razón aparente, pero que todo se ve bien aburrido?

—¡Papá!

—Está bien, ya te dejo en paz. Pero dime una cosa. ¿Tienes una razón real para estar deprimida?

—Por supuesto que sí. ¿Qué creías?

Le sonrío suavemente. —Yo no creo que la tengas.

—¿Tú qué sabes?, —se incorpora. —¿Entiendes que no puedo ver a Eric hasta el lunes? ¿Sabías que me vi obligada a traicionar la confianza que había depositado Chris en mí? ¿Así que no tengo razones? ¿Sabes lo irritante que puede ser Debbie? Para ella, todo lo que hago con Eric es infantil. Apuesto que está celosa. Sí, ya sé que a ti eso te parecen tonterías. Cosas de niñas sin importancia. Papá, no estoy de humor. ¿Me puedes dejar sola?, por favorcito... ¿sí?

Cedo. —Sí, además sé que los celos pueden ser muy molestos, —digo, y me pongo de pie. —Pero algunas veces tenemos que aguantarlos. Supongo que así es la vida.

—Debbie es mi mejor amiga. Eso es lo que más me molesta.

—Por otro lado, —digo con la mano en el picaporte, porque ya estoy abriendo la puerta, —si tú quieres que Debbie siga siendo tu amiga y no un fastidio, vale más que hagas algo.

—¿Qué? —también ella se pone de pie y pregunta: —¿Y qué puedo yo hacer?

Me voy a su escritorio, tomo una de sus hojas rosas de papel y comienzo a escribir. —Tu objetivo, según lo entiendo, es: "Mantener una buena amistad con Debbie". Para poder lograrlo tienes que "Aceptar el comportamiento de Debbie", lo cual en las circunstancias actuales quiere decir que debes "Tolerar los celos de Debbie".

—Pero...

—Sí, Sharon, tienes un "pero", pero muy grande.

—¡Gracias, Papi!

Hago caso omiso, ¿quién sabe qué mal pensamiento pasó por su mente? —Mira, por otro lado, para poder "Mantener una buena amistad con Debbie", debes de asegurarte de "No permitir que la amistad se deteriore y se convierta en propiedad".

—Deteriorarse y convertirse en propiedad... ¡Correcto! Eso es lo que vivo diciéndole.

—Lo que significa, —digo terminando la **nube**, —que tú "No debes tolerar los celos de Debbie". Estás atrapada en un verdadero conflicto, princesa. Y como yo sé cuánto significa Debbie para ti, entiendo que con razón estés molesta.

—"No permitir que la amistad se convierta en propiedad". Le voy a decir eso. Ella debe entender que no es mi dueña. Que yo puedo tener novio. Especialmente si se trata de alguien "tan cuero" como Eric.

—¿Y qué hay de las otras razones que mencionaste? —pregunto cortésmente.

—Olvídalo. Esto es lo importante.

Creo que sería un error parar aquí. Si las otras cosas no fueran importantes, Sharon no se hubiera retraído. Debbie por sí sola no lo podría lograr.

—Sharon, creo que debemos continuar.

—¿Por qué?

—Porque estás muy callada. Si sólo fueran los celos de Debbie, entonces probablemente habrías despotricado contra ella, habrías tratado de encontrar el modo de hacerla recapacitar, pero es muy poco probable que eso te hubiera hecho "replegarte en tu capullo".

—¿"Replegarme en mi capullo"? Yo no me he replegado en nada. Mira, no te pedí...

—Sharon, —digo para detenerla antes de que diga algo de lo cual se pueda arrepentir después, —las otras cosas pueden no parecer muy importantes, pero sospecho que para ti sí lo son, y en un sentido mucho más profundo de lo que tú misma crees.

—No entiendo.

Por lo menos ha entendido que no estoy tratando de culparla, o peor tantito, hacerle un cariñito en la cabeza como a una mascota.

—Supongo que puedo ayudarte a averiguar por qué te están molestando las cosas hasta el grado que lo están haciendo. ¿Quieres intentarlo?

—Ya que insistes.

—Toma una hoja en blanco, —le digo y le entrego la pluma. —Ahora déjame enseñarte cómo comenzar con un evento preocupante y terminar...

—Espera, —dice con un suspiro, —¿Qué significa "un evento preocupante"?

—Tú sabes, esas cosas irritantes que no parecen importantes pero que de todos modos te molestan por horas, o incluso a veces, por días.

—Sí, —sonríe, —he tenido algunos de esos días.

—Verás, el mero hecho de que algo te moleste más de la cuenta es indicador de que este evento contiene algo que causa más daño que lo que se observa en la superficie.

Lo piensa.

—Mi especulación es, —continúo explicando, —que las cosas que te molestan te hacen tener que ceder en algo que es muy importante para ti. ¿Quieres que te enseñe cómo empezar con uno de estos "eventos preocupantes" indeseables y revelar el verdadero daño?

—¿Tú crees que yo pueda hacerlo? —me dice, con un dejo de escepticismo.

—Vamos a ver, ¿qué era eso que decías de Eric que tienes que cumplir? Dijiste algo de no poder verlo por un rato, ¿no?

—Sí, tiene un examen el lunes. Es una larga historia.

—Muy bien. Escribe aquí a la derecha, "No ver a Eric hasta el lunes".

Al estar escribiendo comenta: —Voy a tener que ir sola a la fiesta. ¿No te parece espantoso?

—Ahora, debajo de eso, escribe lo que tú quieres.

—Quiero verlo todos los días.

—Perfecto, anótalo. Ahora, a la izquierda de eso, escribe por qué es tan importante para ti.

—¿Qué quieres decir?

—¿Por qué es importante para ti ver a Eric todos los días?

—Porque sí. Es mi novio. Tenemos que estar juntos. ¿No es obvio?

—Así que escribe: "Tener una cercanía con Eric".

En mi mente, rápidamente checo la validez de: Para "Tener una cercanía con Eric" debo "Ver a Eric todos los días". ¿Por qué? No me animo a preguntar.

—Ahora viene la pregunta difícil: ¿Para satisfacer qué necesidad, tienes que cumplir el no ver a Eric? ¿Por qué crees que no debes verlo hasta el lunes?

—Ya te dije, tiene que pasar un examen. El dice que es importante. Por lo menos, es importante para su mamá. De hecho lo es. Si vuelve a reprobar va a tener que cambiarse de carrera y él desea muchísimo ser ingeniero.

—Me da muchísimo gusto ver que tú no dejas que tu noviazgo se deteriore y se convierta en propiedad.

—¿Quieres decir, exigir verlo todos los días?

—Sí, si quieres tener un buen noviazgo o una buena amistad, tienes que tomar en cuenta las necesidades del otro.

Lo piensa y finalmente dice: —Creo que tienes razón.

—Así que, ¿qué necesidad estás satisfaciendo al cumplir con no ver a Eric? Escribe tu respuesta.

—Sigo sin entender. ¿Qué debo de escribir? ¿"Por Eric"?, ¿Es eso lo que quieres que escriba?

—¿Para satisfacer qué necesidad? —vuelvo a decir, por toda respuesta.

—La necesidad de considerar sus necesidades, —me dice. Noto que se está irritando un poco conmigo por ser tan quisquilloso.

—Eso es, —le digo, -anótalo.

Una vez que lo ha hecho, le muestro por qué vale la pena ser preciso: —Trata de leerlo ahora agregando las palabras "para poder" y "debo". A ver si tiene sentido.

—Para poder "Considerar las necesidades de Eric", debo "No ver a Eric hasta el lunes". Sigo pensando que podría ser más flexible, bueno... ¿Ahora qué?

—¿Cuál es su objetivo común? ¿Por qué es importante que consideres las necesidades de Eric, pero al mismo tiempo tener cercanía con él?

—Porque, porque..., lo sé, pero....

—Mira la **nube** anterior, —le digo, tratando de ayudarle, —la que hicimos sobre Debbie.

Le echa un vistazo y luego sonríe. —Es casi el mismo objetivo, "Llevar una buena relación con Eric", —dice, terminando su **nube**.

—Para poder llevar una buena relación debes de estar con él, pero al mismo tiempo tienes que considerar sus necesidades. ¿Ves, Sharon? No ver a Eric hasta el lunes te presenta un conflicto, lo que pone en peligro un objetivo que para ti es importante.

No me está escuchando realmente. —¿Papi? Yo creo que mi **nube** sobre Eric es exactamente la **nube** de Debbie sobre mí, —dice mirando la **nube** de Debbie de nuevo.

Le da una perspectiva nueva.

—¿Entiendes mejor el comportamiento de Debbie?

—¿Sabes qué? Estoy segura de que Debbie y yo podremos ponernos de acuerdo sobre qué es la amistad y qué es convertirla en propiedad. Será una muy buena plática. Tal vez Mamá me dé permiso de ir a dormir a casa de Debbie esta noche.

Y, con esas palabras, desaparece mi gacela.

Pero antes de que llegue yo a la puerta, regresa. —Dijo que sí. Ay, gracias, Papito. Muchísimas gracias.

Se siente uno bien.

—¿No quieres tratar de descifrar tu tercera queja? No es que importe mucho ahora, pero yo quiero pasar un poco más de tiempo con mi encantadora y alegre princesa.

—¿Por qué no? —dice. —¿Qué era?

—Algo de Chris.

—Ah, sí. —Se vuelve a poner seria. —Eso está feo.

—En lugar de decirme qué pasó, ¿por qué no lo pones por escrito, en forma de **nube**?

—Lo intentaré, —musita y se sienta. Luego, escribe primero: "Darle la tarea de matemáticas a Kim". Abajo de eso pone: "No darle la tarea de matemáticas a nadie".

Es interesante, espero pacientemente para ver qué trasciende. Después de dos minutos de remolinearse escribe a la izquierda, "Cumplirle mi promesa a Chris". Y arriba de eso, "Salvar a Kim".

—El objetivo es obvio, "Llevar amistades bonitas", pero ¿tiene sentido el todo? —me pregunta.

—Sí lo tiene, si es que hiciste la tarea de matemáticas junto con Chris, —le digo.

—Eso es exactamente lo que pasó. Pero Kim me la pidió rogando, y no tuve corazón para decirle que no.

Mi pobre bebita. Tres golpes desde tres ángulos distintos, todos ellos perfectamente apuntados hacia lo más importante en su vida: llevar buenas amistades. Y no sabía cómo manejar ni uno de ellos, ya no se diga los tres. Con razón se había "replegado en su capullo".

Con demasiada frecuencia Sharon tiene sus depresiones. Y sospechábamos que algo estaba molestando a la chica. Llevar buenas amistades no es un objetivo fácil. Es muy fácil salir lastimado. Pero definitivamente vale la pena.

¿Dónde estábamos? ¿Por qué no le hemos dado una mano? No es tan difícil ayudar. Ciertamente que nosotros tenemos más experiencia en el manejo de ese tipo de problemas. Por lo menos tenemos suficientes cicatrices como para demostrar cómo se debe lidiar con ellos.

¿Estará Sharon de acuerdo? ¿Confiará en nosotros ante asuntos tan delicados para ella?

—¿Papi? —Sharon suena avergonzada, —dijiste algo de no tener nada de lo que nos gustara hablar.

—Sí, hija.

—No es cierto. Me gusta platicar contigo. Entiendes tanto.

—Recuérdamelo la próxima vez que me pidas algo y te diga "No".

Esa noche, cuando Julie y yo estamos sentados cómodamente en la cálida tranquilidad del silencio amoroso, vuelvo a pensar en las **nubes** de Sharon.

Cuando comenzó con sus quejas yo no había visto conexión alguna entre ellas. Yo creo que Sharon tampoco había visto ninguna conexión. Sin embargo, el objetivo de cada **nube** fue el mismo. La amistad es lo que es importante para Sharon. Eso no es sorpresa, lo hemos sabido desde hace mucho tiempo. Pero...

¿Cuáles serán los resultados de hacer un análisis semejante conmigo mismo? Supongamos que escogiera tres diferentes **EIDEs** míos, pequeños pero molestos: ¿Qué sucedería si para cada uno de ellos escribiera una **nube**? ¿Encontraré el mismo objetivo en cada una? ¿Aun cuando escogiera **EIDEs** de diferentes aspectos de mi vida?

¿Está la personalidad mucho más enfocada de lo que creemos?

—¿Julie?

—Sí, querido.

—Vamos a checar una cosa...

18

— Te digo que es imposible trabajar con Hilton. —Bill Peach está de lo más molesto.

—Debo decir que te tardaste un rato en llegar a esa conclusión, —le comento en broma para hostigarlo.

Estamos sentados en un restaurante, almorzando juntos, como todos los meses. Es una tradición que comenzó cuando Bill me designó su sucesor como Director de la División. Disfruto de estos almuerzos. Durante mucho tiempo fueron mi principal canal de comunicación para enterarme de los sabrosos chismes del alto mando. A Bill le gustan porque siempre ha sabido que soy totalmente leal a él. Hoy, soy parte de ese círculo selecto, que hace que nuestros almuerzos sean aún más divertidos.

—Anda, dime ¿qué pasó esta vez?, soy todo oídos.

—Ese "crótalo". Traidor bueno para nada. No vas a creer lo que ha hecho.

Bill, aparentemente, todavía está soltando vapor.

—Mucho me temo que como estamos hablando de Hilton, todo es posible, no creo que batalle para creerte nada.

—¿Sabes que Granby tiene que enviarle un plan de inversiones al Consejo?

—Sí, ya sabía. —Yo he dejado de sonreír.También sé de dónde vendrá el dinero para esas inversiones. Es la sangre de mis compañías lo que se están peleando.

Bill está demasiado ocupado en despotricar contra Hilton como para fijarse en mí. —Así que, naturalmente, Granby recurrió a Hilton y a mí para que preparáramos el plan. Decidimos portarnos como caballeros. ¡¿Hilton un caballero?!, ¡qué broma! Debí haber sabido que no iba a funcionar. De todos modos, en lugar de pelear por el dinero, decidimos que cada uno de nosotros presentaría un plan por la mitad de la suma.

—Y luego te enteras, —he salido con ambos suficiente tiempo como para adivinar, —que tú presentaste un plan por la mitad y Hilton ha presentado un plan por la totalidad.

—¿Quién te dijo? ¿Eh?, ¿Así de obvio es? Pero hubieras estado ahí cuando me persuadió de que esta vez iba a estar todo bien. Cómo comprobó que era la única forma que tenía sentido para ambos. Y yo, de imbécil, me lo tragué enterito.

—Te lo mereces, —le digo.

—Correcto. Cualquiera que crea alguna promesa de Hilton, se lo merece.

Los buitres merecen lo que les llega, pienso para mis adentros. Vamos a vender mis compañías y estos cabrones ya están peléandose por la sangre. Maldito Hilton, sí, definitivamente, pero maldito tú también, Bill.

Nos comemos nuestros emparedados en silencio.

No estoy siendo justo. ¿Qué diablos espero de Bill? ¿Que no luche por la inversión para su grupo? Si él hubiera sido el que había iniciado la venta de mis compañías sería otro cuento. Pero no fue él. El no estuvo involucrado en lo absoluto.

—¿Sabes, Bill? Bob y Stacey lo están tomando muy a pecho. No les gusta para nada la idea de que los vendan, y a mí tampoco.

—Es comprensible. Nadie quiere estar en tus zapatos, pero así es la vida. La periferia siempre se debe sacrificar para proteger al núcleo.

—Supongo. A propósito, cuando llegue el momento, cuento contigo para que le encuentres un buen lugar a Don. ¿Lo harás?

—Seguro, lo que quieras.

—Quisiera que tuviera un puesto de línea. Ya está listo.

—Siempre puedo usar una persona como Don. Pero ¿por qué tenemos que hablar de situaciones hipotéticas? Escucha, ¿sabes lo que el desgraciado de Hilton sugirió? Que invirtiéramos veintidós millones de dólares en comprar una inútil compañía en Idaho.

—¿Por qué? —pregunto sorprendido. —Ya la checamos nosotros. Sus patentes son dudosas, los verdaderos cerebros los abandonaron hace años. Además ¿por qué tanto?

—Hilton tuvo que inflar su plan para demostrar que necesitaba la totalidad de los 130 millones de dólares. Es que, no quiso usar ninguna de las sugerencias que Trumann dijo que no eran buenas, así que incluyó todo lo demás que se le ocurrió. El único criterio era que se viera bien. Y hay que admitir que, en papel, esa empresa se ve bastante bien.

—Todo es un gran espectáculo, —suspiro. —Granby quiere verse mejor y poder echarle la culpa a Trumann y Dougthy por vender demasiado barato, así que hace de cuenta que mis compañías se pueden vender por mucho más de lo que es realista esperar. Hilton quiere ser más poderoso, así que él hace de cuenta que necesita todo el dinero para su grupo aunque lo necesite tanto como un calvo necesita un peine. Sería cómico si no se tratara de mi gente y de mí, que somos los que vamos a pagar el pato.

Bill no está de acuerdo. —Tienes razón en lo que toca a Hilton, pero no con respecto a Granby. El viejo es derecho como una flecha.

—Eso es lo que yo pensaba hasta ahora, —concedo. —Pero ¿de qué otra manera te explicas que esté usando una sobreestimación tan enorme para mis empresas?

—¿De qué estás hablando? —Bill está genuinamente sorprendido. —Ciento treinta millones de dólares es una estimación bastante conservadora.

—Bill, yo no tengo mucha experiencia en la compra y venta de empresas, pero no nací ayer y sí sé leer estados financieros. Si logramos obtener treinta millones por cada una de mis compañías, habremos tenido suerte. Decir que obtendremos ciento treinta millones por todas es ridículo.

Bill me mira. —¿Quieres café?, —pregunta.

—Olvida el café. Dime qué está pasando.

Bill está ocupado tratando de llamar la atención del mesero. Estoy empezando a irritarme. Luego, sin mirarme, me pregunta: —¿Cuánto crees que valga *Vapor a Presión*?

—Máximo treinta millones, creo que ni eso. Mira, Bill, su mercado es estable y está muy parejo. Stacey logró llevar a su empresa a tener utilidades por un cuarto de millón. Tal vez, con mucho esfuerzo, sea posible hacer que esta empresa genere un máximo de dos o tres millones de dólares al año; pero eso sería el máximo.

—Alex, ¿cuál sería el valor para cualquiera de esos competidores si pudieran cerrar la división y quedarse con sus clientes?

Siento como si alguien me hubiera dado un golpe en la cabeza. ¡Y duro!

Así que ése es el plan. Por supuesto. ¿Cómo pude ser tan ingenuo? El competidor que lo haga se queda con nuestra parte del mercado. Todos ellos tienen capacidad sobrada. El material sólo representa el treinta y cinco por ciento del precio de venta. Un competidor que se haga cargo y desmantele mi compañía podría incrementar sus utilidades tal vez por unos cuarenta millones de dólares al año. Sin mencionar que lograría el desempate, se convertirían en la mayor y más dominante empresa de este mercado. ¿Cómo pude ser tan estúpido?

Ahora entiendo la conversación con "La Víbora" que me cayó tan mal. Ahora todo adquiere sentido, incluyendo el precio. Con razón algo me olía mal. Lo que apestaba era el cadáver de mi compañía. Lo estaban desgarrando y haciendo girones.

Y Trumann y Dougthy, par de carniceros. Tuvieron cuidado de no decirme nada. Ellos ven los dos lados de la ecuación, sí, señor. Y ya sé lo que me van a decir cuando los enfrente. "Debemos de sacrificar una parte para salvar al todo". ¡Malditos!

—¿Estás bien? —pregunta Bill, genuinamente preocupado.

—No, ¡no lo estoy! —exclamo casi gritándole.

—Sí, lo estás, —me dice sonriendo. —Casi puedo oír el sonido de las trompetas. Dragones, huyan si aprecian su vida: "San Jorge Rogo" acaba de declarar la guerra.

—Claro que estoy declarando la guerra.

Me subo a mi carro y arranco el motor. ¿A dónde? No importa. Simplemente conducir, necesito pensar.

Durante kilómetros enteros voy echando pestes. Estoy furioso, con Trumann, con Dougthy, con Granby, con Hilton, con Wall Street, con el mundo. Incluso estoy un poco enojado conmigo mismo.

Después de mucho tiempo me llamo la atención a mí mismo. Estar furioso no basta. ¿Qué voy a hacer? ¿Luchar por una jugosa indemnización para mi personal? ¡Vaya solución tan mugrosa! Además, ¿cuánto voy a lograr que pague UniCo?, ¿Un mes de sueldo por año por persona?, ¿Dos?, ¿Tres tal vez? De ninguna manera van a aceptar ni siquiera dos meses por año. Y eso no es nada. Sí, nada. Nada para una persona que no pueda usar su experiencia en ningún otro lado.

¿Y Stacey? ¿Qué oportunidad tendrá ella? ¿Con un historial de haber sido directora de una empresa que se vendió para cerrarse? Esa marca negra en su *currículum* será devastadora para su vida.

¿Y yo? Yo también voy a llevar la marca de Caín en la frente.

De ninguna manera. No voy a permitir que esto suceda. ¡No, señor! ¿Pero cómo puedo detenerlo?

La **nube** está clara. La he sabido desde hace mucho tiempo. También está claro cómo romperla, debemos encontrar un forma de incrementar las ventas. Significativa y rápidamente. El problema es que hasta ahora yo no había creído que eso fuera posible realmente. Ahora no me queda otra. Debo de asumir que sí es posible. Debo dejarlo por sentado. Esa será la única forma en que podré hacer acopio de la energía necesaria para salir a buscarla.

Un caballero andante que no crea que existe el Santo Grial nunca lo encontrará. Y ¿qué pasa con el caballero andante que sí cree que existe? A ver quién puede detenerlo.

Tiene que haber algún modo. Debe haber un modo de incrementar las ventas. De hecho, tengo pruebas: La empresa de Pete. Ahí lo logramos. Sin ventaja tecnológica. Sin presupuesto qué invertir en equipo o publicidad. Sin nada. Y en menos de un mes, miren dónde estamos. Ahora tenemos lo que Pete llama cariñosamente "una oferta de la Mafia", una oferta tan buena que no se puede rechazar.

Pero ¿de dónde voy a sacar más nuevas ideas brillantes? ¿Cuán brillante debe ser para garantizar que la compañía de Stacey no vaya a dar a la trituradora? Mucho. Aun cuando incrementáramos las utilidades a cinco millones por año no serían suficientes. No, ni siquiera diez. El precio que pueden obtener con venderle la compañía a "los lobos" es sencillamente demasiado elevado. Sí tienen una probabilidad realista de poder conseguir cerca de cien millones de dólares, y eso no es una fantasía. No bastará con que encontremos un avance en mercadotecnia para incrementar las ventas. Tenemos que encontrar algo tan poderoso que nos podamos comer a los competidores vivos. Ese es el único modo.

No, probablemente no conozca la verdadera **nube** y quizá no baste con incrementar las ventas, pero sí sé cómo encontrar la solución. En mi cabeza, oculta, fragmentada, tal vez incluso sumamente distorsionada, pero si existe, ahí está. Debo usar los **Procesos de Pensamiento** de Jonah para hacerla salir a la luz. Para extraerla y pulirla.

Ya realicé la parte más difícil. Gracias a Brandon y Jim ya he construído el **Arbol de Realidad Actual** del mercado en el que competimos actualmente, tengo que continuar.

Y lo tengo que hacer yo mismo. No puedo pasárselo a Stacey o Bob. Es mi responsabilidad, y además, ellos probablemente verán la situación con un criterio menos amplio. Debo encontrar el modo genérico. Posteriormente, cada uno de ellos deberá usarlo para construír la solución específica para sus necesidades.

¡Deja de postergarlo!, me digo a mí mismo. El **Arbol de Realidad Actual** apunta hacia el problema medular: Los ejecutivos están tratando de optimizar lo local. El siguiente paso es expresar esto con muchísima más precisión. Tengo que discurrir qué evita que la gerencia tenga un mejor desempeño. Jim está mal. De acuerdo con Jonah, no debemos suponer que es pura ignorancia e incompetencia de los gerentes. Debemos suponer que están atascados en algún conflicto que les impide poder hacer lo correcto. Así que, si quiero hacerlo tal como dice el manual, debo de enunciar qué es lo que sí deben de hacer y cuál es el conflicto que se los está impidiendo.

¿Qué es lo que debo seleccionar como "correcto"? ¿Cómo quisiera yo que mis gerentes manejaran sus compañías?

Mmmm. Tengo un problema con eso.

No es que yo esté en contra de la optimización de lo global, pero...

Si lo óptimo fuera lo mejor que pudiéramos hacer, entonces ¿por qué una solución de avanzada rinde resultados que antes ni siquiera nos atrevíamos a soñar?

Después de un rato, comienzo a registrarlo. La optimización es hacer lo mejor posible, lo óptimo, pero "dentro del cajón"; en tanto que lo que yo estoy buscando está...

¡Eso es! ¡Exacto! Necesitamos soluciones de avanzada desesperadamente. Nada fuera de eso nos podrá servir. Tenemos que encontrar las soluciones "afuera del cajón".

¿Así que, qué sugiero? ¿Que los gerentes manejen sus compañías esforzándose siempre por encontrar soluciones de avanzada?

No. Tampoco hay que exagerar.

Yo creo que me conformaría con que "los gerentes tomen buenas decisiones". Así dejo la puerta abierta a las soluciones de avanzada cuando se necesiten, sin exigirlas como la norma innecesariamente.

Lo pienso. Es sencillo, pero tiene sentido. Decido tomarlo como objetivo deseado.

Ahora tengo que verbalizar claramente el conflicto que evita que los gerentes logren este objetivo. De acuerdo con los lineamientos de Jonah, este conflicto debe ser bastante aparente en el **Arbol de Realidad Actual**. Tengo un problema. Pienso que me sé este **Arbol** "de pe a pa". Si hubiera un conflicto aparente ya lo habría notado con toda seguridad.

La experiencia me ha enseñado que la mejor forma de ahorrar tiempo es seguir los lineamientos. Tengo que verlo de nuevo, ¿pero cómo?

Tomo la primera salida y me detengo en una gasolinera. —Lleno. De la mejor, por favor.

Me estiro hacia el asiento trasero, alcanzo mi portafolios y saco el **Arbol**. Inmediatamente el conflicto me salta a la vista. Supongo que cuando sabes lo que estás buscando, es fácil encontrarlo. Escribo el conflicto. "Considerar la percepción de valor de los clientes" contra "Considerar la percepción de valor de los proveedores".

Ahora tengo que demostrar que este conflicto es lo que está impidiendo que el objetivo exista en la realidad. No me tardo demasiado en completar la **nube**. La reviso leyéndola en voz alta: —Para que "Los gerentes puedan tomar buenas decisiones", deben "Considerar la necesidad de generar suficientes ventas". —Esto es correcto en el nivel más alto.

No, es correcto para todos los niveles. Yo creo que es correcto hasta para cuando se están tomando decisiones en los niveles más bajos de la organización en Distribución, Producción o Ingeniería.

—Listo, señor. Son dieciocho dólares con treinta centavos.

Le entrego mi tarjeta de crédito y sigo leyendo en voz alta.

—Para poder "Considerar la necesidad de generar suficientes ventas", los gerentes deben "Tomar decisiones y actuar en base a la percepción de valor del cliente". Esto es bueno.

Me fijo ahora en el lado inferior de la **nube**. —Para que los "Gerentes tomen buenas decisiones", deben "Considerar la necesidad de obtener márgenes de producto razonables". Bajo la cultura corporativa prevaleciente, es obligatorio. De hecho, en la mayoría de las compañías, hasta las personas que entienden que no deberían de hacerlo, lo tienen que hacer. A menos, por supuesto, de que tengan ganas de volverse mártires.

Leo la última conexión: —Para poder "Considerar la necesidad de obtener márgenes razonables", los gerentes deben "Tomar decisiones y actuar en base a la percepción de valor de los proveedores".

Firmo el pagaré de la tarjeta de crédito, arranco el motor y me vuelvo a incorporar al tráfico de la carretera.

Le echo una mirada a la **nube**. Una vez que está escrita, se hace todo tan obvio. Por todo UniCo, veo a los gerentes vibrando constantemente sobre la flecha del conflicto.

"No creo que debamos aceptar el pedido", "Yo creo que sí debemos aceptarlo", "No aceptemos el pedido", "Acéptalo", "No", "¿Por qué lo aceptaste?", "Tuvimos que hacerlo", "No, no era necesario haberlo hecho", "¡Que sí!"...

Alex, me digo a mí mismo, ya, ya. Ya ilustraste el punto divinamente. Andale, continúa.

¿Cuál de estas flechas me hace sentir más incómodo?

Esa pregunta es muy fácil de responder. Para que "Los gerentes puedan tomar buenas decisiones", deben "Considerar la necesidad de obtener márgenes de producto razonables". En los últimos años he demostrado, una y otra vez, que cuando el mercado se segmenta podemos incrementar nuestras utilidades, tanto ahora como en el futuro, aun vendiendo con márgenes de producto negativos. Especialmente cuando todo el trabajo se realiza en cosas que no son "cuello de botella".

En mi grupo, espero que nadie considere el margen de producto como el criterio para aceptar un pedido. Los pedidos se aceptan sólo en función del impacto que tendrán sobre el throughput [1] general y el gasto de operación.

Hemos roto la **nube**.

¿Así que por qué estamos todavía en dificultades?

Entonces "me cae el veinte". Ignoramos el margen de producto y funciona. Hemos logrado hacer que tres barriles sin fondo, digo, compañías, lograran salir a mano. Funcionó, pero no lo suficiente. Cada vez que encontramos un mercado segmentado, nos hemos contentado con vender nuestro exceso de capacidad a precios inferiores a nuestro promedio. Mejora nuestra utilidad neta, pero es un desperdicio. Un desperdicio que ya no nos podemos dar el lujo de tener.

El verdadero problema es que se nos han acabado los nichos. No nos atrevemos a vender por debajo de nuestros precios normales en nuestros mercados principales, y no nos atrevemos a iniciar una guerra de precios. Nos podría arruinar. Así que ahora, en cada una de nuestras compañías, hay mucho exceso de capacidad.

---

[1] Nota del Traductor: El término "Throughput" no tiene un equivalente claro en español. Incluso en el idioma original inglés, la palabra "Throughput" tiene diversos significados, y como el autor en obras anteriores ha dado su propia definición, he preferido recomendar que se adopte como término técnico de Teoría de Restricciones. De hecho, la mayoría de los hispanoparlantes que asisten a los seminarios del Dr. Goldratt usan la palabra "Throughput" y la entienden cabalmente al ser definida. Quizá la traducción más adecuada en este contexto sea "Generación de Dinero", pero la frase es demasiado larga como para ser práctica. Throughput (pronúnciese "Trúput") se define como: La velocidad a la cual el sistema genera dinero a través de las ventas. En las traducciones recientes de LA META, LA CARRERA y EL SINDROME DEL PAJAR, obras del mismo Autor, se usa este mismo término. Quizá algún día, al castellanizarse, se escribirá "Trúput" con tilde y todo como "Estándar".

Además, la declinación constante en los precios está comiéndose las ganancias que sí logramos con nuestras mejoras. Debemos hacer algo mucho más poderoso. Para nosotros ha dejado de ser cuestión de mejorar poco a poco las utilidades. Para salvar a nuestras compañías debemos vender toda nuestra capacidad a precios superiores al promedio, no inferiores.

¿Cómo?

Eso es precisamente lo que estoy tratando de resolver. Tengo que encontrar un modo mucho más efectivo de romper la **nube**. Vale más que examine los supuestos que están detrás de las otras flechas. Si hay una mejor respuesta, ésta debe ser diferente de lo que ya estoy haciendo hoy.

El camino está libre. Leo la siguiente flecha. —Para poder "Considerar la necesidad de obtener márgenes de producto razonables" los gerentes deben "Tomar decisiones y actuar en base a la percepción de valor de los proveedores".

Aquí el supuesto es que el margen de producto debe basarse en el costo del producto, lo cual, como yo bien sé, conduce a la impresión de que un producto debe de tener un único precio justo.

En base al **Arbol**, la **inyección** obvia es poder cobrar una multitud de precios diferentes. Lo cual significa realizar acciones para segmentar un mercado existente, aparentemente uniforme.

Sí. Este rumbo está claro, en base al **Arbol de Realidad Actual**. Pero si la **nube** es útil, debería proporcionarme más alternativas. No creo que pensar en una forma genérica para segmentar un mercado aparentemente uniforme sea una tarea fácil o breve. Además, este tipo de trabajo requiere de papel y lápiz.

Antes de desviarme hacia la casa para hacerlo, tengo que examinar las demás flechas de la **nube**. Tal vez me proporcionen alternativas más fáciles.

Le echo un vistazo a la siguiente flecha. Es la flecha del conflicto. De acuerdo con Jonah, si la llega uno a romper, generalmente ofrece las soluciones más poderosas. Y si alguna vez en mi vida he necesitado una solución poderosa, ahora es cuando.

— "Tomar decisiones y actuar en función de la percepción de valor del cliente" es algo mutuamente excluyente de "Tomar decisiones y actuar en base a la percepción de valor de los proveedores". Es puro sentido común. ¿Cuál es el supuesto? ¿Que las dos percepciones son diferentes? Eso es demasiado obvio.

—Es obvio después de haber construído el **Arbol de Realidad Actual**, —me digo secamente.

Así que, ¿qué podemos hacer con eso? Después de un rato me percato de que el supuesto es más limitante. Supongamos que la percepción del cliente fuera muy alta, mucho más elevada que la percepción de valor del proveedor. En ese caso, los gerentes no tendrían dilema alguno.

Si no fueran avariciosos, digo.

El supuesto es algo así como "La percepción de valor del cliente con relación al producto es significativamente inferior a la del proveedor." Sólo entonces se enfrentan al dilema los gerentes.

Con un ojo en la carretera y el otro en el papel, lo anoto como puedo.

Me pregunto qué podemos hacer para cambiar este supuesto. ¿Tengo una **inyección**, alguna idea de cómo cambiarlo?

Sí, sí la tengo, pero es demasiado simple. —Es sólo un rumbo, nada en concreto, —musito.

Así que tendré que vivir el proceso de convertirlo en algo concreto y práctico. ¿Qué tiene de difícil? Conozco este proceso y tengo tiempo, lo que necesito es rumbo. Y este rumbo se antoja bastante sencillo. Tan simple que no puede estar mal. Es demasiado simple.

Durante unos cuantos kilómetros he estado viendo letreros anunciando la siguiente área de descanso. ¿Dónde está?

Veo la salida, dirijo mi automóvil hacia ella y me detengo.

"Realizar acciones que incrementen suficientemente la percepción de valor que el mercado tiene con relación a los productos de la compañía", escribo.

Esto es lo que llamo simple con "S" mayúscula. Pero es un rumbo. Y si los métodos de Jonah funcionan, deben conducirme a una solución.

De acuerdo con los lineamientos, ahora tengo que escoger los objetivos estratégicos. No es mayor problema, son tan sólo lo contrario de los efectos indeseables. Esto no deberá ser muy difícil. Aquí tengo la lista.... en alguna parte.

No sirve. Esta lista fue hecha por Trumann y Doughty y abarca los **EIDES** de todas las compañías. No necesariamente tenemos que incrementar las habilidades de nuestra fuerza de ventas ni mejorar la ingeniería. De hecho, no podemos darnos el lujo de tomar el tiempo que se requiere. Para nosotros, me río ásperamente, bastará con que logremos de alguna manera una ventaja competitiva dominante.

No, espera un momento. Ni siquiera bastará con eso. Debemos lograr algo que la mayoría de las compañías no tienen que hacer: Demostrar resultados rápidos e impresionantes en nuestro estado de Pérdidas y Ganancias.

Lentamente escribo el primer objetivo: "Vender la capacidad sin reducir los precios."

Considerando la cantidad de capacidad sobrada que tenemos esto producirá como resultado ganancias impresionantes. El problema es que tendremos que convencer a todo el mundo de que podremos sostener tales resultados en el largo plazo.

Agrego otro objetivo: "Tener una ventaja competitiva dominante y aparente."

Sí, con eso la haríamos. Lo que tengo que hacer ahora es discurrir cómo, partiendo de mi rumbo sugerido, podemos lograr estos dos objetivos. Voy a tener que hacer un **Arbol de Realidad Futura**.

Si hay algo más tedioso que iniciar un **Arbol de Realidad Actual**, es construir uno de **Realidad Futura** cuando el punto de partida es algo que no se ve más real que los elefantes voladores.

Pero es posible, yo sé que lo es.

Arranco el carro y decido regresarme. Busco los letreros. No sería mala idea saber dónde ando. ¿Wilmington? ¿Y dónde diablos es Wilminton?

Así que, ¿qué espero? Levanto el teléfono y le hablo a Don.

—¿Dónde estás? —contesta con cierta preocupación. —La junta del comité de presupuestos está por comenzar en diez minutos y yo no creo que te pueda sustituir.

—Claro que puedes. Sólo pídele a Bill que lo permita. Verás que sí lo hace. Ay, ¡condenación! debía estar a la una y media con el Director de Finanzas.

—¿Me lo estás diciendo a mí? —suena un poco exasperado. —No te preocupes, yo fui a cubrirte. Estuvo bien. Pero, ¿dónde andas? ¿Vas a regresar hoy?

—No lo sé. Escucha, Don. ¿Te acuerdas del **Arbol de Realidad Actual** que te di la semana pasada? Llévatelo a casa y estúdialo. Para mañana en la mañana quiero que te lo sepas de cabo a rabo.

¡Dios mío!, ¡Estoy entrando a Milford!,¡Estoy a más de 160 kilómetros de mi casa!

—Está bien, Alex. ¿Puedo preguntar por qué?

—Creo que puedes adivinarlo fácilmente ¿no?

—¿Esto quiere decir que vamos a tratar de encontrar la forma de incrementar las ventas?

—Así es.

—¡Hurra! —Instintivamente me alejo el celular de la oreja. Este hombre tiene pulmones fuertes. —Lo estamos esperando. Todos nosotros.

—Te veo mañana a las ocho.

—¿Solicito la sala de juntas? Porque en tu oficina no van a faltar las interrupciones.

—Buena idea. Y... prepárate.

—¿Para qué?

—Para un trabajal... Vamos a ponerles una friega.

19

Hasta que no sirven el café, me armo de valor para plantear el tema del que realmente quiero hablar. —Quiero convencerlos a ambos de que no debemos vender mis compañías. Sería un error gravísimo.

—Alex, ya lo hemos discutido hasta el cansancio, —dice Brandon con un dejo de irritación. —El asunto está cerrado.

Jim Doughty está totalmente de acuerdo con Brandon y le echa una mirada de complicidad.

—¿Está cerrado el asunto aun cuando la situación haya cambiado? Anden, ustedes son de criterio más amplio que eso.

—¿Qué pudo haber cambiado tanto? —pregunta y antes de permitirme contestar, agrega adoptando una actitud condescendiente: —Alex, déjalo por la paz. La batalla está perdida.

—Sólo dame un poco de tiempo, —insisto, —para convertir a mis empresas en "gallinas de los huevos de oro".

—¿Y qué te hace pensar que lo puedas lograr? Hace dos semanas no estabas tan optimista.

—Me siento lleno de optimismo gracias a ustedes dos. Ustedes me...

—Con nosotros no cuentes. Nosotros somos los malos de la película, —dice Jim riéndose.

—Alex, creí haberte explicado, —lo dice despacio, marcando las palabras, como tratando de hacer penetrar la verdad en mi dura cabezota, —que no nos queda otra. La situación financiera de UniCo es demasiado frágil. Nos caes bien, te agradecemos lo que estás haciendo, pero no nos pidas lo imposible.

Lo dejo terminar y luego continúo con toda calma: —Ustedes me pidieron que hiciera el análisis de las compañías que se encuentran en el mercado actual compitiendo con nosotros. Ustedes comenzaron. ¿Qué no quieren saber qué salió de todo eso?

—Sí, claro que queremos saberlo, —dice Jim. —Pero, Alex, si crees que un poco de análisis teórico nos hará revertir nuestra decisión, eres mucho más optimista de lo que yo pensaba.

—No es del todo teórico, tuve un punto de partida muy real. Tengo el giro que le dimos a la compañía de impresos y eso lo puedo extrapolar.

—Estamos conscientes de lo que hiciste con esa empresa, —interviene Brandon, tratando de pacificarme. —Lo que hiciste con ella raya en lo milagroso. Pero, ¿crees que podrías repetir lo mismo en *Cosméticos I* y en *Vapor a Presión*? Son muy diferentes de la industria de los impresos.

—Y diferentes entre sí también, —agrega Jim.

—Lo sé, pero no estoy partiendo de cero. He utilizado lo que Pete hizo como guía, y continuando nuestro análisis he trazado los planos genéricos de cómo hacerlo en cualquier parte. Teniendo los planos, deberá ser relativamente fácil construir soluciones específicas para cada compañía específica.

—¿De veras crees que puedas esquematizar el procedimiento genérico para tomar un mercado? —pregunta Jim Doughty.

—Sí, —contesto resueltamente. —Eso es lo que quiero mostrarles.

—¿Cualquier mercado? ¿Aunque no te demos ni un centavo para invertir y te impongamos un límite de tiempo muy estrecho? —Brandon pregunta con verdadera sorpresa.

—Depende de qué sea a lo que te refieras cuando dices "un límite de tiempo muy estrecho"; pero con seis meses bastaría. —He aprendido ya lo que se puede lograr en una compañía en tres meses. La mayoría de la gente siente que se van como un suspiro, yo los veo como una eternidad.

—No te prometo nada... Definitivamente, seis meses no, —dice Trumann, —pero si estás tan seguro de ti mismo, yo invito los tragos para que nos lo expliques. —Empieza a buscar al mesero con la mirada.

—¡Venga la cerveza!

—La gente que abarrotaba el restaurante empieza a marcharse. El sitio está mucho más tranquilo ahora. Y nuestro mesero, brilla por su ausencia. Trumann se levanta y regresa al poco rato con tres tarros bien helados.

—Excelente. Gracias, Brandon, —digo llevándome el tarro a la boca y dándole un gran sorbo. Me limpio los labios y comienzo mi explicación: —Para poder incrementar significativamente las ventas debemos incrementar la percepción de valor que el mercado tiene de nuestros productos.

—Sí, si lo logras, —Brandon accede. —Es mucho mejor que reducir los precios.

—Generalmente pensamos que para poder incrementar la percepción de valor del mercado tenemos que sacar productos nuevos, mejorados.

—Eso aparece explícitamente en nuestro **Arbol**, —expresa Jim manifestando que está de acuerdo. —Y tú sabes cómo me disgusta ese derrotero. Considerando la enormidad de las inversiones y las pocas probabilidades de tener éxito, sencillamente no tiene sentido para los negocios. Yo siempre he dicho, "que la competencia pavimente el camino, nosotros los seguimos".

—Hay otro modo, —contesto. —Un modo nuevo que no implica ni inversiones ni un riesgo elevado.

—Ahora sí que me picaste la curiosidad, —dice Jim. —Soy todo oídos.

—Podemos ver el modo alterno al examinar lo que hizo Pete. No tocó al producto físico, mejoró otra cosa.

—¿Qué quieres decir? —pregunta Brandon.

Trato de explicarme. —Desde el punto de vista del proveedor, el producto es el producto físico real. Esta visión ofrece oportunidades de mejora muy limitadas. Mírenlo desde el punto de vista del mercado. Desde el punto de vista del mercado, el producto es algo mucho más amplio. Incluye el servicio que va con el producto, las condiciones financieras, las garantías... El producto es la oferta entera.

—Suena lógico, —dice Brandon moviendo la cabeza lentamente.

—Todos los proveedores saben eso, —Jim es más crítico. —Miren cuánta importancia se le está dando ahora al servicio a clientes, al cumplimiento de fechas promesa y a la reducción de los tiempos de entrega.

—Con todo y eso, —alego yo, —cuando nosotros, los proveedores, hablamos de mejorar el producto, instintivamente lo traducimos a inversiones en ingeniería, equipo y enormes cantidades de tiempo. Lo que Pete notó es que para cambiar drásticamente la percepción de valor a los ojos del mercado, no necesita mejorar el producto físico. Puede cambiar la periferia, la sección de la oferta que no es el producto mismo. Y esto, amigos míos, se puede lograr prácticamente sin inversiones adicionales y muy rápidamente.

Jim ha perdido el entusiasmo. Pone cara de apatía.

Brandon es un poco más amable. —Me parece perfecto, —dice, —pero, Alex, ¿esto es práctico o pura teoría? Digo, suena muy bien, pero hay un problema. ¿Cómo vas a averiguar qué cambios en la oferta son los que van a tener un gran impacto en los clientes? ¿Cambios que no hayan implementado aún tus competidores?

—Oh, eso es fácil, —sonrío. —Pero déjame comenzar haciendo un poco de historia. ¿Se acuerdan de qué es lo que realmente determina la percepción de valor de un producto a los ojos del mercado? No es el esfuerzo requerido para producirlo, son los beneficios que se derivan de contar con el producto.

Asienten; esto ya lo hemos discutido antes.

—Sabemos que hay dos tipos de beneficios: Agregar algo positivo o eliminar algo negativo. Vean cualquier anuncio publicitario. Miren cómo se anuncia un automóvil. Es cómodo, confiable, o viene con un descuento de fábrica. Si se fijan, sólo lo primero, la comodidad, es una ventaja. Las otras dos cosas son la eliminación de aspectos negativos.

—¿Qué significa confiable? Que no van a tener que llevar el carro al taller tan seguido. La confiabilidad no es algo positivo de por sí, lo que hace es reducir lo que hay de inherentemente negativo en tener el producto.

—Una reducción de precio, o un descuento de fábrica, es lo mismo. Tener que pagar es la parte inherentemente negativa de la compra de un producto. Pero si compras el nuestro, te costará más barato.

—Esta distinción entre las ventajas y la reducción de lo negativo, este doble negativo o menos por menos, es bastante interesante, —dice Jim con una risita. —Pero, ¿por qué lo mencionas?

—Porque me están presionando con el tiempo. Yo creo que la forma más poderosa de incrementar el valor percibido por el mercado es mediante la incorporación de más aspectos positivos. Pero podemos lograr las mejoras más fáciles y rápidas si nos concentramos en la eliminación de lo negativo. El cliente lo conoce perfectamente, no necesitas persuadirlo de que los aspectos negativos existen, y no necesitas persuadirlo de que quiere deshacerse de ellos. Es la ley del menor esfuerzo.

—Piénsenlo, esto es exactamente lo que hizo Pete. Primero decidió definir su mercado como los compradores, porque ellos son los que interactúan directamente con él. Ellos son los que, cuando Pete logra mejorar su percepción, pueden reaccionar casi inmediatamente. Luego le resolvió al comprador sus principales problemas. Con razón la percepción que tienen los compradores del valor de la oferta de Pete dio un enorme salto cuántico.

—Espérame, —Jim levanta la guardia. —Lo que estás diciendo es que tienes que conocer al cliente, que tienes que asegurarte de orientarte a sus necesidades.

—Precisamente.

—Lo siento, Alex, —me mira decepcionado, —pero esta es la lección número uno de negocios. Todo el mundo está esforzándose por averiguar las necesidades reales de sus clientes y resolverlas mejor que la competencia. No veo nada nuevo en lo que nos estás diciendo.

—No, Jim. Todas las empresas dicen que eso es lo que están haciendo. Pero casi nadie lo hace.

—No estoy seguro de entender, —Jim dice ahora con más cautela.

—Está bien. Dime, ¿cómo crees que las compañías averiguan las verdaderas necesidades de sus clientes?

—No conozco los detalles, pero lo hacen. Yo sé que invierten mucho en investigación de mercado y encuestas, por ejemplo.

—Excelente ejemplo, —aseguro. —Apenas hace cuatro meses recibimos una encuesta así sobre.el mercado de *Vapor a Presión*. Nuestro departamento de investigación de mercados nos entregó un documento de doscientas páginas, con muchos, muchos datos. Apuesto que todos los **EIDEs** que tienen los clientes, especialmente con nosotros o nuestros productos están enumerados en las tablas, diagramas e histogramas. Mucho *benchmarking*, muchas referencias, todas las comparaciones cruzadas que se les ocurran ahí estaban, pero, ¿saben qué hicimos con eso?

—Probablemente nada, —admite.

—Casi. Nos impresionaron. Hasta lanzamos algunas actividades para tratar de resolver algunos de los **EIDEs**, pero realmente no nos dijo nada que no supiéramos ya, o por lo menos sospecháramos.

—¿A dónde nos llevas?

—A donde quiero llegar es que tienes razón. Todo mundo está tratando de atacar los **EIDEs** del cliente. Pero compárenlo con lo que hizo Pete. ¿Ven la diferencia?

Doy un sorbo a mi cerveza y espero a que me alcancen.

—Hay una diferencia, —admite Jim. —Y no es pequeña. Pero no puedo articularla del todo...

—Eso se debe sólo a que no estás acostumbrado a nuestra terminología. La diferencia es que todo el mundo está tratando de resolver los **EIDEs** del cliente. Pete, en cambio, se está concentrando en resolver el problema medular del cliente.

—Sí, por supuesto, —dice Brandon. —Siempre he sostenido que trabajar con los síntomas es ineficaz. Debemos apuntar hacia las causas raíces.

—No basta, —debo asegurarme de que vean cómo embona una cosa con otra realmente. —Las causas raíces no son suficientes para mí. Debemos de tratar de corregir un problema medular. Un problema que no sea causante de sólo uno o dos **EIDEs**, sino de toda una gama de ellos.

—Ya veo, —declara Jim. —Y tú pareces tener la herramienta perfecta para hacerlo. El **Arbol de Realidad Actual**. Nos demostraste que puedes comenzar con una lista de **EIDEs** aparentemente no relacionados y acabar por llegar a un problema medular. ¡Qué demostración! ¡Nunca se me va a olvidar!

Caray, de veras que es listo Jim.

Trato de resumir: —¿Recuerdan su preocupación por averiguar cuáles cambios en nuestra oferta tendrían un impacto fuerte sobre los clientes? ¿Ven ahora por qué estoy tan seguro de que podremos hacerlo, Brandon?

Sigue sin conceder, pero su expresión está más relajada y confiada.

—A ver, déjame ver si entiendo tu sugerencia, —insiste Jim. —Primero, vas a encuestar el mercado para averiguar los **EIDEs**.

—Jim, no tengo que encuestar el mercado, yo creo que las encuestas son un desperdicio de tiempo y dinero. Mi gente conoce el mercado lo suficientemente bien como para poder preparar una buena lista representativa de **EIDEs** y aunque no lo conocieran, con sólo reunirse con uno o dos clientes salen un montón de **EIDEs**. No se necesita tener absolutamente todos y cada uno de los **EIDEs** existentes para poder elaborar un buen **Arbol de Realidad Actual**, con una muestra representativa basta generalmente para identificar el problema medular.

—Correcto. Así que, vas a tomar los **EIDEs** de tus mercados, armar un **Arbol de Realidad Actual** y, con él, identificar un problema suficientemente profundo.

—Jim se detiene y me mira interrogante.

Asiento con aprobación y continúa: —Entonces van a ver qué cambios tienen que hacer, no al producto físico, sino a la oferta como un todo, de manera que responda a un problema profundo del mercado. Esto es de lo más intrigante.

—¿Intrigante? Es ingenioso, —exclama Brandon dándole una palmada de aprobación a la mesa.

Me reclino en mi asiento y me termino la cerveza. Ellos hacen lo propio. Después de un rato, Jim pregunta: —¿Cómo sabes que no se te ha olvidado algo, que no has descuidado algún ángulo que pueda darte un susto después?

—Buena pregunta, —replico. —Déjame abundar un poco. Tú sabes que cuando se eliminan muchos de los problemas de una persona, esa persona puede cambiar su comportamiento. Aquí estamos hablando de resolver un problema profundo, que elimine muchos **EIDEs**. Debemos esperar que el comportamiento del mercado cambiará como resultado de ello. ¿Qué nos garantiza que este cambio sea benéfico para nosotros? ¿Quién dice que no nos saldrá el tiro por la culata, o que no se va a revertir sobre nosotros como *bumerang*, que no nos resultará contraproducente, dejándonos peor que antes?

—Buenas preguntas, —dice Brandon. —Pero yo creo que con cualquier cambio siempre hay riesgo.

—Es inevitable algún nivel de riesgo, —respondo. —Pero soy demasiado paranoico como para no tratar de reducir el riesgo lo más posible... Y tenemos el mecanismo ideal para eso.

—Verán, una vez que hemos construido el **Arbol de Realidad Actual** del mercado, estamos bien conscientes de las causalidades subyacentes. Entonces lo que hacemos es comenzar por suponer que estamos lanzando nuestra nueva oferta, y lógicamente predecir cuál deberá ser el impacto inevitable en el cliente. En otras palabras, construimos el **Arbol de Realidad Futura** del mercado.

Parecen comprender.

—Ahora vamos a utilizar el recurso más vituperado pero poderoso que tenemos. En nuestra compañía, como en cualquiera, no carecemos de personas cuya reacción instintiva a las sugerencias es decir "Sí, pero..." Un "sí" pequeñito con un "pero" descomunal. Así que tomamos este **Arbol de Realidad Futura** que hemos armado y se lo enviamos a tantas funciones dentro de la empresa como podemos, pidiéndoles sus reservas.

—No hay duda de que te las harán llegar, a montones, —dice Jim riéndose.

—Es muy importante no hacer caso omiso de todas esas odiosas reservas. Cada una de ellas es una perla, porque si efectivamente las tomamos en serio, si escribimos cada reserva como una **Rama Negativa** de lógica, podremos identificar todo lo que podría salir mal.

—Y muchas cosas que podrían no salir mal, —agrega Brandon con ironía.

—Ahora, las **Ramas Negativas** que conducen a verdaderos peligros deben podarse, es decir, que debemos de completar nuestras ofertas con acciones adicionales que casi garanticen que las cosas negativas identificadas no ocurran.

—Sí, muy inteligente. De este modo, si funciona, acabarás con una oferta excelente, una oferta que incrementará tu ventaja competitiva significativamente. Alex, ¿cuánto tiempo se lleva este proceso?

—No lo sé. Pero me imagino que menos de un mes. Tengo que dejar tiempo para implementarlo y conseguir los pedidos.

—¡Por los pedidos! —exclama Jim levantando su tarro. Miramos, los nuestros están vacíos. Jim agarra su vaso de agua. Brandon y yo hacemos lo mismo, y nos unimos al brindis.

—Alex, ¿qué me dices de la segmentación del mercado? —pregunta Jim. —¿Esa hermosa idea que salió de nuestro **Arbol de Realidad Actual**? ¿No la vas a usar?

De nuevo, me maravillo ante el provecho que le han sacado a ese **Arbol**, lo mucho que han aprendido. —Tal vez al principio no, pero ahora definitivamente la voy a usar.

—El punto era causar la segmentación en lo que hasta ahora era un mercado uniforme, no sólo buscar los nichos. ¿Sabes cómo hacerlo, cómo causar la diferenciación? —dice Jim, implacable.

—Eso creo.

—¿Y? —Una vez más me están presionando.

—Pues, es bastante sencillo. —Tal vez lo sea, pero de nuevo, me pregunto cómo explicárselos para que sea claro. —De hecho, es una **derivada** de lo que estábamos diciendo. Verás, Jim, hemos dejado una pregunta abierta: ¿Cuál es el mercado de una compañía? Lo podemos definir como la persona con la que la compañía interactúa. Podemos definirlo como las compañías a las cuales le vende sus productos. Podemos definirlo como las compañías que le compran a las compañías a las que les vendemos. O podemos llegar al grado de describir al mercado como el consumidor último.

—Sospecho que podemos hacer el análisis para cada etapa, y al ir acercándonos más y más al consumidor, iremos obteniendo soluciones más y más poderosas. Por supuesto, la implementación será más complicada y tendremos que convencer a los eslabones intermedios de que colaboren.

¿Los habré perdido? Vale más que trate de responder la pregunta de Jim pronto.

—La pregunta verdaderamente interesante es: ¿Cúantos **Arboles de Realidad Actual** debemos escribir si estamos sirviendo a dos mercados diferentes? ¿Qué opinan?

—Dos, yo creo, —participa Brandon.

—¿Y si estos dos mercados tienen algún traslape? En otras palabras, ¿Si no es tan claro dónde termina un mercado y comienza el otro?

—Sigo pensando que dos.

—¿Y si en un mercado pudiéramos considerarlo como dos grupos de clientes, donde la única diferencia entre ellos fuera que un grupo tiene, aparte de todos los **EIDEs** del otro grupo algunos **EIDEs** adicionales propios? ¿Entonces qué?

—Es interesante cómo estás distinguiendo entre los mercados, según sus **EIDEs**. Pero para responderte, sigo pensando que dos.

Jim asiente.

—Yo creo que es un error. Mírenlo así. Si construimos un sólo **Arbol**, distinguiendo todavía qué grupo tiene qué **EIDEs**, podemos adaptar nuestra oferta para que esté compuesta de dos componentes. Uno que resuelva todos los **EIDEs** comunes y el otro componente adicional que resuelva los **EIDEs** adicionales.

—Desde nuestro punto de vista, puesto que los cambios están en la periferia y no en el producto físico, tenderemos a mirarlo como un solo producto. Pero véanlo con los ojos del mercado. Para el grupo con los **EIDEs** adicionales la oferta expandida es mucho más valiosa. Y estarán dispuestos a pagar un precio más elevado.

—Muy listo, Alex. Así es como generas la segmentación, —a Jim parece haberle gustado mi respuesta. Por fin.

Brandon sigue asintiendo repetidamente con la cabeza. —Fascinante, —musita.

Decido que me debo perfilar "para matar", ya. —¿Así que puedo asumir que se han salvado mis compañías? —Jim me sonríe.

—Sí, por el momento, por lo pronto.

—Alex, sé realista. —Brandon está usando otra vez su tono condescendiente. —Tu plan de acción es muy innovador, y créeme que estamos a favor de él. Pero no me digas que no le has visto las debilidades.

—Primero, ¿qué te garantiza que para cuando hayas terminado el análisis del mercado, no encontraremos que tú y tus competidores ya están resolviendo el problema medular del mercado? Segundo, aun cuando resulte de que no sea así, ¿qué garantiza que podrás enfilarte hacia el problema medular del mercado? Tal vez no tenga nada que ver con tu oferta. Tercero, aun cuando el problema medular del mercado se relacione con tu oferta, ¿quién dijo que vas a poder implementar los cambios que lo afecten? Tal vez los cambios requeridos están fuera de tu control o requieren de cambios importantes en el producto mismo.

Ahora veo por qué Brandon ocupa el puesto de poder que ocupa. No creo que yo lo habría podido captar tan rápidamente. Definitivamente, yo no habría podido detectar y señalar, de un sólo golpe, como él, todas las debilidades. ¡Qué impresionante! De veras estoy impresionado.

—Eso no quiere decir, —continúa, —que pensemos que no tengas la menor oportunidad. Puede ser que lo logres. La compañía de impresos es prueba de que algunas veces podría funcionar.

—¿Están dispuestos a correr el riesgo? Si tengo posibilidades de triunfar y no me dan el tiempo, podrían estar vendiendo una mina de oro en centavos.

—No corremos ningún riesgo, —me explica Jim. —De todos modos, no hay ninguna actividad importante programada para las próximas semanas. Para entonces sabrás si tu proyecto tiene probabilidades de funcionar. No dejes de mantenernos informados. Si resulta que sí puedes resolver el problema medular del mercado de una compañía, sabremos qué hacer. Recuerda, no tuvimos ningún problema en ajustarnos al éxito en la compañía de impresos. Y no vamos a tener problema alguno tampoco en manejar ningún otro éxito así.

—No, no lo tendremos, —asegura Brandon. —Sólo acuérdate de mantenernos enterados de lo que pasa. Buen trabajo, Alex. Excelente trabajo.

No, no fue un desperdicio de tiempo. Ni la junta ni el meticuloso trabajo que hicimos para desarrollar las ideas que yo presenté. Ahora todo depende de nosotros. Si continuamos usando los **Procesos de Pensamiento** e implementando las conclusiones lógicas de sentido común que surjan, tenemos que ganar.

Yo no le temo a las salvedades que Brandon presentó. Para nosotros no son nuevas y todas ellas fueron detectadas en el análisis. Creo que tenemos forma de resolverlas bien todas.

Hacer el análisis no fue fácil. Construir **Arboles de Lógica** no es divertido, no es algo muy encantador, las cumbres del descubrimiento se encuentran ocultas en el gris fondo de los "si.. entonces..." Don y yo trabajamos como esclavos durante dos días enteros, utilizando meticulosamente los **Procesos de Pensamiento** de Jonah para llegar a las conclusiones que, ahora, aparecen como obvias. Recuerdo, con lujo de detalles, la experiencia.

20

Cuando yo llegué, Don no había llegado todavía.

Decidí no perder tiempo. Acerqué el rotafolios del rincón y busqué una hoja limpia. De mi bolsillo saco un grueso block de papeletas engomadas. En una escribo, "La compañía vende toda su capacidad sin reducir los precios". En otro, "La compañía tiene una ventaja competitiva dominante aparente". Las pego en la parte superior de la hoja.

—Bonitos objetivos, buenos días, —con eso me saluda Don al entrar.

—Buenos días, —contesto, y comienzo a escribir en otra papeleta.

—¿Café? —pregunta.

—Sí, por favor, —y pego la papeleta en la parte inferior de la hoja. La leo en voz alta: —"La compañía realiza acciones que incrementan suficientemente la percepción de valor que el mercado tiene de los productos de la compañía".

—¿Qué es? —pregunta Don. —¿El tema de análisis de hoy?

—En cierto sentido, —contesto, y tomo la taza que me ofrece. —También es la **inyección** que saqué de la **nube**. —Cuando veo su expresión, agrego: —Sé que no es gran cosa, pero éste es nuestro punto de partida.

—¿Llamas a esto un punto de partida? —pregunta Don sorprendido. —A mí me parece más como un final.

—Digamos que, en esta etapa, es más un "ojalá", —admito.

—¿Qué se supone que debemos de hacer con esto? —No está nada contento. —Yo creía que habías encontrado algo más concreto. Un verdadero punto de partida. ¿Cómo vamos a construir un **Arbol de Realidad Futura** con esto?

Don no tiene mucha experiencia en la construcción de **Arboles de Realidad Futura**, especialmente cuando el punto de partida es sólo un deseo bien intencionado.

—Del mismo modo en que siempre lo hacemos, —trato de tranquilizarlo. —Comenzaremos con esta **inyección** y utilizando flechas de "sí...

entonces..." trataremos de llegar a estos dos objetivos. Usaremos afirmaciones adicionales que sean correctas aun ahora y, en caso necesario, agregaremos más **inyecciones**, hasta que alcancemos los objetivos.

—¿Más afirmaciones, más **inyecciones**? Anda, Alex, con un punto de partida así, puedo llegar a los objetivos sin ningún problema pero, ¿qué caso tiene? El resultado no será un **Arbol de Realidad Futura** sino un "¡**Arbol de Fantasía Futura**!" ¿Cómo vamos a alcanzar lo que tú llamas el punto de partida? Ese es el verdadero problema.

—Ya lo sé, y sé que tú lo sabes. Así que deja de darle vueltas al asunto y encontremos la conexión formal a los objetivos.

—Pero, Alex, —continúa alegando, —si ni siquiera tenemos la menor idea de cómo lograr la **inyección**, si es sólo una quimera en el aire, ¿tendrá sentido continuar?

—Sí que lo tiene, —digo con firmeza. —Antes de rompernos el cráneo averiguando cómo lograrlo, primero debemos averiguar si queremos hacerlo, si nos servirá para lo que queremos. No estoy tan seguro como tú de que esta **inyección**, por sí sola, sea suficiente para alcanzar nuestros objetivos.

—Pero...

—Si es tan sencillo como dices, ¿para qué alegamos? Vamos a hacerlo, nada más.

—Supongo que tiene sentido ver la panorámica total antes de meternos a los detalles. —Don acepta, pero no muy entusiasmado.

—Si "La compañía realiza acciones que incrementan suficientemente la percepción de valor que el mercado tiene de los productos de la compañía", —digo, comenzando a construir el **Arbol de Realidad Futura**, —entonces, "La percepción de valor que el mercado tiene de los productos de la compañía será más elevada que los precios actuales".

—¿Por qué dices eso? —pregunta Don, agresivo.

—Por la palabra "suficientemente". ¿Cómo interpretarías las palabras "incrementar suficientemente la percepción de valor", si no se incrementa por encima del precio actual?

—Ya veo lo que estás haciendo, —el ceño fruncido de Don comienza a borrarse.

—Al construir el **Arbol de Realidad Futura** esperas entender mejor tu **inyección**.

—Exacto, —replico. —Y si Jonah tiene razón, deberá darnos una comprensión detallada. Tan detallada que sabremos cómo lograrla.

—Buena idea, —dice Don sonriendo. —¿Puedo continuar yo?

—Adelante, —le digo y le entrego el block de papeletas engomadas.

Escribe otra nota y la lee: —Si "La percepción de valor que el mercado tiene de los productos de la compañía es superior a los precios actuales", entonces, "El mercado no tendrá problema con los precios que la compañía pide".

—Bien, —digo, —pero no basta. Esto aún no garantiza una ventaja competitiva.

—Cierto, —conviene Don. —El mercado podría no tener problema con nuestros precios pero al mismo tiempo podría tener menos problema con los precios de nuestros competidores. Tienes razón, vamos a tener que agregar otra **inyección**. Algo como "La percepción de valor que el mercado tiene de los productos de la compañía es mayor que la percepción que tiene de los productos de la competencia". Esto nos dará la ventaja competitiva.

—Considerando que tenemos que llegar a "una ventaja competitiva dominante" te sugiero que cambies de "mayor" a "mucho mayor". Con eso queda resuelto.

—Este papel acepta todos los sueños, —musita Don al hacer la corrección a la **inyección**. —Ahora parece que podemos conectarlo con uno de nuestros objetivos: "La compañía tiene una ventaja competitiva dominante aparente". Te dije que sería demasiado fácil.

—Don, —digo con paciencia, —has llegado a "ventaja competitiva" pero no has fundamentado que esta ventaja competitiva sea aparente. Para hacer eso tienes que demostrar que nuestra participación de mercado crece.

—Tienes razón, necesito ambas **inyecciones**. —No está impresionado. —Si "La percepción de valor que el mercado tiene de los productos de la compañía es mayor que la percepción que tiene de los productos de la competencia" y "El mercado no tiene problema con los precios actuales de la compañía", entonces "La compañía incrementa su participación de mercado". Ahora hemos llegado al punto en que el mercado nos prefiere a nosotros más que a la competencia y como resultado hemos incrementado nuestra participación de mercado. ¿Te parece bien que lo conecte con el objetivo correspondiente? —pregunta, al tiempo que dibuja las flechas necesarias.

—Don, me parece que te estás apresurando demasiado. No creo que hayas establecido una ventaja competitiva dominante.

—¿Qué más falta?

—¿Qué garantiza que los competidores no van a copiar inmediatamente nuestras acciones y eliminar nuestra ventaja?

—Ya veo. —Se pone a meditar un momento. —Supongo que tendremos que agregar otra **inyección**. Algo como: "Las acciones que la compañía realiza son difíciles de seguir para los competidores".

—Con eso basta, —manifiesto.

Cuando ha terminado de agregarlo al **Arbol**, dice: —En base a la misma lógica, puedo conectar el otro objetivo también. "La compañía vende toda su capacidad sin reducir los precios". ¿De acuerdo?

—No, no estoy de acuerdo, yo creo que debemos de agregar otra **inyección**, —y le entrego un papelito engomado. —Tenemos que asegurarnos de incrementar la percepción de valor en un mercado o mercados suficientemente grandes. Mucho más grande que nuestra capacidad disponible.

Lee la papeleta: —"El mercado al que se orienta la compañía es mucho más grande que nuestra capacidad disponible". No hay problema, —dice, al tiempo que pega la papeleta en la gran hoja blanca del rotafolios y termina el **Arbol**.

—Es muy fácil alcanzar formalmente los objetivos cuando se nos permite usar sueños, —comenta.

—Sí, —contesto riéndome. —Tal parece que nuestras **inyecciones** se harán realidad más o menos en la misma fecha en que los elefantes vuelen. Pero, debes reconocer que, hasta ahorita, no hemos desperdiciado nada de tiempo. Ahora sabemos lo que se necesita. No basta con incrementar la percepción de valor en el mercado para que esté por encima de los precios que solicitamos, sino que también necesitamos incrementarla para que esté mucho más arriba que la percepción de valor de los productos de la competencia. Necesitamos hacerlo en un mercado suficientemente grande. Lo suficiente como para agotar nuestra capacidad entera. Y necesitamos hacerlo todo de tal modo que le sea difícil de copiar a los competidores.

—¿Eso es todo? Y la nieve, ¿de qué sabor la quieres? —se pone sarcástico. —Así que ahora, en lugar de tener un elefante volador, tenemos cuatro. ¡Eso es lo que yo llamo un avance!

—En realidad no son cuatro. Las **inyecciones** que agregamos son ampliaciones de la original, la hacen más explícita.

—No lo suficientemente explícita. Por lo menos para mí no.

—No hemos terminado aún, —trato de animarlo. —Lo que tenemos que hacer ahora es usar el verdadero poder del **Arbol de Realidad Futura**, las reservas de **ramas negativas**.

—¿Y eso de qué va a servir?

—Podría ayudarnos a cortarle las alas a estos elefantes.

—Si tú lo dices, —murmura, con desaliento.

Copio la **inyección** original, paso la hoja y la pego en la parte de abajo. La leo de nuevo, "La compañía realiza acciones que incrementan suficientemente la percepción de valor que el mercado tiene de los productos de la compañía". Don, ¿qué incrementa la percepción de valor?

—Un mejor producto.

Sé que no podemos darnos el lujo de sacar uno ahora. Esta es la razón por la cual nuestra **inyección** parece ser un elefante volador. Pero, de acuerdo con Jonah, seguir esta ruta nos debe de llevar a una solución práctica. Espero que tenga razón. Como no me queda otra alternativa, me tomo el tiempo para redactarla correctamente.

Don lee lo que yo escribo: —Si "La compañía realiza acciones que incrementan suficientemente la percepción de valor que el mercado tiene de los productos de la compañía" y "El mercado los considera mejores productos", entonces "Se hace aparente que la compañía ha lanzado mejores productos con éxito". La **rama negativa** es obvia, se necesita invertir tiempo y dinero para lanzar un nuevo producto. Ambas, son cosas que no tenemos.

—Correcto, pero debemos escribirlo. Si, "Se hace aparente que la compañía ha lanzado mejores productos con éxito", entonces "Se hace aparente que la compañía ha invertido tiempo y dinero". Como tú dijiste, "No tenemos tiempo ni dinero", y así, la conclusión es que "Se nos quita de directores de la compañía". Es una **rama negativa**, sin duda.

Me pongo de pié y me llevo las tazas para llenarlas de nuevo con café. —Don, en nuestra **rama negativa**, ¿dónde cambiamos de positivo a negativo? La **inyección** es positiva. Lanzar con éxito un nuevo producto es positivo. El siguiente paso, invertir tiempo y dinero, es negativo. Esto es en lo que nos debemos concentrar. ¿Cuál es el supuesto que está bajo la flecha de conexión?

—Alex, —Don carraspea, —estamos suponiendo que el producto nuevo es, en efecto, nuevo.

—¿Qué quieres decir?

—Tal vez el nuevo producto podría ser el mismo producto viejo pero con pequeñas modificaciones. Así, la compañía no tendría que invertir mucho dinero o tiempo. No, esto no es un elefante volador, es realista. Toma, por ejemplo, la solución de Pete. Hizo cambios mínimos en su oferta y eso no necesitó de tiempo o inversiones para poder implementarse.

—Sí, buena idea. Vamos a incorporarlo a nuestro **Arbol de Realidad Futura**.

—¿Cómo?

—Ten, toma tu taza, —le entrego la taza y regreso la página del rotafolios. —Tenemos una nueva **inyección**, "La compañía introduce pequeños cambios que incrementan suficientemente la percepción de valor que el mercado tiene de los productos de la compañía". —La pego en la parte baja de la hoja. —Ahora nuestro elefante volador original no es una **inyección** sino una derivada.

—¿Ves?, si "La compañía introduce pequeños cambios que incrementan suficientemente la percepción de valor que el mercado tiene de los productos de la compañía", entonces, "La compañía realiza acciones que incrementan suficientemente la percepción de valor que el mercado tiene de los productos de la compañía".

—Debo admitir que nuestra nueva **inyección** está mucho más aterrizada. Pero todavía no tenemos ni la más remota idea de dónde buscar los pequeños cambios que harán la diferencia. Nuestra nueva **inyección** sigue teniendo alas, —dice Don llanamente.

—Mismas que tenemos que cortarle, —yo no pierdo el optimismo.

—¿Cómo? —dice él desanimándose. —Ni siquiera veo una **rama negativa** que escribir.

—Cuando todo falle, lee el **Arbol de Realidad Actual** de nuevo, —estoy citando a Jonah. —Si existe una pista que nos allane el camino, ahí va a estar.

Don comienza a discutir.

Leemos el **Arbol** de nuevo. Para mi sorpresa, encuentro la clave. Justo en la parte más baja.

—Escucha esto, Don: "La percepción de valor del mercado es de acuerdo a los beneficios derivados de tener el producto". —Lo escribo en una papeleta y la pego cerca de la **inyección** de abajo.

—No le veo la relevancia.

No le hago caso. Ahora, por fin estamos llegando a alguna parte. —Si, "La compañía introduce pequeños cambios que incrementan suficientemente la percepción de valor que el mercado tiene de los productos de la compañía" y "La percepción de valor del mercado es de acuerdo a los beneficios derivados de tener el producto", entonces "Se hace aparente que los pequeños cambios que la compañía introduce le traen altos beneficios al mercado". Anda, Don, ¿qué cosas aportan beneficios? ¿qué beneficios adicionales produjo la solución de Pete?

—Tú lo has dicho. La solución de Pete aportó una solución.

Por un instante no le capto. De repente, me doy cuenta de lo perceptivo del comentario de Don. —Tienes toda la razón. La solución de Pete no fue sólo una solución para su compañía, fue una solución para el dilema de sus clientes. ¿Cómo podemos generalizarlo?

—No hay problema, —dice y comienza a escribir, borrar, mover papeletas de un lado a otro y a volver a escribir, hasta que coloca la siguiente afirmación: "Un producto que alivia los problemas del prospecto le trae beneficios. Entre más grandes los problemas que alivie, mayores los beneficios".

—Muy bonito, —digo, totalmente de acuerdo.

—Si aceptamos eso y hemos aceptado que "Se hace aparente que los pequeños cambios que la compañía introduce le traen altos beneficios a su mercado" entonces, la conclusión inevitable será que "Los pequeños cambios que la compañía introduce son los que alivian muchos de los problemas de su mercado (prospectos). Entre más problemas alivie, mejor. Alex, estamos cerca, pero sigo sin saber qué hacer con esto.

—¿De qué estás hablando? Ya la hicimos. ¡Logramos bajar al elefante del cielo! —me levanto de un brinco. —¿No lo ves?

No. No lo ve. Todavía no.

—Don, ¿qué es más eficaz, resolver un síntoma o su causa?

—¿Qué es esto? ¿"Maratón" o "Trivial Pursuit"? Por supuesto que concentrarse en la causa es más eficaz que atacar el síntoma.

—¿Qué es más eficaz, —continúo interrogando, —atacar la causa de un problema o la causa de muchos problemas?

Don comienza a sonreír. —La causa de muchos problemas. Y ¿Cómo podemos encontrar la causa de muchos de los problemas del mercado? Ya sabemos. Claro que lo sabemos. ¡Qué solución tan sencilla! ¿Cómo no la vimos antes? Pero ¡si es obvia! Si queremos una solución de mercadeo para nuestra compañía, no debemos de analizar nuestra compañía, debemos analizar el mercado de la compañía. La solución al mercadeo está en el mercado. ¡Tan sencillo... tan obvio!

—Sí, —me sumo a su entusiasmo. —Todo mundo conoce sus **EIDEs**, pero muy pocos conocen su problema raíz. Si queremos aportarle grandes beneficios al mercado, vale más que nos concentremos en atacar su problema medular, no sus síntomas, como lo hacen todos los demás. Y estamos en una posición única para poder hacerlo. Tenemos la herramienta perfecta para hacerlo: **El Arbol de Realidad Actual**.

Don se pone de pie. Nos damos la mano.

—Alex, debo decirte que nunca pensé que algo bueno iba a salir de tu punto de partida. A mis ojos no era un elefante volador, era una ballena voladora. Pero ahora, todo se ve distinto.

—Andale, Don. Vamos a reescribir el **Arbol de Realidad Futura**. Esta vez, comenzando con una **inyección** tangible. Vamos a ver a dónde nos conduce.

Don coloca la nueva **inyección**. "Se construye un **Arbol de Realidad Actual** sobre el mercado de la compañía". —Apuesto que esta **inyección** le va a cortar las alitas a todas nuestras **inyecciones** originales. Dejarán de ser quimeras. Estoy seguro de que se convertirán en **derivadas**.

—Vamos a ver, —lo insto a que continúe. Tiene razón. Quizá necesitaremos algunas **inyecciones** adicionales, pero ya estamos del otro lado. Aquí no hay elefantes voladores.

—*Okey*. Ahora déjame agregar que "Un **Arbol de Realidad Actual** es un modo muy eficaz para conectar los problemas, EIDEs, a su origen". La **derivada** de esto es que "La compañía puede determinar cuáles son las causas profundas del **Arbol de Realidad Actual** que podrán ser eliminadas con el tipo de oferta de la compañía". Alex, espera un segundo. ¿Cómo sabemos que habrá una causa profunda con la que tenga que ver la oferta de la compañía?

—Lo sabemos, Don. Está bien. En todo caso, siendo realistas, el mercado tiene más de un **EIDE** que se relaciona con el proveedor. No sólo debido a su producto, sino también debido a su servicio, sus condiciones de pago, etcétera.

—Ya veo, —concuerda. —Y puesto que hay más de un **EIDE** que proviene de nosotros, por fuerza revelaremos una causa profunda que podamos manejar. Es bellísimo. Significa que no tendremos problema para identificar cuáles son los pequeños cambios que tendremos que implementar para poder llevarle altos beneficios a nuestros clientes. Déjame agregarlo al **Arbol**. Hará que nuestra **inyección** original sea tan sólo una **derivada**.

Concuerdo en que estamos por revelar una causa profunda que podamos manejar. Ruego al cielo que podamos utilizarlas sólo con pequeños cambios. Probablemente ése será el caso, ya que hay muchos **EIDEs** que provienen de nuestro servicio.

Mientras él lo hace, yo me estoy concentrando en la siguiente **inyección**. ¿Cómo podemos garantizar que la percepción de valor del mercado con relación a nuestros productos sea mayor que la percepción de valor de los productos de la competencia?

Para mi sorpresa, me doy cuenta de que no se necesita una **inyección** adicional. El mercado tiene varios **EIDEs** existentes que se relacionan con nuestro tipo de producto (incluyendo el modo en que se ofrece actualmente). Esto significa que actualmente nadie está atacando el problema medular responsable de estos **EIDEs** con éxito. Si nosotros lo hacemos, el mercado por fuerza tendrá una mayor percepción del valor de nuestros productos. No hay problema.

Yo sé que para los mercados de cada una de mis compañías estos **EIDEs** no son pequeños. Aliviar todos estos **EIDEs** será sumamente beneficioso. Vamos a obtener una ventaja competitiva dominante.

Cuando Don termina, me acerco al rotafolios y coloco las flechas y las afirmaciones correspondientes en sus respectivos sitios. Cuando termino, la **inyección** "La percepción de valor que tiene el mercado de los productos de la compañía es mayor que la percepción que tiene de los productos de la competencia", ha dejado de ser una **inyección**. Es una **derivada**. Un resultado.

—Ya veo por qué insististe en escribir el **Arbol de Realidad Futura** aunque pareciera un sueño alejado, —Don está radiante de gusto. —Ahora nos proporciona un mapa claro. Sabemos exactamente lo que tenemos que atacar.

—Así que vamos a atacarlo. ¿A cuál **inyección** nos tenemos que conectar ahora?

—"Las acciones que la compañía realiza son difíciles de seguir para los competidores", —lee del rotafolios. —¿Cómo podemos garantizar que los competidores batallen para copiar nuestra oferta?

Continuamos el proceso, machacando hasta el último detalle, construyendo un mapa vigoroso que Bob y Stacey puedan seguir.

21

Estoy medio sentado, medio acostado, frente al televisor, apenas viendo el noticiario. ¡Qué día tan agotador! Especialmente con la bomba que me presentó Pete justo antes de que terminara el día. Es un problema muy serio y, si no lo resolvemos de inmediato, todo podría derrumbarse.

La compañía de Stacey se le venderá a los trituradores, las compañías de Pete y Bob se venderán en una bicoca y, "en menos de lo que canta un gallo", serán destruidas. ¿Y yo? A mí me van a echar a la calle, deshonrosamente. Trumann y Doughty se encargarán de garantizar que así sea. Todo depende de que resolvamos rápidamente este problema inesperado. Bueno, inesperado exactamente, lo que se dice inesperado, no. "Lo sospeché desde un principio", pero, ¿quién podría haber previsto que iba a ser tan grave?

¿Por qué será que precisamente cuando todo parece estar bajo control, la realidad insiste en demostrar que no lo está? Si hay algo de lo que no me podré quejar nunca es de que mi vida sea aburrida. Un poco de emoción está bien pero esta montaña rusa en la que ando, es demasiado.

Lo peor de todo es que yo, en lo personal, no puedo hacer nada. Tengo las manos atadas. Lo único que puedo hacer es esperar haciendo "de tripas corazón"... Esperar a que Pete y Don compongan el desbarajuste. La única cosa que crispa más los nervios que ser un guerrero, es ser el que está tras las líneas esperando que los guerreros ganen la batalla. ¿Tengo razón en estar tan preocupado? Todo comenzó hoy a las cuatro de la tarde, cuando Fran me pasó una llamada de Pete.

—Alex, creo que me estoy topando con un problemita.

Conociendo la herencia británica de Pete, sospeché que el problema era enorme. —¿Qué sucede? —le pregunté con toda calma.

—Mi gente no está pudiendo vender nuestra nueva oferta, —dijo sin mostrar emoción alguna.

—¿Por qué? —inquirí sinceramente sorprendido. —De acuerdo con tus reportes, cerraste tres contratos más en los últimos quince días.

—Sí, Alex. Ese es el problema. Yo los cerré, no mi gente. Mi gente no ha logrado cerrar nada hasta ahora. No es que no lo hayan intentado.

De que han hecho la lucha, la han hecho, pero ahora están tan desesperados que ya no lo quieren intentar. Se niegan. Mucho me temo que tendremos que modificar el pronóstico y bajarle a los números.

—Espérame, Pete, no tan rápido. Dime más.

—No hay nada más que decir, —Pete se oía deprimido. —Acabo de salir de una junta de ventas. Cada uno de nuestros vendedores ha intentado vender y no han podido. Dicen que nuestra oferta es demasiado complicada y que los compradores no la entienden. Mi Vicepresidente de Ventas está a la cabeza del motín. Lo ha intentado cuatro veces con cuatro prospectos candentes. Ahora está convencido de que no es vendible.

—¿Cuántas veces lo has intentado tú? —le pregunté.

—Cinco.

—¿Y...?

—Tenemos cinco jugosos contratos. Pero eso no es lo que importa. Yo no puedo ser el único vendedor de la compañía. Y ya no puedo presionarlos más.

—Espera, —le dije, —déjame pensar.

Después de unos momentos de silencio, pregunté: —Oye, Pete, ¿te pareció que la idea fuera difícil de vender?

—No, para nada. Eso es lo que me tiene desconcertado.

—¿Y le dijiste a tu gente exactamente cómo hacerlo?

—Claro que sí. Hasta les escribí todo el procedimiento. Ellos juran que han seguido mis instrucciones al pie de la letra. No sé qué está pasando.

Hacía mucho tiempo que no oía a Pete tan desesperado. Debieron pegarle duro en la junta de ventas.

—¿Así que tu gente está diciendo que diseñaste una oferta que sólo tú puedes vender?

—Exacto.

—¿Que tú eres un "super-vendedor" pero que la oferta de una compañía debe ser suficientemente buena como para que la puedan vender los mortales comunes y corrientes?

—Eso es lo que dicen, haz de cuenta que los estás oyendo, palabra por palabra. Alex, casi la mitad de su compensación se basa en comisiones. Tengo que hacer algo, y rápido.

—Tranquilízate, Pete, —le dije calmadamente. —Puesto que los dos sabemos que tú no eres un "super-vendedor", tiene que ser que la oferta es buena y vendible.

Se rió nerviosamente. —Eso es lo que yo les estaba tratando de decir pero no hacen caso. Ya no me quieren escuchar.

—Si hay algo que he aprendido en la vida, —le dije, —es que en la realidad no existen las contradicciones. Siempre hay alguna explicación simple, y la única explicación simple que puedo ver es que, a pesar de lo que te está diciendo tu gente, no la están presentando igual que tú. Deben estar desviándose de algún modo, y sus desviaciones están siendo fatales.

—Sí, eso tiene sentido, —respondió Pete, —pero es probable que esté yo demasiado cerca de la situación. La última vez que fui con mi *VP* de ventas a una cita, me juré y perjuré a mí mismo que no abriría la boca, que sólo iba a observar. Después de tres minutos, le arrebaté el control. Nos dieron el contrato, pero mi *VP* de ventas regresó aún más desencantado. Probablemente ahí fue donde lo perdí. Escucha, Alex, lo que realmente quiero que hagas es que envíes a Don a ayudarme.

—¿Qué quieres decir? —pregunté, aunque no estaba del todo sorprendido.

—Quiero que acompañe a mis vendedores en algunas de sus citas. El no está tan metido emocionalmente como yo con la oferta; él no tendrá problema para observarlos "darle en la torre" a la venta, sin intervenir. Al mismo tiempo, él conoce la lógica de nuestra oferta como el que más. Tal vez pueda detectar qué es lo que están haciendo mal.

Lo pensé. Pete tenía razón, pero yo necesitaba que Don trabajara conmigo. No, no había nada más importante en ese momento que garantizar que la solución de Pete funcionara. Todo mi plan dependía de que Pete demostrara que una solución de mercadotecnia como la suya podía darle un giro rápido a una compañía. Era esencial para la supervivencia de todo el grupo.

—¿Cuándo lo necesitas? —pregunté.

—Mientras más pronto, mejor. A partir de mañana sería ideal.

—Déjame ver qué puedo hacer. Te llamo.

Me fui derechito a la oficina de Don.

—¿Papá? —interrumpe Dave mis lúgubres pensamientos. —¿Te puedo pedir un consejo?

No puedo creer lo que escucho. ¿Cuándo fue la última vez que Dave recurrió a mí para pedir consejo? Ni siquiera me acuerdo.

—Por supuesto, —apago la televisión y lo miro. Se ve normal.

—Siéntate, —le digo.

—Prefiero estar parado.

Espero, pero no dice ni una palabra. Sólo se remolinea, apoyándose en un pie, luego en el otro.

—Adelante, hijo, —lo animo. —¿Qué problema tienes?

—No es realmente un problema, —parece incómodo. —Es más como... una situación.

—¿Una situación que no sabes exactamente cómo manejar?

—Más o menos.

—Has recurrido a la persona correcta, —le aseguro. —Soy experto en meterme en situaciones desagradables.

—¿Tú? —responde Dave sorprendido.

Sólo sonrío. Mejor dejo que mis chamacos conserven sus ilusiones sobre su padre. —Cuéntamelo, —digo, decidiendo optar por la vía formal y directa del hombre de negocios.

Eso lo hace sentir más cómodo. —Tú conoces a Herbie, ¿no? —comienza.

Asiento. Por supuesto que conozco a Herbie. ¿Cómo podría olvidarlo si se pasa la mitad del día en nuestra casa, vaciando el refrigerador?

—Bueno, pues se le ocurrió una idea interesante.

—¿Sí?

—Tiene muchas ventajas.... —comienza a titubear. —Este, tú sabes... este...

Conozco a mi chico. Su siguiente frase va a ser, "Lo siento, olvídalo", y desaparecerá.

—Dave, ¿cuál es la idea de Herbie?

—Tú sabes que a Herbie le enloquecen los autos viejos tanto como a su papá.

—Y tanto como a ti, —no logro resistir la tentación de picarlo.

Sonríe. —Pero nada que se compare con lo de ellos. Tú conoces la colección que tienen ¿no? Tienen seis antigüedades. Preciosos, no sabes cuál está más padre.

—Sí, la conozco, —le aseguro antes de que me vuelva a hablar del pasatiempo del padre de Herbie. Es bonito tener un pasatiempo así, el problema es que para el suyo hay que ser millonario primero.

—Así que, —dice David regresando al asunto, —Herbie quiere que compremos una vieja carcacha y la reconstruyamos. Encontró un *Oldsmobile Ninety Eight* modelo 1956 convertible. Está todo desvencijado. El motor está totalmente pegado y oxidado, pero el chasis está bien. Y la carrocería se puede restaurar bien. Podría ser una belleza.

Guardo silencio mientras él sigue hablando.

—Herbie sabe dónde podemos comprar las refacciones que necesitaremos. Incluso ha localizado una vieja transmisión. Es de un modelo cincuenta y nueve, pero creemos que le quedará. Herbie y yo somos bastante buenos como mecánicos. Yo creo que la podemos convertir casi en una pieza de colección. Tiene mucho potencial.

—Entonces, ¿cuál es tu problema, Dave? ¿Quieres que te preste dinero para lo que se necesite? ¿Es ese el consejo que querías?

—No, para nada. —Parece haberse ofendido, como si jamás me hubiera pedido dinero en su vida. Y para cosas mucho peores.

—¿Seguro?

—Bastante seguro. Yo creo que podremos hacerlo con menos de mil quinientos dólares, y yo tengo suficiente para mi parte. Todavía tengo casi todo el dinero que gané el verano pasado. Además, mi abuela me prometió quinientos para cuando cumpla dieciocho años. Como máximo, necesitaría un préstamo a corto plazo.

En base a mi experiencia anterior, comienzo a sospechar que "préstamo a corto plazo" en el vocabulario de mis hijos, quiere decir que van a pagar con lo que les toque de herencia. Además, mi mamá tenía pensado que ese dinero iba a ser para los gastos menores de Dave ahora que entre a la universidad en otoño. Pero ¡qué diantres! reconstruir un carro partiendo casi de cero le hará mucho bien. Creo que puede lograrlo.

—No estoy seguro con relación al préstamo, —le digo, —pero si eso no es el problema, entonces ¿cuál es el problema?

—No lo sé, —dice. —Me siento un poco raro al respecto.

—¿Hay alguna razón real?

—No lo sé. Me temo que Herbie no va a poder juntar su parte, y voy a acabar financiándolo yo todo.

—¿Cómo vas a manejar eso?

—No te apures, Papá. No sucederá. Prefiero dejar el proyecto inconcluso. No creo que sea probable realizarlo. Herbie dice que sí puede conseguir el dinero, pero no lo sé. Hay problemas más importantes.

—¿Como qué?

—Como: ¿Cada cuándo va a usar cada quien el carro? Ahorita nos vamos juntos, pero... —comienza a titubear de nuevo.

Lo dejo divagar un poco. —Creo entender, —le digo finalmente.

—Así que, ¿qué hago, Papá?

No sé qué responderle. La idea de Herbie suena bien, ambos parecen saber en qué se están metiendo. Pero hay escollos, podrían fallar muchas cosas. ¿Le aconsejo que lo haga? ¿O que lo abandone?

Sea cual fuere mi recomendación, de una cosa sí estoy seguro. No pasará mucho tiempo antes de que se me culpe por haberla dado. Estoy a punto de sacarle la vuelta al asunto diciendo, "déjame pensarlo", cuando me percato de lo que debo hacer.

—Dave, —comienzo lentamente, —el consejo que yo te dé, ¿lo seguirás sin cuestionarlo? Espero que no. Así que pregúntate, ¿de qué me va a servir?

—Me servirá, Papá. Yo respeto tu opinión.

—Francamente, no sé qué consejo darte. No es un asunto sencillo, ambas alternativas tienen pros y contras.

—Sí, —suspira, con cara de desencanto.

—Pero hay un modo en que puedo ayudarte, —digo. —Te puedo enseñar a tomar la decisión tú mismo. Sin arreglos a medias, y sin adivinanzas.

—Vamos, ¿de veras puedes? ¿Aun cuando todo parece indicar que no hay respuesta clara?

—Vamos a mi estudio, —le digo, poniéndome de pie.

—Espero que no sea muy complicado, —murmura, y me sigue.

Nos sentamos en mi escritorio, y le doy una moneda. —Cruz, es que le damos para adelante. Cara, le dices a Herbie que lo olvide.

—¿Ese es tu método? —pregunta.

—No, ésa es sólo la forma de escoger un punto de partida. En realidad no importa.

—Como tú digas. —Lanza el volado y sale cara.

—*Okey*. Supongamos, entonces, que decidimos darle para adelante. Comienza haciendo una lista de todas las cosas positivas que le ves a la idea.

Me obedece y después de escribir dos líneas, se detiene.

—¿Qué pasa, Dave? —pregunto. —¿Hay algunas ventajas que no quieres decirme?

—Más o menos, —sonríe.

Mejor, pienso para mis adentros. —Déjame describirte una situación semejante a la tuya cuando yo usé esta técnica. Creo que incluso tengo por ahí el trabajo que hice.

Lo empiezo a buscar, y comienzo a narrarle la historia. —Sucedió hace como cuatro años cuando todavía vivíamos cerca de casa de tu tío Jimmy. Un día vino y me sugirió que compráramos una lancha entre los dos.

—¡Qué idea tan padre! —dice Dave.

—Sí, —asiento. —Tenía muchos atractivos, pero al igual que en tu caso, me sentía un poco incómodo con el asunto. Déjame mostrarte lo que hice. ¿Dónde está? Tiene que estar en alguna parte de este cajón.

Busco entre los papeles. Se me había olvidado cuántas cosas interesantes hay guardadas aquí. Dave casi se da por vencido.

—Ah, aquí está. Hasta abajo, por supuesto. La primera página es una lista de todos los aspectos positivos de comprar la lancha.

—¿Echaste un volado antes de comenzar esta lista?

—Probablemente. No me acuerdo. En todo caso aquí están las razones por las cuales era recomendable comprar una lancha con Jimmy: "Voy a tener lancha a mi disposición; voy a compartir la carga financiera de la compra y el mantenimiento de la lancha", único modo realista de hacerlo posible.

—Esas dos son idénticas a mi situación, —me interrumpe Dave.

—Y con razón. Las dos situaciones son muy semejantes. Probablemente los otros pros se apliquen también a lo tuyo. Como: "No tendré que dar todo el mantenimiento yo mismo; o debido a la superioridad de Jimmy en conocimientos mecánicos, la lancha siempre estará en buen estado".

—No esta última, definitivamente no se aplica, —dice riéndose Dave.

—Toma, léela tú mismo, —le entrego la hoja.

El la revisa. —Sí, casi todos los puntos son válidos para mi situación, excepto el último. —Y, divertido, lee: —"Voy a tener un aliado que me ayude a persuadir a Julie para que me permita gastar dinero en mi sueño: una lancha." Una lista bastante convincente. ¿Y luego qué paso?

—Mira la siguiente página, la lista de contras no es menos convincente.

—"Podríamos no estar de acuerdo en la selección de la lancha", —comienza a leer. —Yo no tengo este problema, ya sabemos lo que queremos comprar. Siguiente. "Podríamos no ponernos de acuerdo sobre quién va a usar la lancha cuándo". Sí, eso es un problema, pero no tan grande como en tu caso. Nosotros salimos en pareja con nuestras novias a los mismos lados.

—Aun en nuestro caso, —digo, —no fue un problema serio. Sabes que a tu mamá le gusta tener tiempo para su hermano y a mí me cae bien también.

—Sí, pero ¿qué onda con la Tía Jane?

No hago caso de su pregunta. —Sigue leyendo.

Continúa con la lista, haciendo comentarios graciosos. No sé quién disfruta más de esto: él o yo.

—Muy bien, —dice cuando ha terminado. —Un muy buen resumen. Pero, ¿cómo te ayudó a decidir? Ahora se ve más difícil que cuando comenzaste.

—No hemos llegado al final, —le digo. —Es apenas el comienzo. Ahora, partiendo de "Decidimos comprar una lancha juntos", usé la lógica del "si... entonces..." para llegar a los argumentos negativos. Del mismo modo que lo hice cuando me pediste prestado el auto. ¿Te acuerdas?

—Sí, Papá. Y gracias. No hubo problema ¿verdad? Y ya no te he puesto gorro con él, ahora.

—No, no lo has hecho, —admito. —Así que cuando terminé de conectar cada uno de los **efectos indeseables**, comencé a revisar para ver si podía tomar acciones para **recortarlos**.

—¿Qué quieres decir con "recortarlos"?

—Averiguar si puedo realizar alguna acción para garantizar que lo negativo no suceda. Para la mayoría de las cosas negativas, fue posible, excepto por una, para la cual positiva, todas las ideas que se me ocurrían requerían de la colaboración de Jim.

—¿Cuál?

—La que dice que sería un problema si uno de los dos tenía que vender su parte.

—Estabas pensando a muy largo plazo,—dice Dave impresionado.

—¿Hay algún otro modo de pensar? —pregunto.

—Probablemente no, —admite. —Bueno, pero ¿qué fue lo que hiciste?

—Le dediqué más tiempo, puliendo las palabras para que cuando se lo enseñara a Jimmy no se sintiera ofendido. Ten, mira.—Y le entrego la **rama negativa**.

—¿Ves? Primero enuncié mis puntos de partida: "Acordamos comprar una lancha juntos; tú podrías querer vender tu parte; yo no tengo dinero suficiente para comprar una lancha solo". Por lo menos no esa lancha. ¿Ves la conclusión?

—Sí, es bastante obvia. No puedes pagar la parte de Tío Jimmy.

—Eso aunado al hecho de que soy muy quisquilloso en lo que toca a socios, y ya ves el resultado. Jimmy podría venderle su parte a una persona que a mí no me pareciera.

—¿Ahora lo ves? Escogiera lo que escogiera, estaba destinado a terminar mal. Yo tal vez no transigiría y eso significaría que yo también tendría que vender mi parte. No era una buena opción, ya que para esas fechas podríamos asumir que yo estaría enamorado de la lancha.

—Ya veo, —concluye Dave, —Tío Jimmy acabaría por "caerte gordo" por haberte obligado a vender.

—Eso que ni qué, —contesto.

—Y la otra posibilidad tampoco es muy buena. Podrías transigir y acabar estando asociado con alguien que no quisieras. Entonces tendrías un resentimiento aún mayor con el Tío Jimmy.

—Y como tú sabes, —resumo, —si hay algo que no deseo es ponerme entre tu mamá y su hermano. Así que tomé esta página y se la llevé a Jimmy, pidiéndole que él me diera una resolución.

—¿Y qué paso? —pregunta interesado.

—Tú sabes qué paso. No tenemos lancha y sí tenemos una relación muy buena con tu tío Jimmy.

—¿Entonces qué sugieres? ¿Que no le entre al carro con Herbie?

—Nada de eso. Lo que te estoy sugiriendo es que escribas todas las cosas negativas y las conectes usando la lógica de "si... entonces..." No las dejes ahí nomás, sostenidas por una corazonada.

—¿Por qué es tan importante hacerlo?

—Por dos razones, —le digo, —una es que una vez que hayas detallado la lógica, estarás en mejores condiciones para examinar cuáles acciones puedes realizar para recortar lo negativo.

—¿Y la otra?

—La otra es todavía más importante. Si tú no vez cómo recortar algo negativo con acciones que dependan enteramente de ti, si necesitas la colaboración de Herbie, no le sugieras acciones a Herbie. Eso podría conducir a discusiones y alegatas desagradables. En vez de eso, muéstrale tus derivaciones lógicas, exactamente como lo acabo de hacer contigo.

Léeselo paso por paso. Si existe una buena solución, a él se le ocurrirá y entre los dos la podrán pulir. En ese caso, puesto que no habrán más cosas negativas de qué preocuparse, no habrá razón por la que no puedan reconstruir el auto juntos.

—¿Y si no puede? —pregunta Dave. —¿Qué tal si cuando le muestro el efecto negativo y por qué puede esperarse, no se le ocurre ninguna forma de evitarlo?

—Entonces ambos tendrán que tomar una decisión. Pero ya no serás tú contra él debido al problema, sino que serán tú y él contra el problema. En todo caso, queda protegida la amistad.

—Buena idea. Lo voy a intentar. Papá, ¿me prestas estos papeles?

—Sólo si me prometes volver a ponerlos en su lugar.

—Seguro, —me dice con una sonrisa. —Y hasta abajo del cajón, ya lo sé.

22

Estoy preparando mi presentación para Granby cuando Don entra a mi oficina.

—Felicidades, —digo al saludarlo. —Me acaba de llamar Pete, cantando tus alabanzas. ¿Pues qué le hiciste? ¿Lo hechizaste, o qué? No me vas a decir que se debe a tu encantadora personalidad.

Se ríe, claramente satisfecho. —¿Te dijo que esta mañana le conseguí un sabroso pedido?

—Sí, también me mencionó eso.

—Fue pan comido, —dice Don y se deja caer en una silla. —Funcionó tal cual. No hubo sorpresas, ni una sola.

—¿Qué fue? —pregunto. —¿Por qué le hiciste de vendedor? Yo pensé que habías ido a averiguar por qué estaba siendo ineficaz la fuerza de ventas de Pete.

—Oh, eso hicimos. Cada uno de sus cuatro vendedores ya tiene una venta en su haber. Les encantó. Piensan que es lo máximo desde que se inventó el pan en rebanadas. Pero, verás, después de dedicarle tiempo durante dos semanas, tuve que ir a ver si yo mismo podía hacer el trabajo, no nada más enseñarlo. Así que me hicieron cita con un prospecto pequeño. Fue casi una visita de improviso. Y funcionó de maravilla. Me encantó.

—Tal vez deberías de cambiar de giro y dedicarte a las ventas, —bromeo. —Dime, ¿cuál era el problema? Quiero que me cuentes con lujo de detalles.

—Como sospechabas, —comienza, —sencillamente no sabían cómo presentarlo bien. Yo creo que el mayor error que cometían era que comenzaban la reunión con un comprador hablando de lo maravilloso que es esta nueva oferta. De lo mucho que le va a ahorrar, y de lo bajo que podrá tener sus inventarios. Tú sabes, todo lo bueno.

No entiendo. —¿Qué tiene de malo eso? ¿No es eso lo que se supone que deben de hacer?

—Si quieren arruinar sus posibilidades de cerrar la venta, sí. De lo contrario, no.

—Don, ¿quieres dejarte de acertijos y comenzar a explicar?

—Lo estoy haciendo. Mira, Alex, ponte en el lugar del comprador. Aquí tienes a un vendedor que viene echándole flores a su propia oferta. ¿Cuál va a ser tu reacción natural?

—Si soy un comprador típico, voy a tratar de bajarle los humos, —digo.

—Exactamente, —concuerda Don. —Comenzarás a presentar objeciones. Objetarás a sus afirmaciones de lo único de su oferta, a sus afirmaciones de lo mucho que la necesitas. Y si algunas de sus afirmaciones parecen ser exageradas, como sucede con nuestra poco convencional oferta, probablemente expresarás tu escepticismo.

—Sí, eso es probablemente lo que haría, —asiento.

—Y mientras más objeciones presente el comprador, menos probabilidades habrá de que el vendedor cierre el trato. Esta correlación está fundamentada en estudios de lo más amplio y serio.

—No se necesitan estudios para demostrarlo, todo vendedor lo sabe por experiencia. Así que, ¿qué me estás diciendo? ¿Que un vendedor no debe comenzar presentando su producto? ¿Especialmente cuando su oferta es poco convencional?

En lugar de responder mi pregunta se va al pintarrón blanco de mi oficina y comienza a esquematizar una **nube**. Conforme va escribiendo, leo en voz alta: —El objetivo es "Hacer que el comprador perciba tu producto como el mejor valor por su dinero". Espero que no hayas tenido problema para convencer a los vendedores de Pete que ése debe ser su objetivo.

—Para nada. Son profesionales.

—Perfecto, —digo, y continúo leyendo. —Para poder hacer "Que el comprador perciba tu producto como el mejor valor por su dinero", debes "Mostrarle el valor al comprador". Eso es obvio. Al mismo tiempo, debes tener cuidado de "No causar que el comprador plantee objeciones". Estoy de acuerdo también. Ahora veamos el conflicto.

—Para poder "Mostrarle el valor al comprador", debes "Presentar tu producto". Por supuesto. Pero para "No causar que el comprador plantee objeciones", debes "No presentar tu producto".

—Recuerda, —se apresura Don a explicar, —lo que acabamos de discutir. Comienzas por presentar tu producto e instintivamente, el comprador empieza a plantear objeciones.

—Sí, delicioso conflicto, —concuerdo. —Con razón los vendedores andan de puntitas, tratando de alguna manera de establecer una relación de confianza con el comprador, antes de entrar en materia. Así que ¿cómo rompiste este conflicto? ¿Qué es lo que deben de hacer?

—Pete construyó un **Arbol de Transición** detallado de esto. ¿Quieres verlo?

—Seguro.

Don va a su oficina por él. Yo examino la **nube** de nuevo. Es genérica. Nada de esta **nube** es particularmente único para el caso de Peter. ¿Será, por ventura, también genérica la solución de Don? Ojalá. Porque esta **nube** muestra hasta qué grado vamos a encontrar dificultades para vender nuestras soluciones de avanzada. Puesto que, por definición, no van a ser convencionales, van a hacer que los prospectos planteen muchas objeciones.

¿Dónde estará Don? ¿Por qué tarda tanto?

—Pensé que sería mejor que tuvieras tu propia copia, —dice al regresar.

Veo las dos páginas que me entrega. Un **Arbol de Transición** típico: el **Arbol** de "cómo"; la lógica detallada debe trasladarse del momento presente al futuro deseado. En la parte baja hay afirmaciones que describen el estado mental presente del comprador. Ese es el punto de partida. En la parte de arriba de la segunda página se encuentra el objetivo. "Felicitaciones o un análisis profundo de la falla". ¡Cómo es típico de Don escribir así!

A la derecha de ambas páginas hay varios cajones cuadrados. Se trata de las acciones recomendadas. Algunas no tienen sentido para mí.

—¿Lo leemos juntos? —le sugiero a Don.

—Con gusto. Comenzamos describiendo a un comprador típico. "Muchos compradores perciben que su trabajo es actuar como si realmente no quisieran comprar".

Sonrío. —Sí, hay muchos compradores así. No los soporto.

Don continúa leyendo: —"Los compradores generalmente no confían en forma plena en el vendedor ni en lo que dice para alabar sus productos".

—Bonito modo de suavizarlo, buen eufemismo.

Me obsequia una sonrisota. —Escucha lo que sigue: "Generalmente la historia de los compradores con las compañías impresoras no es precisamente de lo más grata".

—Eso no es sólo un eufemismo, ya salió lo británico. ¿Fue Pete el que escribió éste? —le pregunto en broma.

—Pero por supuesto... Ahora, ¿estás de acuerdo en que cada una de estas condiciones de partida conduce a la misma conclusión?: "¿Es probable que el vendedor reciba una presentación convencional de nuestra oferta de **ganar-ganar**, no con entusiasmo, sino con un profundo escepticismo?"

—Inevitablemente, —coincido.

—Ahora, míralo desde el punto de vista de los vendedores de Pete. Ellos sabían que nuestra oferta le convenía enormemente al comprador. Pagaría el precio más bajo, tendría que tener inventarios sorprendentemente bajos y no correría el riesgo de obsolescencia. Al mismo tiempo, los vendedores no no estaban muy seguros de que esta oferta fuera buena para ellos. No tenían la certeza de que obtendrían más ventas. Con este marco de referencia mental, ¿cómo crees que reaccionarían al escepticismo del comprador?

—Por una parte, le están dando al comprador lo que quiere, y éste se pone sus moños, —puedo visualizar la situación. Es graciosa. —Espero que hayan sido lo suficientemente profesionales como para no haber expresado su opi-nión en demasiadas palabras.

—No. Como dije, son verdaderos profesionales, pero hay algo que se conoce como lenguaje corporal. Puedes imaginarte que a partir de ese momento las reuniones se iban al traste.

—Sí, me imagino. Entonces ¿qué hiciste de diferente tú?

—La primera cosa fue garantizar que tuvieran tiempo suficiente para presentarlo correctamente. Nos aseguramos de que la cita durara por lo menos media hora.

—Ya veo. Eso es lo que quieres decir con que "El vendedor y el comprador se reunen sin presiones de tiempo".

—Correcto. Ahora nuestro vendedor comienza por presentar el **Arbol de Realidad Actual** de comprador.

—Espera un momento, —interrumpo. —¿De qué **Arbol de Realidad Actual** estás hablando? Yo no recuerdo quePete haya hecho uno. El comenzó directamente con la **nube** del comprador.

—Correcto. Pero resulta que no pudimos escaparnos de hacerlo. —Notando que sigo confundido, abunda: —Cuando Pete desarrolló la solución, su intuición fue lo suficientemente fuerte como para permitirle brincarse algunos pasos. Pero cuando trató de discurrir cómo lo iban a explicar sus vendedores a sus compradores, el único modo fue regresarse a preparar todos los **Arboles** de acuerdo con nuestro mapa genérico. Lo verás en un momento más.

—Así que, de alguna manera u otra, hay que realizar todo el trabajo. ¡Qué interesante! —digo, sin entender totalmente por qué. —Déjame ver el **Arbol de Realidad Actual** de los compradores de Pete.

Me entrega otra hoja. —No hay sorpresas, —aclara. —Básicamente es lo que discutimos cuando Pete nos presentó su solución. En la parte baja se encuentran las políticas de la compañía de impresos, y ahí tienes el rigor con que derivamos todos los **EIDEs** del comprador. La idea es que nuestro vendedor se lo lea, de abajo para arriba, al comprador. Puesto que comienza señalándonos a nosotros, al comprador no le molesta que la reunión comience así. Esto es importante, de lo contrario le va a decir al comprador que se deje de rodeos y le diga cuál es la oferta. El vendedor se la dice y comienza la espiral descendente.

—¿No tiene el comprador problemas para entender el **Arbol**?

—Para nada. No tiene por qué. Todo mundo entiende el "sí... entonces". Es parte del lenguaje.

Tiene razón. Yo tiendo a confundir la dificultad en armar un **Arbol** con la comprensión de uno ya estructurado. Cuando se escribe sobre un tema que la persona conoce íntimamente, nadie batalla para entender los **Arboles**, ni siquiera los chamacos. Ni siquiera alguien que jamás haya visto uno de estos antes, —continúa. —Entonces el vendedor lo suplementa con un ejemplo numérico, sólo para clarificar el concepto de "precio por unidad utilizable", —dice entregándome otra hoja.

—¿Los compradores tuvieron algún problema con eso?

—Ni uno, nada. De hecho, lo consideraron todos como un concepto muy útil. Inmediatamente empezaron a utilizar el término. Sospecho que era algo que conocían desde siempre, pero lo único que les faltaba era la verbalización.

—Ya veo. Entonces, "El comprador sigue con interés". ¿Es eso lo que me estás diciendo?

—Sí, comentaron, dijeron, observaron, recalcaron, preguntaron, pero ni uno de ellos presentó objeción alguna sobre el **Arbol de Realidad Actual**. Sencillamente, tienen demasiada intuición sobre su propio trabajo.

—Ahora llegamos a algo verdaderamente importante. Verás, el **Arbol de Realidad Actual** muestra clara y vivamente cómo las políticas de las empresas impresoras le hacen la vida de cuadritos al comprador.

¿Sabes cuál fue el resultado de esto? Los compradores se percataron de que al fin, había un vendedor que realmente los comprendía.

—Eso es todo un logro, —concuerdo. —Puedo ver cómo rompieron ustedes la **nube**. En lugar de empezar presentando su producto, comienzan presentándole al comprador sus propios problemas. Y lo hacen de tal forma que verdaderamente lo agradece. Esa es la forma de establecer una relación de confianza. No basada en palabrería o vulgaridades, sino en una verdadera sustancia. Sabes, Don, alcanzar este nivel de confianza en una relación generalmente toma meses, a veces, incluso años.

—Supongo, —dice. —De todos modos, en esta etapa descubrimos que el vendedor debe, de nuevo, mostrar la conexión directa entre nuestras políticas y los **EIDEs** del comprador. Ayuda a resumir la página. El resultado es el esperado, —y se pone a leer del **Arbol de Transición**: —"El comprador responde con un suspiro, una maldición, o algo semejante, pero no ataca al vendedor".

—Por supuesto, ya para estas alturas, el comprador sabe que el vendedor está de su lado, —digo, completamente de acuerdo.

—Correcto. Y ahora el vendedor le explica que nos hemos percatado de que mientras nuestras políticas le estén creando problemas a él como comprador, también será un problema para nosotros, porque sencillamente estamos bloqueando nuestras propias ventas.

—Estoy seguro de que a los compradores les encantó esta confesión.

—Sí. La mayoría respondió preguntando que qué planeábamos hacer al respecto, lo cual abre las puertas de par en par, para el siguiente paso del vendedor. Le entrega al comprador su **Arbol de Realidad Futura**, diciéndole "Estas son nuestras nuevas políticas".

—¿Me das una copia?

—Seguro.

—En la parte baja están las **inyecciones**: Ordenar en lotes de dos meses y recibir en embarques de dos semanas; el derecho a cancelar después del primer embarque sin castigos o explicaciones. Don tiene razón. Estas **inyecciones** efectivamente representan cambios en nuestras políticas existentes.

Don continúa explicando: —El vendedor le lee al comprador su **Arbol de Realidad Futura**. Esto le da al comprador una clara comprensión de por qué estas inyecciones van a conducir inevitablemente a resultados positivos.

—Interesante, —le digo a Don. —Tuviste cuidado de usar sólo la lógica de "si-entonces" con la que el comprador ya estuvo de acuerdo cuando se le leyó su **Arbol de Realidad Actual**. Muy listo. Casi garantiza que no pueda plantear objeciones.

—Ninguno de ellos presentó objeciones, pero no creo que hayamos logrado la venta en esa etapa. Si vuelves a ver nuestro **Arbol de Transición**, verás el siguiente obstáculo: "Un comprador que se enfrenta a lo que percibe como generosidad del vendedor se pone a sospechar".

—Naturalmente. ¿Así que cómo lo convencen de que no hay "víboras ocultas" entre la hierba?

—Decidimos que lo más fácil era mostrarle una. Le dijimos que esta no era la oferta entera. ¿Ves cuál es la siguiente acción recomendada? Le damos al comprador la **rama negativa**.

—¿Cuál **rama negativa**? ¿De qué estás hablando?

—Ah, perdón, —se disculpa, y me da otra hoja.

La leo detenidamente. Es la **rama negativa** que yo le hice ver a Pete; la posibilidad de que el comprador abuse de la oferta, declarando que un pedido pequeño es uno grande, logrando un precio por unidad más bajo y luego cancelando después del primer pedido.

—¿Cuál fue su respuesta a esto? —pregunto.

—Toda una gama de respuestas. Pero en cada caso encontraron el modo de podarla. Un modo aceptable para nosotros.

—Ya veo, —digo. —De ese modo hicieron que el comprador fuera parte de la formulación de la oferta. Debe haber sabido que en esta etapa ya había comprado.

—Sí, —se ríe. —Para entonces ya era aparente para mí como observador que el comprador se estaba preparando para defenderse del ataque de cierre de nuestro vendedor. Para vencerlo intentamos algo único. Le dijimos al vendedor que le dijera al comprador que probablemente necesitaba algo de tiempo para pensarlo y sugerir que se programara otra cita para después. Esto garantizaba que la confianza del comprador en el vendedor y la oferta se incrementara. Pero sólo en un caso se programó la segunda cita.

—¿Y en los demás casos?

—En todos los demás casos, los compradores insistieron en que se continuara ahí mismo, en ese momento.

—Mejor aún.

—Aquí tenemos un giro interesante, —continúa Don su narración y sorprendiéndome: —Sabiendo que cerrar la venta es un paso delicado, decidimos no correr riesgos. Pete preparó una lista de los obstáculos que generalmente pueden presentársele al comprador antes de que pueda firmar el pedido. Simplemente le presentamos esta lista al comprador.

—Espera un momento, —digo sin poder creer lo que estoy oyendo. —¿Le están dando ustedes al comprador pretextos para no comprar? ¿Están tratando de convencer al comprador de que no puede firmar el pedido?

—Así parece, —dice riéndose. —Pero, Alex, no se te olvide que ahora el comprador sabe que nuestra oferta es su sueño hecho realidad. No hay temor de que vaya a dar la media vuelta e irse.

—Ya veo, —digo al captarlo. —Una inversión de papeles. Si tú asumes la postura de presentar los obstáculos, él ahora tiene que asumir la postura de que los obstáculos se pueden superar. Para eso se necesitan agallas.

—Realmente no. Lo que sucedió en la realidad es que los compradores menospreciaron algunos de los obstáculos y conversaron con nuestros vendedores sobre cómo resolver los otros. Los resultados, tú ya los conoces. En otros casos, cuando hablamos de negocios con los compradores de las cuentas más grandes, nos pidieron que preparáramos cotizaciones para pedidos muy superiores a los que habíamos esperado. La cosa pinta muy bien. El problema de Pete ahora es cómo bajarle a la velocidad. El taller necesita tiempo para digerir esta marejada.

—Un super trabajo, Don. De veras, muy buen trabajo. Has hecho muchísimo más de lo que esperaba. Necesitaré estos planos para Bob y Stacey, una vez que ellos hayan encontrado sus propias soluciones de avanzada para su mercadeo.

Don se recarga en la silla, orgulloso, con justa razón, de lo que ha logrado.

—Don, como premio, vete a tu casa a empacar.

Se pone de pie y se estira. —A desempacar, dirás.

—No, a empacar. Saldremos por avión a ver a Bob.

—Alex, estuve fuera dos semanas. Tengo planes para esta noche.

—No hay problema. Te puedes quedar aquí. Tómate mañana como día libre. Yo voy con Bob a examinar la solución que han encontrado. Sólo que pensé que te interesaría ser parte de ella.

—No me lo perdería por nada del mundo, —dice, y se dirige a la puerta musitando, —con este trenecito de trabajo, con razón sigo soltero.

23

Tuve que pedirle a Bob que redujera el número de participantes al mínimo, que invitara sólo a las personas que activamente participaron en la formulación de la solución de mercadeo. Esperaba ver a unas doce personas. Se trajo a Susan Lomark, su vicepresidenta de ventas, y a Jeff Dillman, su vicepresidente de operaciones. Conozco a Jeff bastante bien, él estuvo muy metido en la creación de nuestro enfoque de distribución. Persona muy capaz. A Susan la conozco mucho menos. Nunca he trabajado de cerca con ella, pero Bob habla muy bien de su persona, así que debe ser buena.

—¿Dónde están los demás? —le pregunto a Bob mientras nos preparamos un café y nos servimos unas donas.

—No hay nadie más, —responde, y al ver mis cejas arqueadas, agrega: —Alex, desde que se corrió la voz de que estamos en venta, este lugar es un hervidero de rumores. Y los rumores hacen que no sea fácil la operación. Antes de que sepamos que tenemos un plan de mercadotecnia sólido, aprobado por ti, no voy a dejar que se fugue nada de información. No necesito más perturbaciones.

—Entendido. ¿Comenzamos?

Bob le hace una seña a Susan para que inicie su explicación. —Seguimos su **Arbol**, —dice ella, y pasa al rotafolios.

—¿Creyeron que iba a funcionar? —pregunto por pura curiosidad.

—No le puedo decir que hayamos creído en él. Tenía sentido, pero francamente, ¿quién creería que es posible desarrollar sistemáticamente un avance radical en mercadotecnia?

—¿Pero funcionó?

—Creemos que sí, —responde Bob por ella. —Si no fuera así, no te habríamos llamado para que vinieras.

—Sabremos que funcionó cuando empiecen a llegar las ventas, —hasta entonces, —dice Susan, —no deja de ser sólo una idea interesante.

—Me gusta ese enfoque. Continúe.

Pasa la primera hoja. —Aquí enumeramos algunos de los **EIDEs** del mercado que usamos como punto de partida.

—Decidimos escoger a las tiendas como nuestro mercado, no a los consumidores finales, —interviene Bob

—¿Por qué? —pregunto.

—Seguimos tus lineamientos, —responde, —como quieres resultados rápidos, nos concentramos en el eslabón con el que tenemos contacto directo.

—Además, —agrega Susan, —para llevar un mensaje nuevo a nuestros consumidores, independientemente de cuál fuera, habríamos tenido que incrementar nuestro presupuesto de publicidad.

—Lo cual supusimos que batallarías para autorizar, —dice Bob, terminando su argumento.

—Bien decidido, —respondo.

Leo los **EIDEs** de las tiendas. No hay sorpresas. Aun yo, que jamás he trabajado en el campo de los cosméticos, los conozco todos. Cosas como: "Las tiendas tienen que dar descuentos fuertes sobre productos relativamente obsoletos"; "Muchas veces las tiendas tienen agotado algún producto que el cliente quiere"; o "Muchas tiendas batallan para pagarle a los proveedores".

—Luego armamos el **Arbol de Realidad Actual** de las tiendas, —Susan pasa a la siguiente hoja del rotafolios.

—¿Fue difícil estructurar este **Arbol**?

Se miran unos a otros y sonríen. —Da vergüenza de lo fácil que fue, —admite Bob.

Dejo que Susan continúe.

—De acuerdo con sus lineamientos, deberíamos reescribir el **Arbol** de manera que el problema medular se expresara como una política del proveedor. En nuestro caso no tuvimos que reescribir nada. Salió así naturalmente, —y comienza a leer el **Arbol** de abajo para arriba. —"Las compañías de cosméticos conceden descuentos proporcionalmente al tamaño del pedido de la tienda", y "Los descuentos en los pedidos grandes son fuertes". Tomemos esta política nuestra y consideremos el hecho de que "Las tiendas generalmente están enfrascadas en una feroz competencia unas con otras" y verá usted el resultado inevitable, "Las tiendas se ven obligadas a pedir grandes cantidades".

—Sí, ya veo, pero permítanme una disgresión por un momento. Una conclusión equivalente es que las tiendas no pueden darse el lujo de surtirse en cantidades pequeñas. Bob, ¿no nos habías dicho que las tiendas no están aprovechando tu nuevo sistema de distribución, de tu oferta de resurtirlas diariamente? Esta podría ser la respuesta.

—Sí, —se ríe. —Y yo los había acusado de resistirse al cambio, de estar casados con sus hábitos de compra. Nada de eso. Al mismo tiempo que mis gerentes de distribución les estaban suplicando que hicieran sus pedidos en forma cotidiana, nuestras políticas de venta les impedían hacerlo. ¡Qué listos! ¿No?

Prefiero no comentar y le hago una señal a Susan para que continúe.

—Permítame entrar primero en la rama financiera. Un resultado directo de comprar en cantidades grandes es que "Las tiendas tienen que llevar muchos inventarios". Como usted sabe, "La mayoría de las tiendas no tienen mucho efectivo". Recuerde que nosotros no le vendemos a las grandes cadenas, sino que la mayoría de nuestros canales son tiendas pequeñas, como farmacias. Así que la necesidad de llevar mucho inventario significa que "La mayoría de las tiendas tienen que conseguir préstamos fuertes".

Asiento con la cabeza. Lo he escuchado y no nada más en cosméticos.

Susan continúa: —Si, "La mayoría de las tiendas tienen que conseguir préstamos fuertes", y "El crédito de las tiendas está limitado", entonces, "Algunas tiendas tendrán dificultad para cumplir con sus pagos". "Nosotros, los proveedores, queremos que se nos pague..."

Bob no resiste la tentación de decir: —¡Qué "gachos" somos!

—Y, como resultado, "Algunas tiendas batallan para conseguir mercancía", lo cual, por supuesto, tiene un importante impacto en su rentabilidad.

—¿Qué tan mal está la cosa? —pregunta Don.

—Bastante, —responde ella. —Cada año muchas tiendas se declaran en suspensión de pagos o quiebra. Nosotros y nuestros competidores, estamos bien conscientes de la presión de liquidez, así que concedemos buenas condiciones de crédito. El estándar de la industria es de noventa días.

—Y la realidad, —agrega Bob, —es que nuestra cartera de cuentas por cobrar tiene una rotación como de ciento veinte días. Es un verdadero problema.

—¿Continúo? —pregunta Susan.

—Aún hay más, —promete Bob, —mucho más. —Le sonríe a Susan para que continúe.

—Aquí tenemos otra afirmación de entrada: "Los pronósticos de ventas de las tiendas están bastante errados". Esto aunado al hecho de que "Las tiendas se ven forzadas a pedir en grandes volúmenes", produce el siguiente y nefasto resultado: "Hay una considerable falta de correspondencia entre los inventarios de la tienda y lo que los clientes demandan realmente". Esto conduce directamente a que "A pesar de los grandes inventarios, las tiendas tienen faltantes".

—¿Qué quiere decir con faltantes? —pregunto, sólo para asegurarme.

—Faltante significa que un cliente llega a una tienda, pide un artículo particular, ese artículo está agotado en la tienda y el cliente se niega a comprar un producto alterno.

—¿Así que de acuerdo con esta definición, un faltante se traduce directamente en una venta perdida?

—Así es. Esa, precisamente, es la **derivada**, —señala al **Arbol**. —Y puede ver usted aquí lo que hace que sea todavía peor. Aquí está su conclusión: "Las tiendas no pueden darse el lujo de comprar en pequeñas cantidades", lo cual hace que los faltantes sean una condición crónica. La tienda vivirá con el faltante hasta que no pueda darse el lujo de hacer otra compra grande.

—Y esto, —digo siguiendo las flechas, —conduce a una importante reducción en la rentabilidad de las tiendas.

—Muy importante, —reafirma Susan.

—Alex, tienes que ver la última **rama**, —Bob está visiblemente orgulloso de su **Arbol**. —No vas a creer lo descabellado que es esta indus-tria. Enséñasela, Susan.

Susan no desborda de entusiasmo. En un tono seco, continúa: —Como usted sabe, "Las marcas están constantemente lanzando y anunciando nuevas líneas de producto".

—Y ahora más que nunca, —agrego.

—Sí, definitivamente, —confirma. —Combínelo con "Hay una considerable falta de correspondencia entre los inventarios de la tienda y lo que los clientes demandan realmente" y el resultado salta a la vista por obvio: "Las tiendas tienen cantidades industriales de productos relativamente obsoletos". Saben que no podrán tener estos productos "viejos" por mucho tiempo y por lo tanto "Las tiendas ofrecen descuentos considerables en los productos relativamente obsoletos". Esto no contribuye a resolver su problema de rentabilidad.

—¿Ves, Alex?, —Bob me explica lo obvio, —exactamente cuando invertimos una fortuna en persuadir a los clientes de que compren la nueva línea de productos, las tiendas hacen hasta lo imposible por persuadirlos de que compren la línea vieja. ¡Vaya falta de correspondencia!

—Déjame ver si te entendí, —digo, —en base a tu **Arbol** el problema medular es claro. Es nuestra política la que impulsa a las tiendas a comprar en cantidades grandes. ¿Qué tan grande es grandes? Me refiero, en términos de semanas de venta de las tiendas.

Susan ofrece la respuesta: —Depende del tamaño de la tienda, pero en todo caso, yo creo que sería más adecuado hablar en términos de meses que de semanas. Si juzgo por la frecuencia con la que las tiendas nos fincan pedidos, yo diría que una tienda grande nos hace pedidos a nosotros en lotes de uno a dos meses. En cuanto a las tiendas pequeñas.... yo diría que unos seis. El promedio debe ser como de cuatro meses, creo.

—Ya veo. Eso es bueno.

—¿Por qué dices eso? —pregunta con sorpresa Don.

—Nosotros somos una parte importante del problema, —contesto.

—Esto quiere decir que podemos ser parte importante de la solución. Muy bien, Bob, vamos a ver la solución que proponen.

Bob se vuelve hacia Jeff, quien hasta ahora no había dicho palabra.

—Te toca, —le dice señalando al rotafolios. Susan apenas puede ocultar un suspiro de alivio. ¿Por qué me tendrán miedo?

Jeff carraspea antes de hablar. —La solución es bastante obvia, —dice y pasa la hoja. —Básicamente el **Arbol de Realidad Futura** es una imagen del **Arbol de Realidad Actual**. Comenzamos con dos **inyecciones**, "Los descuentos no se basan en el tamaño de los pedidos sino en el monto en dólares que la tienda pide al año", y "Se reabastece la tienda todos los días". De estas dos **inyecciones** y, siguiendo la lógica delineada en el **Arbol de Realidad Actual**, todo cayó en su lugar. —Y se sienta.

Reviso el **Arbol de Realidad Futura**. No hay sorpresas. Estas dos **inyecciones** conducen lindamente a los contrarios de todos los **EIDEs**. Jeff tiene razón, no hay necesidad de leer este **Arbol** en voz alta.

—Si te fijas, —dice Bob, —una de las **inyecciones** se basa en nuestro nuevo sistema de distribución. Esto garantizará que nuestros competidores no puedan ofrecer lo mismo. Por lo menos no por un rato. Conociéndolos y sabiendo su modo de operar, se tardarán por lo menos dos años en copiarnos.

—Buen trabajo,- dice feliz Don. —Nuestro mapa sí funciona. Han hecho ustedes un muy buen trabajo.

—Su mapa es excelente, —confirma Bob. —No se necesitaron sesos para seguirlo.

Hay un problema, me digo. Tiene que haber un grave problema, de lo contrario, ¿por qué Bob, no le ha revelado esta solución a su gente? Tiene que sospechar que no lo voy a autorizar. ¿Por qué? Se ve perfecto. Le puedo preguntar. Pero será mejor si lo encuentro yo. Piensa, Alex.

Me levanto por otro café. Esta es mi costumbre para ganar tiempo. No me sirve de nada. Sigo sin tener ni una pista. Antes de darme por vencido y preguntarle a Bob cuál es el escollo, miro a Susan. —¿Cuánto cree usted que se vayan a incrementar nuestras ventas con esta oferta?

—A la larga, mucho. Tal vez hasta un treinta por ciento. Quizá más.

—¿Y a corto plazo?

—Es difícil de decir, —vacila.

—¿Cuánto estima? —presiono.

—Probablemente bajen las ventas. Pero no mucho.

—¿Bajarán las ventas? ¿Por qué? —Don está anonadado.

Ahora, está claro. Es un problema enorme.

—Porque esta oferta le da a las tiendas un incentivo para eliminar inventarios, —explico. —Susan, dígame cuánto inventario tienen las tiendas en existencia ahorita, y cuánto más necesitan para tener una exhibición visual adecuada más existencias razonables. No exagere en las existencias de respaldo, recuerde que, de acuerdo con su sugerencia, vamos a reabastecerlas diariamente.

—Esto no significa que se vayan a percatar de inmediato de que podemos hacerlo, pero una estimación buena es de que podrán reducir sus inventarios a la mitad. Tal vez un poco más.

—Lo que significa, —digo traduciéndolo rápidamente, —que el lanzamiento de esta oferta se va a convertir en... ¿dos meses de ventas perdidas para nosotros?

—Se compensará de algún modo con los pedidos para cubrir los faltantes, y también, espero, con las ventas a las tiendas nuevas que podamos atraer hacia nosotros. Me refiero a tiendas a las que no les estamos vendiendo en este momento. Yo creo que la baja será más cercana a un mes que a dos. Ese es más o menos el tamaño del trago amargo que tendremos que pasar.

—¿Podemos darnos ese lujo? —pregunta Bob inocentemente. Como si no se hubiera estado preocupando por este problema él mismo.

—No lo sé, —titubeo. —Ya recibimos un golpe este año, la reducción de inventario de producto terminado. Fue un golpe fuerte. Casi diez millones de dólares. Aquí estamos hablando de algo mucho más grande. Casi dos meses de ventas perdidas incrementarán las pérdidas de este año a cifras increíbles. No sé cómo se lo podría plantear al Consejo.

—Pero esto garantizará que el año entrante y los años subsiguientes logremos batir récord de utilidades, —Don trata de argumentar. —Trumann y Doughty lo entenderán. Ellos son hombres de negocios astutos.

—Sí lo son, —digo. Son lo suficientemente astutos como para percatarse de que si le damos para adelante no habrá forma de que podamos vender la compañía de Bob este año. ¿Los podré convencer? Tal vez.

—Tengo una sugerencia, —les digo. —Ustedes váyanse a comer. Yo voy a pasear un poco. Me han dado mucho en qué pensar.

24

Las oficinas de Bob están ubicadas en medio de un bonito parque. El clima es agradable, los árboles casi dan una atmósfera pastoril. Sin embargo, yo apenas lo noto. Estoy caminando por las angostas veredas pavimentadas, furioso.

De nuevo, esta devastadora presión por el corto plazo. "El tiempo es dinero", casi puedo oír a Brandon diciéndolo. "¿Puedes garantizar que podremos ganar más que la inflación? La clasificación crediticia de UniCo está muy baja. No podemos darnos el lujo de exponernos tanto". Sí, ya lo sé. Pero es absurdo desperdiciar una oportunidad tan clara.

¿Podría, quizá, convencer a Brandon y a Jim de que posterguen la venta? Sí puedo garantizar que ganaremos más que la inflación. ¿Cuál será el retorno sobre la inversión si implementamos esta solución? La inversión consistiría en dejar la venta de dos meses.

De hecho no estamos dejando nada. Si entendemos que mientras las tiendas no hayan vendido, nosotros no hemos vendido tampoco, entonces todo este frenético presionar a las tiendas asume una postura totalmente diferente. Al obligar a las tiendas a llevar más inventarios, sencillamente nos hemos alejado más del mercado. ¿Cuánto inventario tienen ahora? ¿Cuatro meses? En una industria que continuamente lanza nuevas líneas de productos, estar alejado cuatro meses del mercado es devastador.

Olvídenlo, por ahora debo considerar el impacto sobre nuestros libros; y en nuestros libros, ventas, significa ventas a las tiendas. Vamos a perder dos meses de ventas. ¿Cuánto vamos a ganar? De acuerdo con Susan, probablemente incrementaremos las ventas un treinta por ciento. Tal vez más. Yo creo que puedo considerar que su estimación es realista. Ella es conservadora. Y es ella la que tendrá que entregar los resultados, ha estado en este negocio toda su vida. Lo conoce de cabo a rabo.

Déjenme usar un número conservador como incremento de ventas, de sólo el veinticinco por ciento. Bellísimo. Eso significa que a largo plazo cada año obtendremos un equivalente a tres meses en la pérdida de la venta de dos meses. Eso es un retorno anual de ciento cincuenta por ciento. ¿Quién está hablando de inflación? Eso es mejor que una mina de oro.

Esperen, ¿cuánto tiempo tenemos que esperar para llegar al largo plazo? No me gustan las cosas en el aire. ¿Cuándo se incrementarán las ventas netas? Cuando las tiendas terminen de reducir sus existencias sobrantes. Eso no está muy remoto. Debe de ocurrir en el transcurso de cuatro a seis meses. En algunos casos, menos. Con este argumento, tengo posibilidades de persuadir al Consejo. Voy a tener que hacerlo meticulosamente.

¿De qué, exactamente, quiero convencer al Consejo? ¿De que postergue la venta de *Cosméticos I* ? ¿Hasta cuándo? Por lo menos hasta el año que entra. Ya para entonces se verá muy bien.

No. No basta. Ay, Dios mío. Estoy en un hoyo más grande de lo que yo pensaba. Porque si logro convencerlos de que pospongan esta venta, también soy hombre muerto.

Deben de cuidar la estúpida clasificación de crédito de UniCo, eso no lo puedo cambiar yo. Esto significa que ellos deben de obtener dinero suficiente de la venta de mis compañías. Están hablando de que necesitan más de cien millones de dólares. Si los convenzo de que no vendan a *Cosméticos I*, con ese sólo hecho habré firmado la sentencia de muerte de *Vapor a Presión*. Y entonces tendrán que dársela a los desmanteladores.

No. Debo proteger la empresa de Stacey. Bob está bien. Con esta bella solución de mercadotecnia creo que podría persuadir a cualquier comprador de que dejen que Bob siga al frente de la compañía sin mayor interferencia. Creo que incluso lo podría presentar de tal forma que los prospectos estén dispuestos a pagar un mayor precio. Sí, tal vez eso sí lo pueda hacer.

¿Lo dejo en eso?

No me siento a gusto. Significa que Bob y su gente tendrían que posponer la implementación hasta que la venta de su empresa se haya consumado. Eso es una estupidez. Y no me importa lo que digan nuestros locos estados financieros. Debe de haber una mejor forma.

Pero hay otra cosa que también me preocupa. Es obvio que la **rama negativa** de esta idea de mercadeo les estaba molestando. Bob, Jeff y Susan lo supieron siempre. ¿Por qué no la pudieron cortar?

Su intuición sobre el tema es enorme. Su deseo de proteger a su empresa es aún mayor. Y saben que la única forma en que pueden hacerlo es sacando una buena solución de mercadotecnia. Esta es excelente, excepto por esta **rama negativa**. De acuerdo con lo que dice Jonah, la gente que tiene la intuición y el empuje como para poder hacer un **Arbol de Realidad Futura** que conduzca al efecto deseado, siempre tendrá éxito en cortar todas las **ramas negativas**. ¿Por qué ellos no?

¿Dijo algo sobre esto? No me acuerdo. Quizás sí.

Me regreso al edificio principal y tomo posesión de una oficina vacía. La gente todavía está en la comida. Julie debe de estar en casa.

Le explico mi predicamento. Me escucha muy atentamente. Cuando he terminado, le pregunto: —¿No te acuerdas si Jonah dijo algo sobre esto alguna vez?

—Sí, sí lo hizo, —me asegura. —Dijo que con frecuencia la gente descarta una **inyección** que puede cortar una **rama negativa**.

—¿Por qué lo harán? Queremos cortar esta **rama negativa**. Lo deseamos desesperadamente.

—Dijo que eso sucede cuando la **inyección** conduce a nuevos efectos negativos, —me explica. —Entonces la gente tiende a considerar la **inyección** como impráctica, y simplemente hacen caso omiso de ella.

—Ya veo.

—Por experiencia, sé que esto es un error común. Con frecuencia, cuando se queda uno con esa **inyección**, encuentra que las **ramas negativas** que causa, generalmente se pueden cortar de forma fácil.

—¿Tú crees que eso es lo que puede haber pasado aquí? —pregunto. —¿Tú crees que tal vez tienen una **inyección** que descartaron?

—Tal vez, Alex. ¿Qué puedes perder? verificalo, —me dice.

Tiene razón, tengo que cortar esta **rama negativa**. Hay demasiadas cosas en juego.

—Lo voy a hacer. Gracias, querida.

—Y, Alex, —me da un consejo de última hora, —aun cuando veas que su **inyección** conduce a muchas cosas negativas nuevas, continúa el proceso. Al final sí funciona. Ya lo verás.

—A la noche te digo cómo me fue. Gracias de nuevo, cariño. Adiós.

Me regreso a la sala de juntas y escribo la **rama negativa** en el rotafolios. Comenzando con el enunciado de su **Arbol de Realidad Futura**, "Las tiendas eliminan los inventarios innecesarios", y terminando con el hecho de que perdemos el equivalente a dos meses de ventas. Al poco tiempo de que termino, llegan todos.

—¿Cuál es el veredicto? —pregunta Bob.

Todos están esperando oír mi respuesta.

—¿Qué veredicto? —pregunto. —No hemos terminado el análisis aún. —Y antes de que nadie tenga oportunidad de oponerse, continúo: —Estábamos discutiendo esta **rama negativa**, —señalo al rotafolios.

—¿Cómo podríamos podarla? Quiero oír sus ideas aun cuando ya las hayan discutido y decidido que no son prácticas.

—Sí, discutimos algunas de las posibilidades, —concede Bob. —Pero ninguna de ellas tenía sentido. Estamos atascados. Así que, ¿qué sucede si no la podemos cortar? ¿Vamos a darle para adelante a esto o lo vamos a dejar por la paz?

—No lo he decidido todavía. Es demasiado pronto. Ahora quisiera escuchar algunas de esas **inyecciones** imprácticas. Por favor.

No desean continuar. Quieren un veredicto ya. No los culpo. Están viviendo bajo una enorme presión. No es tan fácil trabajar en una compañía con un futuro tan incierto. Ahorita, para ellos, mi respuesta es mil veces mejor que esa incertidumbre. Pero no puedo darme el lujo de dársela. No, hasta que no me convenza de que no hay otro modo. Y todavía no estoy convencido.

—Por lo menos denme la oportunidad de ver que no hay forma de cortar esta **rama**, —digo tratando de convencerlos de continuar. —¿Quieren que decida yo sobre un asunto tan importante sin que esté convencido de que tengo todos los hechos? Bob, ¿quieres darme la **inyección** que parecía ser la más prometedora?, aunque al final hayan decidido que era impráctica.

—Con lo que estuvimos jugando, —comienza Jeff, —es el supuesto subyacente de que no podremos incrementar las ventas en el futuro cercano. Estuvimos jugando con ideas de cómo sí podríamos.

—Bien pensado, —digo, justo al corazón del problema. Y...

—Y se nos ocurrió algo, pero el remedio salió peor que la enfermedad. Además, no hay modo de que tú lo apruebes.

—Póngame a prueba.

—Bueno, podríamos darle nuestra mercancía a las tiendas a consignación. Sin obligación para las tiendas cuando les embarcáramos, pero nos tendrían que pagar al vender. Susan dice que esto incrementaría las ventas a las tiendas nuevas por más de lo que perderíamos con las tiendas existentes al reducir sus inventarios excesivos. Sí, pero sabemos que eso es imposible. Nunca autorizarías la **inyección** de efectivo, —dice Bob.

—Además, —agrega Susan, —tiene muchas otras cosas negativas. Si damos nuestros productos a consignación las tiendas van a tener mucho más efectivo.

—¿Y eso qué tiene de malo? —pregunto yo, todavía tratando de resolver si podría conseguirles el efectivo para que lo hagan. Tal vez a corto plazo. Tendría que checarlo.

—¿Que qué tiene de malo? —repite mi pregunta. —Las tiendas van a usar este dinero para comprarle más a nuestros competidores.

—Vivir y dejar vivir, —digo yo.

—No. Nos haría daño. Las tiendas tienen un espacio de exhibición limitado. Vamos a acabar con menos espacio de exhibición del que tenemos ahora. Y, usted sabe que lo que no se enseña no se vende.

—Susan, —pregunto. —¿Podemos condicionar nuestra oferta a que nos den un espacio de exhibición acordado?

—¿Quiere decir que la tienda se comprometa a dedicar un cierto espacio predeterminado para exhibir nuestros productos, como los nombres de marca en las tiendas grandes? No creo que eso sería problema, especialmente cuando podrán llenar los exhibidores fácilmente. Y ese sería el caso si les vendiéramos a consignación, no requerirá una inversión en efectivo por parte de ellos. Y con nuestra capacidad de entrega, no van a tener faltantes en la línea. Creo que de hecho podríamos pedirles que nos garanticen más espacio del que nos están dando ahora.

—¿Con eso se incrementan nuestras ventas?

—Sí, indudablemente. También nos generará más ventas inmediatas. Para poder llenar este espacio muchas tiendas tendrán que ampliar lo que llevan ahora de nuestra línea de producto. Porque, mire, la mayoría de ellas no llevan todas nuestras líneas de productos, y no querrán exhibir muchas repeticiones. Sí, esto ayudaría considerablemente.

—Pero, —vuelve a ponerse lúgubre, —¿cómo podemos controlarlos? Estamos trabajando con miles de tiendas. Es imposible.

—¿Qué quiere decir con "controlarlos"?

—Mire, —trata de explicarse, —si les damos el producto a consignación, las tiendas no tendrán que pagar cuando se lo embarquemos.

—Según tengo entendido, ahora tampoco. Están pagando sólo después de noventa días.

—Sí, —replica, tratando de controlar su impaciencia, —pero la venta se realiza al momento de embarcarles. Si cambiamos a consignación, entonces tendrán que pagar sólo cuando hayan vendido. La mayoría andan tan apretados de efectivo, que me temo que simplemente no reportarían sus ventas. No podemos controlarlo. No podemos tener una bola de policías para que vayan a contar lo que vendieron realmente. No es práctico.

—Susan, eso no es problema, —dice Jeff con suavidad. —No les vamos a embarcar mercancía como lo estamos haciendo ahora. Vamos a reabastecerlos. Esto significa que para poder recibir mercancía, van a tener que reportarnos lo que hayan vendido en forma diaria, o por lo menos muy regular. Yo creo que fácilmente podemos crear un sistema amable.

—Mmm... Quizá. Déjame pensarlo un poco.

—Todo eso está muy bien, —dice Bob. —Pero ¿nos vas a dar el efectivo? A consignación quiere decir que las tiendas son las que llevan nuestro inventario. ¿Crees que podamos recuperar el efectivo que le liberamos a UniCo cuando redujimos nuestros inventarios de producto terminado?

Para ahora, ya tengo la respuesta. Me la dio Susan. Decido enseñarle a Bob una lección. —Sí, te conseguiré el efectivo. Cuanto sea necesario. Pero antes de que salgan de aquí, quiero saber exactamente cuánto van a necesitar.

—No hay problema, —responde. —Le pedí a Morris, mi nuevo contralor que lo calculara, estoy seguro de que tiene los números.

—¿Cuánto es? —pregunto.

—Francamente, no lo sé. Verás, un día después de que se lo pedí, decidimos que era muy impráctico. Así que nunca le pedí la respuesta. Pero lo puedo llamar.

—Por favor.

Hasta que no llega el contralor de Bob, discuten qué se va a hacer con los productos obsoletos de las tiendas. Se les ocurren algunas soluciones muy buenas. Mientras más lo examinan, mejor se ve. Ya están entusiasmados. Mi promesa de proporcionarles el efectivo les ha quitado un peso de encima. Es divertido observarlo.

Finalmente llega Morris. —Me tomé tiempo para revisar los números dos veces, sólo para estar seguro.

—¿Cuánto es? —pregunta Bob.

—Como treinta y cuatro millones trescientos mil dólares. —Y luego se apresura a agregar: —En base al número que me dio Susan, el tiempo promedio desde nuestro embarque hasta el día en que las tiendas venden es de cuarenta y cinco días.

—¡Guau! —exclama Bob, impresionado. —Alex, ¿estás seguro de poder conseguirnos tanto dinero?

—Verificar tu supuesto, —le digo. Como no lo capta, me vuelvo hacia Morris. —Suponiendo que esta reducción en cartera no afecte a ventas, ¿le quieres decir a Bob quién le va a dar ese dinero a quién?

—¿Qué no es obvio? —pregunta inocentemente. —En este momento, tenemos cincuenta y siete millones, noventa mil dólares en cuentas por cobrar. Esto representa aproximadamente ciento dieciséis días. De acuerdo con Susan, va a bajar a sólo cuarenta y cinco días. Como dije antes, si ella tiene razón, podremos regresarle a UniCo, unos treinta cuatro millones trescientos mil dólares.

Suelto la carcajada. Uno por uno, se van uniendo todos a mi risa.

25

Estoy cenando con mi familia y les platico de la solución de mercadotecnia de *Cosméticos I*. Julie y Sharon están interesadas, naturalmente. Lo que me sorprende es el grado al que se involucra Dave.

—¿Por qué no compran más compañías que le vendan otras mercancías a las mismas farmacias? —pregunta Dave. —Si es tan buena para *Cosméticos I* seguramente será buena para ellas también.

Tiene razón. Con este tipo de oferta, de pedir espacio en anaqueles en lugar de efectivo contante y sonante, y prometiendo reabastecerlas diario, tiene que ser buen negocio.

—Puedes usar la misma red de distribución, —dice leyéndome el pensamiento. —Dijiste que las bodegas regionales están casi vacías ahora.

—Dave, —le digo, —es una buena idea, pero mucho me temo que UniCo no tiene el efectivo para invertir en eso.

—No debería de ser un problema, —continúa desarrollando su idea. —Tú dijiste que la oferta de Bob reducirá las cuentas por cobrar de cien días a cuarenta y cinco. Esto es una máquina de hacer dinero. Piden prestado, compran las compañías, convierten sus cuentas por cobrar en efectivo y con eso pagan el préstamo. ¿Cuál es el problema?

—No es tan sencillo. Pero Dave, si sigues pensando así, pronto te convertirás en un hombre de negocios de éxito. —Me siento orgulloso de mi hijo. Es listo el chamaco.

—Dave ya es todo un hombre de negocios de éxito, —interviene Sharon para presumir de su hermano. —Tiene un Cadillac antiguo. Una verdadera pieza de colección.

—Sí, seguro, —contesto riéndome. Y a Dave le digo: —Así que decidiste restaurar el auto viejo... Buena suerte.

—¿No te lo había contado? Supongo que no, —dice con cierta pena. —Gracias papá, usé lo que me enseñaste y ése fue el resultado. Herbie y yo vamos a restaurar un carro. Pero Sharon tiene razón. No va a ser el "Olds" cincuenta y seis. Va a ser un "Cadillac" modelo 1946. Ya comenzamos a trabajar en él. ¿Te imaginas? ¡Yo en un brillante y enorme "Cadillac"!

—Padrísimo, —chilla Sharon. —Acuérdate de que prometiste pasearnos a Debbie y a mí. ¡Todas las chicas se van a morir de la envidia! ¡Yaaa.. juuuu!

—Calma, Sharon. ¡Qué imaginación tan activa!, primero tienen que componerlo. Ahorita dudo que ni siquiera tenga motor.

—No, no, no. Sí tiene motor, —insiste Dave. —Es el motor original, y además está recién reconstruida la máquina. Jala como relojito. Pero, claro, todavía tenemos mucho qué hacer antes de lanzarlo a la calle. Muchísimo quehacer.

—¿Cómo fue que un "Olds" cincuenta y seis se convirtió en un "Cadillac" cuarenta y seis? —me pregunto qué está pasando. —¿De dónde sacaste el dinero? Un "Cadillac" cuarenta y seis con un buen motor no es algo que se pueda conseguir con mil quinientos dólares. Ni siquiera por quince mil dólares.

—Todo te lo debemos a ti, Papá.

—¿A mí?

—Bueno, en cierto sentido. Tomé tu trabajo, tú sabes, lo del Tío Jimmy y el bote, y...

—¿Qué bote? —pregunta Sharon genuinamente interesada.

—Calla, enana. Luego te lo explico, —le promete Dave. —De todos modos, escribí mis **ramas negativas**. De hecho se redujeron a sólo dos...

—Dave, no trates de desviarme hablando de los **Procesos de Pensamiento**. ¿De dónde sacaste el dinero para comprar el carro?

—Te lo estoy diciendo, —responde con algo de irritación Dave.

—Cuéntale la historia a tu padre, —dice Julie, —es fascinante.

—Bueno, pues escribí las dos **ramas negativas**, —continúa Dave, aunque sigue un poco molesto. —La de los problemas de compartir y mantener el carro entre Herbie y yo. ¿Sí me entiendes? Como el problema que tuviste con Tío Jimmy. La otra **rama negativa** era sobre el problema de Herbie para conseguir el dinero.

Apenas estoy escuchando. Los chamacos estaban batallando para juntar mil quinientos dólares. ¿De dónde diablos sacaron el dinero para un auto tan caro? ¿Cuánto fue? ¿Treinta mil? ¿Cuarenta? ¿A lo mejor hasta cincuenta?

—Comencé con la fácil, —continúa Dave. —La de los problemas de compartir. Repasé la lógica con Herbie. Lo obligué a leer hasta la última palabra. Después de todo, si yo le había dedicado tanto tiempo a escribirlo, el debía de dedicarle el tiempo necesario a leerlo. ¡Ya parece! ¡No señor! Total, él recortó la **rama** en cinco segundos.

—Dile a tu papá cómo, —Julie se está asegurando de que tenga yo oportunidad de oír todos los detalles.

—Ah, fue muy sencillo. Ambos tenemos que irnos a la universidad en septiembre, así que decidimos que a fines a agosto lo venderíamos. No es mucho tiempo y de aquí a entonces nos las arreglamos.

—¿Cuándo terminan de arreglar el auto? —pregunto.

—A principios de julio, esperamos. Te digo que realmente no habrá tiempo para pelear por él.

—Bueno, así que podaron la primera **rama negativa**. ¡Grandioso! ¿Y la segunda?

—La segunda **rama** era más delicada. Como te dije, a mí me preocupaba de dónde iba a sacar el dinero él. Bueno, pues resultó que él estaba planeando vender algo de "mota".

—¡¡¡¿Qué, qué?!!! Esa parte no me la habías contado.

—Mamá, cálmate. Tú sabes que yo nunca estaría de acuerdo con algo así. Y Herbie lo sabía también. Por eso él no me había dicho a mí nada tampoco.

—Así que ése fue el fin de esa idea, —dice Julie llanamente.

—Sí, pero no fue el fin de nuestra idea de restaurar un auto. Herbie usó nuestra primera **inyección** para desarrollar la segunda. Dijo que puesto que de todos modos íbamos a vender el carro, por qué no pedirle prestado al futuro comprador. Sabíamos cuánto nos iba a costar aproximadamente el carro y las refacciones; unos mil quinientos dólares. Recuerda que en ese momento todavía estábamos pensando en el "Olds", no sabíamos nada del "Cadillac". Encima del costo para nosotros, estimamos que cada uno de nosotros le iba a meter como tres meses de trabajo o mano de obra personal. Así que pensamos que si lo ofrecíamos en dos mil quinientos sería una ganga.

—¿A quién se lo van a vender? —pregunto.

—A ti, —me dice con una sonrisa de oreja a oreja.

—¿Todavía estás hablando del "Olds"? ¿Qué te hace pensar que yo iba a estar interesado en un "Oldsmobile"? —(¡Ah, jijos...!)

—Eso exactamente fue lo que nos dio la verdadera idea, —me dice Dave con una chispa en la mirada. —Mira, me acordé de lo que me habías platicado sobre la percepción de valor del proveedor y la percepción de valor del mercado.

—¿Eso qué tiene que ver con esto? —pregunto totalmente desconcertado.

—El modo en que discurrimos el valor del carro... tú sabes... lo que nos costó más la mano de obra... esa es la forma en que el proveedor deriva el valor, ¿no? —explica Dave, y continúa: —Pero cuando comenzamos a pensar en covencerte a ti, decidimos mirar las cosas desde tu propia óptica, mirar a través de tus ojos, y el único argumento bueno que se nos ocurría era que yo te prometería que si nos comprabas el "Olds", yo jamás tocaría tu "BMW".

—Ya veo. —(¡Mira nada más, qué "picudo" salió m'ijo!)

—Pero luego decidimos que si íbamos a usar ese tipo de argumento, nos convenía más abordar al papá de Herbie. Tú sabes que a veces Herbie logra convencer a su papá de que le preste alguna de sus preciadas antigüedades, y también sabes que, a veces, se ha necesitado una pequeña fortuna para reparar los daños.

—Así que concluyeron que la necesidad de una promesa así es mayor en el padre de Herbie que en mí, —digo con alivio. —¿Le preguntaron? ¿Qué pasó?

—Al papá de Herbie se le ocurrió una idea aún mejor. Ya había comprado este "Cadillac" y las principales refacciones. Así que nos propuso que lo restauremos. Claro, no sin antes pedirle a Herbie que le prometiera que nunca más le volverá a pedir prestado alguno de sus otros carros.

—¿Y tú que ganas? —pregunto.

—Ah, hasta que me vaya a la universidad puedo usarlo en igualdad de condiciones con Herbie. Y si lo logramos echar a andar y jala bien y sin problemas durante dos mil quinientas millas, entonces el papá de Herbie me prometió que me dará mil dólares. Así, no tendré que gastar mi dinero, podré ahorrar el regalo de mi abuela, y tendré más dinero para mis gastos en la universidad. ¿Qué te parece?

—Me gusta. —(Me gusta bastante.)

—¿Ves, Papá? ¿Ves cómo me ayudaste dos veces? —dice Dave comenzando a resumir. —Una vez, con lo de las **ramas negativas**, para orientar a Herbie hacia una solución real y no hacia un verdadero chasco. La segunda vez fue cuando me explicaste las diferencias en las percepciones de valor.

—Buen trabajo, Dave. Realmente lo llevaste a la práctica muy bien. Incluso aplicaste los conceptos más allá. Cuando yo te hablé de la percepción de valor de los proveedores y del mercado, yo estaba hablando

de las compañías que fabrican productos en forma continua. Tú lo aplicaste a situaciones que sólo se dan una vez. Y tienes razón. Funcionó
también ahí. Pensándolo bien, debe funcionar bien para cualquier venta.

—¿Incluyendo la venta de tus compañías? —interviene Julie.
—Son situaciones que sólo se dan una vez.

—No, —replico, —para eso las reglas son rígidas.

—¿Qué reglas? —pregunta Dave con interés. —¿Cómo determinan
el valor de una compañía?

—Es bastante complicado, pero básicamente, se toma la utilidad
neta de la compañía y se multiplica por la relación de utilidades/ganancias
del tipo de industria y se tiene un buen punto de partida. También depende
de los activos que tenga la empresa. Eso podría modificar el panorama.

—Pero eso se está basando puramente en la percepción de valor
del proveedor, —insiste Dave. —Sólo se está viendo la compañía. Es
como ver al producto solo, en lugar de ver las necesidades del comprador,
Papá.

—Tienes razón. Pero así es como se hace.

—No necesariamente, —interviene Julie. —No según lo que me
has dicho acerca de la compañía de Stacey.

Lo considero. Tiene razón. Si tomamos a *Vapor a Presión* aisladamente, su valor es muy bajo. Pero cuando vemos a un comprador en
particular, (uno muy particular, por cierto, el competidor de Stacey) con
relación a sus necesidades, la cifra que se obtiene es totalmente diferente.
En este caso, cuatro veces mayor.

Levanto los ojos y la miro directamente. —Julie, tienes razón. Tal
vez estamos haciendo las cosas de manera equivocada. Tal vez podríamos
obtener mucho más por las empresas de Pete y Bob si viéramos las necesidades de los compradores potenciales. Pero ¿qué sé yo de sus necesidades? Nada.

—Bueno, ¿quiénes son los compradores potenciales?

—Para la empresa de Pete son las compañías grandes de la industria
de los impresos. Para *Cosméticos I*, estamos atacando un espectro mucho
más amplio. Los verdaderos expertos son Brandon y Jim. Voy a tener
que hablar con ellos.

—Alex, —continúa Julie, —debes saber algo sobre la industria de
los impresos. El año pasado dedicaste una cantidad considerable de tiempo a la empresa de Pete.

—Sí, lo hice, pero...

Me mira por unos momentos. —¿Y? —insiste.

—Cuando recibí la compañía de Pete, era una buena representante de la industria, —admito.

—Lo que significa ¿qué?

—Todo se maneja para ahorrar costos. No hay un verdadero gasto de operación, sino costos de contabilidad de costos. Ya te imaginarás los resultados, ya te lo he platicado como mil veces. Es difícil de creer, pero ése es el modo en que opera la mayoría de esta industria. Esa es la razón por la que temo vendérsela a alguien que interfiera con el modo en que Pete la está manejando.

Me encanta hablar de la empresa de Pete. Cuando comienzo no hay quien me pare. —Esta compañía es ahora una belleza en todos los aspectos. En calidad, entrega, respuesta rápida a lo que los clientes desean. Y lo que es más importante, con su modo innovador de abordar el mercado, tiene que hacerse sumamente rentable, aun en este mismo año.

—Rentable. La palabra no le hace justicia. Va a ser muy superior a lo que nadie ha visto jamás en la industria de los impresos. Quiero decirte, Julie, que por donde la veas, es un modelo.

—Mereces serlo tú, —me dice Julie sonriendo.

—¿No necesita alguien ese modelo? —pregunta Dave.

—¿Quieren decir, —comienzo a expresarme lentamente, —que la venta no se basa en las finanzas sino en el hecho de que pueda ser usada como modelo de su industria? Interesante pensamiento....

—Alex, —contribuye Julie, —yo creo que Dave podría tener razón. Tú dijiste que las compañías gastan mucho dinero en comparaciones, en ...¿cuál es la palabra?... *benchmarking*. ¿Qué mejor para ellos que tener al *benchmark* en su propio patio?

—Sí, —digo y mi mente empieza a correr a mil por hora. Ahora lo desarrollo más: —Y se gastan una fortuna en consultores. En su negocio, Pete y su gente son mejores que cualquier consultor que pueda existir por ahí. No sólo entienden lo que hay que hacer, sino que ya lo han hecho.

—Entonces ellos serán los maestros, —concluye Sharon.

Todos voltean a verme. —Déjenme entender de lo que estamos hablando,—trato de reintegrar mis pensamientos. —Para una empresa grande de impresos, y estoy hablando de una verdaderamente grande, la empresa de Pete puede ser la fuente de un cambio de paradigma en desempeño. Es un modelo perfecto de cómo programar y controlar una operación de impresión, no en base al paradigma de los costos artificiales, sino en lo que realmente tiene sentido, el impacto en el renglón de utilidades tanto en el corto como en el largo plazo.

—Son un ejemplo sobresaliente de cómo manejar la sala de preparación. Un trabajo que podría llevarle semanas a otra compañía, Pete lo hace en cuatro días, sin problemas. Pero lo que es más importante, ellos saben cómo desarrollar enfoques de mercadeo únicos. Pueden ser el *benchmark*, la escuela y los consultores al mismo tiempo.

—Pero Pete y su gente no desean que se venda la compañía, —me recuerda Julie.

—¿Estás bromeando? A ellos les encantaría ser los catalizadores del cambio en una empresa impresora grande. Es el trabajo ideal y una gran oportunidad. Al contrario, aquí en UniCo llevan puesta una camisa de fuerza. No son parte del negocio medular, están atorados en la periferia.

Estoy emocionado. Esta idea tiene muchísimo mérito. El brinco en el desempeño financiero de la empresa garantiza que la podamos vender por un monto sabroso. Pero si la podemos vender como palanca de cambio a una empresa impresora grande, entonces no hay límite a lo que se podría pedir por ella.

Y todo mundo sale beneficiado. El comprador, UniCo, y hasta Granby quedaría estupendamente. Trumann y Doughty van a estar encantados... y, lo más importante, Pete y su gente estarán en la mejor posición que jamás podrían haber esperado.

¿Y para mí?

Ya me las arreglaré.

—¿Así que, qué dices? —interrumpe Dave mis pensamientos.

—Lo que digo es que tienes razón. Para una empresa impresora grande es una oportunidad única. Me pregunto si podré planteárselos de tal forma que se percaten de lo valiosa que es esta oportunidad.

—Estamos de seguros de que sí podrás, —dicen a coro.

26

Una vez solos, Julie plantea la cuestión. Sabía que tarde o temprano lo haría.

—Alex, ¿y tu empleo? Tal parece que a tus compañías las van a vender, y yo creo que estás haciendo lo correcto en asegurarte de que acaben en buenas manos. Pero, ¿y tú?

—No lo sé, —contesto con un suspiro. —En verdad, no lo sé.

—Hasta ahora, —dice suavemente, —he tenido cuidado de no presionarte, pero las cosas están acomodándose. Tú estás cuidando de tu gente. ¿No será hora de pensar un poco en ti mismo?

—Y en mi familia, —termino su pensamiento. —Julie, ¿qué quieres que haga?, ¿qué empiece a jalar algunas palancas? ¿que empiece a circular mi *currículum* por ciertas manos? No puedo hacer eso. No en la posición que me encuentro, no ahora. Además, la guerra continúa todavía. He ganado algunas batallas, pero las más importantes todavía no suben por el horizonte. No puedo darme el lujo de distraerme. ¿No lo comprendes?

Guarda silencio por unos momentos. Lo piensa. Finalmente dice: —Me sentiría mucho mejor si supiera que tienes un plan. No sólo para tus compañías sino para ti. ¿Será pedir demasiado?

A pesar de lo que la gente piensa de mí, yo detesto planear. Especialmente en lo que se refiere a Julie. Conozco a mi esposa. Cuando ella habla de un plan, no se refiere a una vaga lista de acciones. Ella me moverá hasta que haga un análisis meticuloso. En ese sentido ella es más "Jonah" que Jonah.

Sin embargo, eso no es malo. Qué bueno tener un plan.

—Debo coincidir contigo, —digo. —Ha llegado el momento de armar un plan riguroso.

—¿Tienes suficiente intuición sobre el tema? —Julie pregunta con toda la formalidad del caso.

—Creo que sí. —No es como si no lo hubiera estado pensando desde hace meses.

—Bien, —aparece con una libreta en su mano. —Ya que estamos hablando de ti y no de UniCo, ni de tus compañías, ni de tu gente, sino de ti, ¿tienes algún problema con el siguiente objetivo: ¿"Conseguir un empleo igual o mejor"?

Vaya, cuando Julie se mueve, corre.

—Ningún problema, —trato de ser tan práctico como ella.

—De ser así, yo creo que podemos convenir en cuál de los **Procesos de Pensamiento** usar, —dice categórica.

—Sí, el **Arbol de Prerrequisitos**. —Yo también soy un buen discípulo de Jonah.

—Muy bien, comienza a plantear obstáculos.

Ahora, yo sé que esto puede sonar extraño. Si queremos lograr un objetivo ambicioso, ¿por qué comenzar planteando obstáculos?, ¿no es contraproducente?

Pero ese es el modo de Jonah. Como él dice, "Siempre comienza con un paso que la gente pueda realizar expertamente". Y todo mundo, todos y cada uno de nosotros somos expertos en quejarnos y chillar. En otras palabras, sacar a la luz todas las razones por las cuales no se puede lograr, poner obstáculos.

—Todavía no tenemos una solución de mercadeo para la compañía de Stacey. Es un gran problema, —comienzo a quejarme.

—De acuerdo, —dice Julie y lo escribe. —¿Qué más?

—Las utilidades de la compañía de Pete y aun más la de Bob, siguen lejos de ser satisfactorias. Ya sé que hemos realizado las acciones correctas, pero todavía no podemos cantar victoria. Si las tenemos que vender ahora, no podremos obtener gran cosa por ellas.

—Lo estoy anotando como dos obstáculos,—Julie me informa. —Uno es, "Las utilidades de las compañías de Pete y Bob son pésimas", y el segundo: "El valor de las compañías de Pete y Bob es bajo". ¿De acuerdo?

—Muy bien, —concedo. —Ahora tomemos lo que platicamos durante la cena. Ese asunto no está completo aún. A pesar de lo que dije todavía no tengo una comprensión clara de las necesidades de los compradores. Por lo menos no como para poder armar una presentación suficientemente persuasiva.

—¿Por qué es tan importante? —pregunta.

—¿De qué estás hablando? —respondo con sorpresa. —¿De qué otro modo puedo apalancar el precio de las compañías de Pete y Bob?

Lo escribe y luego dice: —Alex, ¿quieres comenzar a mencionar los verdaderos obstáculos? Si quieres llegar a ser vicepresidente ejecutivo de alguna empresa importante, necesitarás excelentes recomendaciones de gente respetable y poderosa. Es esencial.

—Ajá, sí que lo es. Agrégalo a la lista.

—¿Y bien? —dice.

—¿Y bien qué?

—Quiero más obstáculos de ese tipo. Tú los conoces mucho mejor que yo.

—Vas muy bien, —le digo. —Por favor continúa.

—Según lo entiendo yo, no hay muchos puestos de esos vacantes por ahí. —No le agrada nada tener que mencionarlo ella.

—No exageres. Pero recuerda, para conseguir uno de los pocos puestos que existen, no basta con recomendaciones. Tengo que tener un historial, un *récord* sobresaliente. De lo contrario no tendré la menor oportunidad. Consideran a la gente interna primero. Además, Julie, hasta ahora, aun como Vicepresidente Ejecutivo, no tengo un *récord* sobresaliente.

—¿Convertir a tus empresas de barriles sin fondo en lo que son hoy, no es suficiente?

—No. No si se venden por menos dinero del que se pagó por ellas. Además, querida, estás haciendo caso omiso de la empresa de Stacey. Según como están las cosas, se va a vender para demolerse. Cualquier ejecutivo que lleve una marca negra así en su historial puede olvidarse de lograr un puesto equivalente en otra empresa.

Julie no se está emocionando. Todo esto lo ha escuchado antes de alguna manera u otra. —¿Tienes más obstáculos qué agregar a nuestra lista, Alex? —pregunta directamente sin traicionar emoción alguna.

—Sólo el hecho de que Trumann y Doughty no nacieron ayer. Son los más astutos y sensatos hombres de negocios que jamás he conocido. Supongo que cuando hablas de recomendaciones estás hablando de ellos. ¿Sí estás hablando de ellos, verdad?

—Sí, y según lo entiendo yo, ellos piensan muy bien de ti y te estiman. Tal como debe ser.

—Querida, el mundo es un sitio difícil. Trumann y Doughty nunca harían una recomendación si no se sintieran totalmente a gusto con ella. Tienen una reputación que proteger también. Si recomiendan a alguien, vale más que sea bueno.

—Sigo sin entender el problema. —(¡Mi leal mujer!)

Trato de explicárselo. —Si Trumann y Doughty no consiguen suficiente dinero con la venta de mis compañías, (y no importa cuál sea la razón) no van a estar impresionados conmigo. En mi puesto yo debo producir resultados, no excusas. Sólo resultados, nada más cuenta.

Julie no se impresiona con mi discurso emocional y sólo dice: —¿Algo más?

—Déjame ver la lista, —digo. La leo cuidadosamente. —No. Yo creo que ya tenemos los principales obstáculos. ¿Podemos pasar al siguiente paso?

Partir de los obstáculos no es tan devastador como pudiera pensarse.

¿Cuál es el siguiente paso? El obvio. Todos nosotros sabemos que cuando un objetivo es ambicioso es razonable esperar que el plan para lograrlo contendrá varios objetivos intermedios. ¿De dónde salen los objetivos intermedios? La única razón por la que se tiene un objetivo intermedio es para vencer algún obstáculo que estorba para el logro del objetivo final deseado. No hay otra razón.

Por lo tanto, para cada obstáculo de nuestra lista, tenemos que discurrir cuál es el objetivo intermedio correspondiente; aquello que, de lograrse, vencerá al obstáculo.

—El primer obstáculo que mencionaste, —comienza ella, —es "Aún no hay una solución de mercadotecnia para la compañía de Stacey". ¿Qué objetivo intermedio tienes en mente? ¿Cómo puedes vencerlo?

Estoy tratando de ser tan profesional como ella. No es fácil. En su trabajo, ha desarrollado una notable habilidad para seguir siendo analítica, independientemente de lo emotivo de los asuntos. Tiene que ser así.

—Nada elegante. Sólo necesito tiempo suficiente para implementar las acciones necesarias. Fíjate, los lineamientos que Don y yo desarrollamos son tan poderosos que en realidad no estoy demasiado preocupado. Stacey necesita más tiempo, eso es todo.

Lo anota y continúa: —El siguiente obstáculo es, "Las utilidades de las empresas de Pete y Bob están pésimas". Me imagino que el objetivo intermedio es el mismo. De nuevo, "Tener tiempo suficiente para implementar las acciones necesarias".

—Sí y no hay problema para conseguir el tiempo. Ya programé una junta con Brandon y Jim. Van a captar la solución de Bob en un momento y estarán dispuestos a esperar. ¿Ves? La implementación de esta solución traerá más efectivo en los pocos meses del que esperaban obtener de la venta de la compañía. Al final, tendremos una compañía que podrá ser vendida cuando menos por tres veces el precio razonable actual. No, no hay problema para comprar tiempo para Bob. En cuanto a Pete, nunca hubo problema.

—Excelente. El siguiente es, "El valor de las compañías de Pete y Bob es bajo". Supongo que el objetivo intermedio a lograr es, "Un alto valor de las compañías de Pete y Bob", y tú ya tomaste las acciones que garantizarán que así sea.

—Nada en los negocios está garantizado. Pero, sí, conceptualmente, tienes razón. ¿Cuál es el siguiente obstáculo?

—Lo escribí como, "Conocimiento insuficiente para construir una presentación persuasiva a los compradores potenciales". ¿Qué tienes que hacer para superarlo?

—Muchos detallitos. Pasaré tiempo con Brandon y Jim para armarla. Yo creo que entre los tres sabemos lo suficiente. Además, será una buena idea hacerlos parte de este proceso. Al final son ellos los que tendrán que hacer la venta misma. Básicamente se reduce, de nuevo, a tener el tiempo para hacer lo necesario. No es gran problema. Me siento bastante seguro de que podemos lograrlo.

—Y esto allanará el camino para atacar el siguiente obstáculo, —dice. —"El valor de las compañías de Pete y Bob no está apalancado", se puede responder con algo como, "Se persuade a los compradores idóneos para que consideren a las compañías de Pete y Bob como modelos".

Cuando asiento con la cabeza en señal de aprobación, ella continúa: —Hasta ahora, vamos bien. Ahora vamos con *"los gruesos"*. "Recomendaciones de gente poderosa" es esencial. ¿Debo entender que Trumann y Doughty son tus mejores cartas?

—Sí, y también Granby. Una buena recomendación de tu ex-jefe puede no pesar mucho. Pero una recomendación en frío es devastadora.

—Estoy escribiendo: "Trumann, Doughty y Granby dispuestos a darte recomendaciones altas". Yo creo que si logras los objetivos intermedios anteriores, esto se dará por añadidura.

Probablemente.

—El siguiente es: "No hay muchos puestos vacantes al nivel deseado". Alex, el objetivo intermedio obvio es: "Se identifican los puestos vacantes idóneos". ¿Qué piensas hacer al respecto?

—De acuerdo con los lineamientos de Jonah no debes de hacer preguntas como ésa sino hasta que hayamos puesto todos los objetivos intermedios en secuencia, —digo por darle la contra. —Pero, querida, mientras no resuelva los demás obstáculos no tiene caso solicitar puesto alguno. Después de que los haya resuelto, voy a tener tiempo más que suficiente para buscar trabajo. ¿Te fijas?, el logro de todos los demás objetivos intermedios me garantiza que reciba una jugosa recompensa, un paracaídas de oro de UniCo... y tendré tiempo suficiente para buscar empleo.

No le gusta mucho mi respuesta, pero después de un leve titubeo continúa. —El siguiente obstáculo es...

No tengo problema para sacar los demás objetivos intermedios. Luego comenzamos a convertir la lista resultante en un plan.

Tenemos que discurrir cuáles objetivos intermedios se pueden lograr en paralelo, y cuáles sólo en forma consecutiva.

El hecho de que, en este caso, hayamos verbalizado el obstáculo correspondiente a cada objetivo intermedio es de mucha utilidad. De hecho hace que la colocación de los objetivos en orden secuencial sea una tarea relativamente fácil.

¿Cómo? Bueno, pues te preguntas cuál podría ser la razón por la que debemos lograr el objetivo intermedio X primero, y sólo entonces lograr el objetivo intermedio Y. Debe ser que existe un obstáculo que impide el logro de Y, y este obstáculo se supera logrando X. Es por eso que X tiene que lograrse antes que Y. ¿Tiene sentido?

Para establecer la secuencia sólo tenemos que encontrar qué obstáculo bloquea qué objetivo intermedio. Es así de fácil.

Una vez terminado, examinamos el **Arbol de Prerrequisitos** resultante. Se ve bien. Se ve macizo.

Julie comenta: —De acuerdo con el **Arbol**, "Identificar el puesto vacante idóneo" no está condicionado a ningún otro objetivo intermedio. Puedes comenzar ya.

—Pero...

—Pero tienes razón. No tiene caso atacarlo ahora. Es sólo una de las condiciones necesarias para lograr el objetivo final. Y con relación a los otros dos, si tienes un historial o *récord* impresionante y altas recomendaciones, este objetivo se vuelve relativamente trivial. Sí, no hay necesidad de atacarlo aún.

Después de un rato agrega: —Me gusta tu plan, mi brillante héroe. Ahora veo que cada acción que realizaste, desde el principio, estaba bien encaminada. Gracias querido. —Hace a un lado su libreta y se acurruca en mis brazos.

Está tranquila. Ojalá yo me sintiera igual. Stacey no se está moviendo. Las noticias de lo que se planea para *Vapor a Presión* los han paralizado. Tengo que ir a verlos. Pero, ¿podré moverlos? Lo dudo. Y si no se resuelve la situación ahí, no servirá de nada.

Además, hay mucho trabajo en todos los demás frentes y, francamente, paso demasiado tiempo resolviendo inútiles asuntos del corporativo. El papeleo me ocupa más de la mitad de mi tiempo. ¿Estoy tratando de abarcar demasiado?

De acuerdo con este **Arbol de Prerrequisitos** parece que sí. Lo que me dice es que: Debo asegurarme de que Stacey desarrolle un sólido enfoque de mercado que garantice que su división tenga una ventaja competitiva decisiva; debo de trabajar con Brandon y Jim para hacer que abracen el concepto de vender la compañía de Pete (y posteriormente, la de Bob) como "un modelo de excelencia"; debo asegurarme de que la solución de Bob se implemente lo más pulidamente posible.

Pero, lo más importante, no debo dejar que nada me distraiga de esto.

27

Fue un día excelente. Hace una semana la mañana después de que Bob, Susan y Jeff me presentaron su solución, le sugerí a Brandon Trumann y a Jim Doughty que yo debería de ir a Nueva York para ponerlos al corriente. Nos juntamos en las oficinas de Brandon, en uno de los pisos más altos de las torres gemelas.

¡Qué vista! Tiene uno el mundo a sus pies. Por otro lado, la caída al piso desde aquí es muy larga.

Uno de mis objetivos para esta reunión era conseguirle tiempo a Stacey. Tuve que convencerlos de que sí tenemos una probabilidad realista de desarrollar una solución de avanzada en mercadotecnia para *Vapor a Presión*. Para lograrlo, decidí ponerlos al día en lo referente a la solución de Bob. Mi supuesto era de que bastaría con mostrarles que esta solución no era el resultado de un chispazo ingenioso de intuición, sino más bien el resultado de haber seguido meticulosamente el proceso de genérico que Don y yo habíamos construido. El **Arbol de Realidad Futura** de cómo debe uno desarrollar una ventaja competitiva. Ya estaban familiarizados con ese **Arbol**.

Les di copia de la lista de **EIDEs** de los clientes que Bob, Jeff y Susan habían elaborado. Brandon y Jim examinaron la lista, no había sorpresas. Luego leímos el **Arbol de Realidad Actual** que se construyó en base a esa lista. Brandon comentó que construir este **Arbol de Realidad Actual** era como un juego de niños en comparación con el que habíamos armado juntos. Jim estuvo de acuerdo.

Una vez que terminamos de leer el **Arbol de Realidad Actual**, no tuvieron dificultad alguna para traducir el problema medular en una solución natural. La **nube** fue casi redundante. Y luego pasamos al **Arbol de Realidad Futura**. Eso fue importante. Los convenció de que la solución será muy atractiva para las tiendas.

Por supuesto, plantearon **ramas negativas**, muchas. Esa fue la parte divertida. No pudieron sacar una sola **rama negativa** que el grupo de Bob no hubiera analizado ya a profundidad. Así que, en respuesta a cada reserva que presentaron, yo simplemente les entregaba la página correspondiente, que mostraba la **inyección** que había sacado Bob, y cómo no sólo recorta lo negativo sino que conduce a más cosas positivas. Fue grandioso.

Una vez agotadas todas sus reservas y dudas, comenzaron a sacar una larga lista de inquietudes con relación a la implementación. Pero yo estaba bien preparado. El equipo de Bob me había dotado de todas las municiones que necesitaba. Trumann y Doughty estaban impresionados. No, no sólo impresionados, sino que totalmente convencidos. Francamente, sólo hasta que terminé de explicarles todo, pude percatarme de lo verdaderamente poderoso de la solución de Bob.

Así que mi plan funcionó. Brandon dijo que él ahora se ha convertido en un creyente de los **Procesos de Pensamiento**. Jim hasta preguntó si podría tomarme el tiempo para enseñarles cómo llegar a ser maestros en el uso de las técnicas de Jonah.

Luego jugué mi carta triunfadora. Les sugerí que hiciéramos el cálculo de cuánto efectivo generaría la compañía de Bob en los próximos cuatro meses. No podían creer lo que estaban viendo; verificaron sus números una y otra vez. Pero ahí estaba. Bajo los supuestos más severos, recortar el tiempo de cobranza de la cartera nos generará más dinero que el que habíamos esperado obtener con la venta de la empresa. Se pueden ustedes imaginar que no tuve dificultad alguna para convencerlos de que no sería una jugada prudente vender la compañía antes de conseguir ese dinero.

Estaba listo para pasar a mi siguiente paso. Sabía que no podía sólo pedir una demora para Stacey. Necesitaban empezar a tener resultados, y para Trumann y Doughty resultados significa más efectivo para UniCo. Mucho efectivo.

Les sugerí estimar las utilidades anuales futuras de *Cosméticos I*. Quería yo que vieran la magnitud de las cifras. Cuando terminamos los cálculos resultó que la implementación de la solución de Bob le va a generar a *Cosméticos I* una utilidad del dieciocho por ciento de las ventas netas. No sobre las ventas actuales sino sobre el incremento en ventas. Esto significa aproximadamente treinta y siete millones de dólares de utilidad neta al año. No está mal para una compañía que hace apenas una semana estábamos pensando vender en menos de treinta millones.

El retorno sobre los activos netos, cuando se toma la desquiciada forma que usamos para determinar el activo neto en nuestro balance general, sale como a sesenta por ciento anual. Sesenta por ciento de retorno sobre activos netos, para una compañía que no tiene ni patentes ni tecnología propia.

Ustedes podrán imaginar que Brandon y Jim se pusieron a calcular el precio de venta. Sí, todavía pretenden vender la compañía. Necesitan el dinero para mejorar la clasificación crediticia de UniCo.

Para estimar en cuánto podemos vender *Cosméticos I*, usamos una relación de utilidad/ganancias de siete. ¡El valor de la compañía salió en unos doscientos cincuenta millones de dólares! Y con razón. Un incremento notable en las utilidades hace que se dispare notoriamente el valor de la empresa.

Brandon no tardó en señalar que no hay forma de conseguir ese precio. No cuando las utilidades se basan en un pronóstico y no en cifras históricas incontrovertibles. Pero piensa que podríamos tirarle a unos ciento cincuenta millones de dólares. ¡Qué cambio! Estaban rezando por poder conseguir esta cantidad con la venta de todo el sector de empresas diversas. Ahora lo quieren sólo de la empresa de Bob.

Para estas alturas, estaba yo listo para pasar al tema de la compañía de Stacey. Las negociaciones con los competidores de *Vapor a Presión* están avanzando a paso de tortuga. "Paso de tortuga", en comparación con lo que Trumann y Doughty desean ver; y a velocidad supersónica respecto a lo que yo quisiera. A la velocidad que van tienen buenas probabilidades de poder cerrar el trato antes de fin de año.

Así, especulé sobre lo que pasaría si Stacey logra desarrollar una ventaja competitiva equivalente en su campo y empieza a comerse la parte del mercado de su competencia. Se percataron rápidamente que eso sería como ponerle un cartucho de dinamita al competidor en el trasero. También nos permitiría pedir un precio más elevado. Fue fácil sacarles la promesa de congelar las negociaciones durante las próximas seis semanas. Ahora tienen mucha más confianza que yo en nuestra habilidad para desarrollar rápidamente una ventaja competitiva en *Vapor a Presión*.

Una vez que supe que había ganado esta batalla, pasé a mi siguiente objetivo. Les recordé de su estimación del monto que podemos obtener por la compañía de Bob y declaré que podemos obtener mucho más, pero que lo estamos haciendo del modo equivocado. No les sorprendió. No creo que ya nada de lo que les digo les sorprenda. De todos modos, les planteé lo que había aprendido de Dave. Ustedes saben, por qué nos estamos metiendo en la trampa de evaluar la compañía en base a su desempeño financiero. Que deberíamos de evaluar la compañía con relación a los beneficios que pueda sacar de ella el comprador al adquirirla. Y estos beneficios no se restringen exclusivamente a las utilidades directas que pueda ganar la empresa comprada.

Discutimos el concepto de vender nuestras compañías como modelos de excelencia, como catalizadores para elevar el desempeño de una empresa mucho mayor. Inicialmente les fue difícil aceptarlo, pero cuando cambié el enfoque a la compañía de Pete, el negocio de los impresos, les fue mucho más fácil.

Las últimas tres horas las pasamos tratando de construir una presentación para prospectos grandes de la industria de los impresos. Aunque fue muy útil para lograr que Jim y Brandon compraran la idea, no me gustaron los resultados. No es una buena presentación, para nada. Voy a tener que enseñarles a construir un **Arbol de Transición**. Esa es la única manera en que podemos comunicar un mensaje tan complicado. Programamos un fin de semana dentro de quince días en un centro turístico. Vamos a tratar de traernos a nuestras familias también.

¿Les digo que en esta junta yo estaba siguiendo un **Arbol de Transición**? Sería una mala idea, ya que se sentirían manipulados.

Estoy repasando lo que logré con ellos. Gané tiempo para la compañía de Stacey. La compañía de Bob no se venderá sino hasta dentro de cuatro meses. Mientras tanto, vamos a preparar una presentación deslumbrante para la industria de los impresos. Entonces podremos concentrarnos en concretar el trato de la empresa de Pete.

A propósito, pensamos vender la compañía de Pete por más de cien millones. La cifra es de ellos. Yo creo que si nuestra presentación es verdaderamente buena, podemos conseguir cerca de doscientos. Ya veremos.

No está mal. No está nada mal, considerando donde estaba yo hace menos de tres meses, cuando me pegó la resolución del Consejo como balde de agua helada.

Ahora voy de camino a visitar a Stacey. Don me recogerá en el aeropuerto y mañana en la mañana vamos a dedicarle tiempo a todo el equipo de alta gerencia de *Vapor a Presión*. Tengo que encontrar la manera de ayudarles a avanzar e infundirles la energía necesaria para construir una solución. Tienen que hacerlo ellos. Tienen la intuición, tienen el conocimiento técnico, y son ellos los que la van a tener que implementar.

No creo que vaya a tener grandes problemas, no cuando escuchen que les he conseguido una ventana de tiempo suficiente, cuando se enteren de que Doughty y Trumann están dispuestos a esperar.

En la sala de llegadas me encuentro no sólo con Don, sino que Stacey lo acompaña también. En el trayecto hacia el estacionamiento le digo las buenas nuevas. No se ve muy entusiasmada.

—¿Terminaron el **Arbol de Realidad Actual** del mercado? —pregunto.

—¿Estás bromeando? —contesta con amargura. —Ni siquiera nos pudimos poner de acuerdo sobre los **EIDEs** del mercado.

—¿Para cuándo? —insisto, tratando de disfrazar mi irritación.

—Alex, estás pidiendo imposibles. Ni siquiera he logrado que mi gente tome en serio lo del sistema de distribución.

—¿Por qué? Yo creía que habías terminado de resolver los detalles hace más de un mes.

—Sí, ¿y qué?

—Stacey, ¿cuál es el problema? —pregunto. —¿Crees que no les compré suficiente tiempo? ¿Que seis semanas no serán suficientes para construir su enfoque de mercadotecnia? La gente de Bob sólo se tardó dos semanas en pulirlo.

Stacey no responde.

Me estoy empezando a hartar. —Por supuesto que seis semanas no serán suficiente, —digo con voz áspera, —si te tardas más de tres semanas en escribir una lista de **EIDEs**. Escucha, "me la he estado partiendo" para comprarte tiempo. No entiendo por qué le permites a tu gente desperdiciarlo.

—Alex, con todo el respeto que me mereces, yo creo que eres tú el que no entiende. Estás pidiendo imposibles. ¿Sabes lo que está pasando en mi empresa? —Nunca había visto a Stacey tan deprimida. —¿Viste mi último reporte? Las ventas han bajado. Los embarques han bajado.

—Me imagino que la moral anda baja, es comprensible, —respondo tratando de ser empático.

—No, baja es poco, —me corrige. —Está tocando fondo.

Esto es demasiado. —Stacey, ¿estás tratando de decirme que tu gente se está dando por vencida?

—Lo que te estoy diciendo es que son realistas. Tienen familias qué mantener. Muchos no tienen ahorros, pero sí tienen hipotecas. ¿Cómo los puedo culpar cuando lo único que tienen en mente es encontrar otro empleo?

—Escucha, Alex. Desde que UniCo compró esta compañía hace cuatro años, ¿qué es lo que han visto estas personas que UniCo haya hecho por ellas? ¿Cuánto invirtió UniCo en modernizar esta empresa? Nada. Ni un centavo.

—Y ahora UniCo los va a vender. UniCo se va a ganar una maldita fortuna y a ellos los van a echar a la calle. ¿Quieres dejar de presionar tratando de conseguir lo imposible? Aquí nadie está dispuesto a colaborar.

Esta es una actitud totalmente derrotista. Si Stacey no despierta, sólo me quedará una cosa por hacer: correrla e inmediatamente ocupar su lugar. Tengo que convencerla de que sea sensata. Espero que me escuche.

Llegamos al hotel. Volteo hacia Stacey y espero a que me mire.

—No, Stacey, estás equivocada. Totalmente equivocada. Estás arrebatándole a esta gente la última oportunidad que tienen. Y sí hay una oportunidad real. Podemos dar un giro. Podemos asegurarle a estas personas un empleo bueno en una empresa próspera, en *Vapor a Presión*. Pero no con la actitud que has adoptado. No declarando la derrota antes de que haya comenzado la batalla.

—Tú eres la directora de esta compañía. Es tu responsabilidad asegurarte de que continúe sobreviviendo y prosperando. ¿Y qué estás haciendo? ¿Decidiendo *a priori*, de antemano, que no hay posibilidades? ¿Cómo puedes hacerlo?

—¿Qué importa si allá arriba quieren venderte por una bicoca? ¿Quiere eso decir que no hay modo de revertir la decisión? Por supuesto que en base al desempeño actual no hay modo. Pero ¿en manos de quién está cambiar este pésimo desempeño? ¿Y quién dijo que no tenemos tiempo suficiente? Si planeamos nuestras acciones con cuidado, si entregamos los resultados intermedios correctos, podemos tener todo el tiempo del mundo.

—Podrás culpar al Consejo Directivo, podrás culparme a mí si quieres, podrás culpar a las condiciones del mercado e incluso a tu gente. Pero a fin de cuentas, Stacey, todo depende de ti. Puedes decidir que puedes, o puedes decidir que no puedes. En cualquiera de los dos casos tendrás razón.

—Te veo mañana en la mañana. Vente, Don. ¡Vámonos!

28

Al llegar a recepción, nos dicen a Don y a mí que vayamos a la sala de juntas principal. Ahí están esperándonos todos. Stacey ha abarrotado la sala. No sólo con todo el personal de ventas, sino que se encuentran ahí también los supervisores de producción y hasta los representantes del sindicato. Tuvieron que poner sillas adicionales y colocarlas junto a la pared.

Al dirigirme a ocupar mi lugar en la cabecera de la larga mesa, saludo de mano a la gente que conozco. Están muy formales, pero no hay hostilidad abierta. Don se acomoda en la parte de atrás, cerca de la puerta. ¡Qué listo!

—Buenos días,—dice Stacey un poco más alto que el murmullo de las voces que conversan.

—Buenos días,—lo intenta de nuevo. Pasan unos instantes antes de que se haga silencio.

—Se encuentra con nosotros Alex Rogo, nuestro Vicepresidente Ejecutivo, —dice para presentarme. —Ha venido aquí porque cree en el futuro de *Vapor a Presión*. Cree que está en nuestras manos el evitar que desmantelen nuestra empresa. Ayer, Alex estuvo con dos de los miembros del Consejo Directivo del más alto nivel para comprarnos tiempo. Los convenció de que aún hay posibilidades y logró detener, por el momento, las negociaciones sobre la venta de nuestra compañía.

Algunos aplausos aislados.

¿Me irá a respaldar Stacey? ¿Va a tomar la estafeta? Si no lo hace, vamos a tener otro descalabro serio. Un descalabro que no podemos soportar. Esta mañana, muy temprano, decidí jugármela con ella. Puede hacerlo, de eso no tengo duda. La cuestión es si querrá.

—Escuchemos lo que Alex tiene que decirnos. —Stacey se sienta. Me toca ponerme de pie.

Los miro. Se ven confundidos, desconcertados o derrotados. Tengo que comenzar por plantearles el panorama general. Pero tengo que tener cuidado de presentarles las cosas como son. Una arenga, sería devastadora. También sé bien que debo despertar en ellos el deseo de actuar. ¿Pero cómo?

—Vengo de las oficinas generales,—comienzo. —Para mí, los números hablan, especialmente los números verdes. Todas las compañías del sector empresas diversas han mejorado sustancialmente en el año pasado, pero ninguna anda bien. Han mejorado de tener pérdidas fuertes a más o menos salir a mano, pero lo que estamos buscando son utilidades.

—UniCo necesita dinero. UniCo lo necesita con urgencia. Ninguna de nuestras tres compañías está aportando gran cosa de dinero que sea digna de mencionar. No es de extrañar que el Consejo Directivo haya decidido vender el sector empresas diversas. Negocio que no deja, dejarlo. Así son los negocios. Simple y llanamente así son los negocios.

—Hace como tres meses, el Consejo decidió que se iban a eliminar las tres compañías. Todas estaban bajo la amenaza, de una manera u otra, de ser destruidas. No hay modo de que podamos revertir la decisión del Consejo. Hay sólo una ruta abierta, mejorar el desempeño rápido. Mejorar el desempeño al grado de que ningún nuevo propietario quiera meterse con la forma en que se está manejando la compañía.

—Para eso, necesitamos incrementar las utilidades. No por un diez por ciento. No por un cien. No por quinientos. Cada compañía tiene que incrementar sus pésimas utilidades hasta lograr cifras verdaderamente asombrosas.

—Es imposible hacer esto recortando los costos. Es imposible hacerlo trabajando más duro. Probablemente piensen que sea imposible y punto.

Por fin empieza a haber respuesta. Desafortunadamente están de acuerdo con mi última afirmación.

—El único modo de lograrlo es encontrando nuevos enfoques inteligentes para incrementar las ventas.

No necesito ser super experto para leer su lenguaje corporal. Si había alguna esperanza en ellos, se empieza a disipar.

—Escúchenme, —demando. —Una de sus compañías hermanas ya lo ha logrado. Hace dos meses su pronóstico de utilidad para el año era de novecientos mil dólares. Ahora es claro que van a lograr utilidades por más de diez millones. No. UniCo no les dio ni un cinco para invertir. No, su mercado no mejoró. Lo hicieron ellos mismos. Construyeron un nuevo enfoque de mercado, no convencional.

Me detengo para que digieran lo que acabo de decir, y continúo:
—*Cosméticos I* estaba en un punto de partida mucho peor que ustedes. El año pasado perdieron casi un millón de dólares. Este año su pronóstico era salir al menos, "tablas". Ahora ellos, también, han encontrado un

avance en mercadotecnia. Todos están seguros de que van a generar más de treinta millones de dólares en utilidad neta. Se pueden ustedes imaginar que nadie en el resto del sector empresas diversas tiene miedo de quedarse sin empleo. Se sienten seguros.

—Ahora les ha llegado el turno a ustedes. Deben encontrar un enfoque de avanzada para la mercadotecnia en su industria. Deben pensar de modo no convencional.

Me miran con cara de interrogación. Puedo sentir el frente frío.

No es de extrañar. Están derrotados. Los discursos y las referencias no van a lograr diferencia alguna. Están más allá de esa etapa.

Necesitan ver una salida clara y tangible. Necesitan ver su solución de mercadotecnia, y deben de creer que está dentro de sus posibilidades implementarla. De lo contrario, no moverán ni un dedo.

—¿Qué les está impidiendo conseguir más ventas? —pregunto. Nadie aporta una respuesta. Lo intento de nuevo.

—¿Cuáles son las principales quejas de sus clientes? —Esto empieza a ponerse embarazoso.

—¿Qué cosas les exigen sus prospectos? —Yo no me doy por vencido. —¿Que exigen para colocar un pedido con ustedes?

—Precios más baratos, —suena la respuesta de varios sitios. Están empezando a disfrutar de mi incomodidad. Les encanta poner en su lugar al gran jefe del corporativo que no entiende nada de su mundo real.

Ni siquiera les puedo sacar los **EIDEs** de su mercado. Tendré que recurrir a otra táctica. Gozan, de alguna distorsionada manera, con demostrarme que no hay salida. Bueno, tal vez sirva de algo construir su **nube**. ¿Podré usarla para sacar una solución? Ya parece, pero, bueno, ¿qué tengo que perder?

—Precios más baratos, ya veo. ¿Y que sucederá si bajan los precios? —Empiezo a trabajar su **nube**.

—Nada, —esponde secamente Joe, el Vicepresidente de Ventas.

—¿Por qué? —le pregunto.

—Porque los competidores igualarán nuestros precios al instante.

—Ah, entonces, sí sucede algo: bajan nuestras utilidades. —Ni siquiera se molestan en sonreír.

Enciendo el retroproyector, y digo: —El objetivo es "incrementar las ventas". Para poder "incrementar las ventas", deben "responder a las necesidades del prospecto". Lo que significa que deben "reducir los precios".

—Por otro lado, para poder "incrementar las ventas", deben "emprender acciones que sus competidores no puedan copiar inmediatamente", lo que definitivamente significa "no reducir los precios".

Veo la imagen proyectada sobre la pantalla por un momento, dándoles oportunidad de comprenderlo bien, antes de dirigirme de nuevo a ellos. —¿Es esto cierto? —pregunto.

—Sí, —responde Joe en un susurro.

—Estoy preguntándole a todos los vendedores aquí presentes, ¿es éste su conflicto?

—Sí, —responden todos.

—Difícil problema, —admito. —Un problema bien difícil. ¿Joe, quieres pasar a ayudarme?

Se pone de pie renuentemente. —¿Ayudarte a qué?

—Ayudarme a ver si hay forma de salir de este cajón.

Tuerce la boca con incredulidad, pero pasa al frente.

—Joe, ¿qué parte de esta **nube** es la que te molesta más? —le pregunto.

Se toma un momento para examinar la **nube** antes de responder, —No tengo "bronca" con la parte de abajo... y me gusta darle gusto a los clientes. Lo que definitivamente no me gusta es bajar los precios.

—¿Están todos de acuerdo con Joe? —Quiero estar seguro de que todos están al tanto de lo que hacemos.

Algunos dicen que sí. Otros asienten con la cabeza.

—Bien,—digo, acusando recibo de su respuesta. —Saquemos los supuestos ocultos. Para poder "responder a las necesidades de los prospectos" debemos "reducir los precios" porque... anda, Joe, ¿por qué...?

—Porque eso es lo que piden, —dice Joe para terminar la oración.

Qué respuesta. —Joe, no evadas el asunto. Trata de pensar en las necesidades del prospecto.

No le gusta mi comentario. Se supone que los vendedores siempre se relacionan con las necesidades de sus prospectos. Un mito.

—Lo que necesitan son precios más bajos, –dice con voz formal.

—¿Por qué? —Me hago como ejecutivo de torre de marfil.

—Porque casi todos nuestros clientes están bajo presión financiera de su corporativo. Son compañías industriales. Son como nosotros. Siempre bajo presión del corporativo por mejorar sus indicadores financieros.

Todavía tiene energía para luchar contra mí. Eso es bueno.

—Ahora estamos llegando a alguna parte, —actúo como si no hubiera notado su cínico comentario y convierto sus palabras en un supuesto claramente verbalizado: —Para poder "responder a las necesidades del prospecto", necesitamos "reducir los precios", porque "la única forma de responder a las presiones financieras del prospecto es reducir el precio". ¿Es eso lo que dijiste?

—Lo que nuestros clientes desean es que les reduzcamos los precios, —se repite a sí mismo. —Eso es seguro. Pero si les hacemos caso, van a tratar de colocar todo su peso financiero sobre nosotros. ¿Tú sabías que algunos de nuestros clientes quieren que les dejemos las refacciones a consignación? ¿Te imaginas con qué cara? —Parece que Joe está molesto con el tema entero.

No está cooperando, pero veo la forma de usar lo que él ha dicho. Tal vez no sea justo, pero tenemos que avanzar. Miro a Joe, luego veo la **nube**, y luego me vuelvo hacia el grupo. —Así que Joe no considera que nuestro supuesto es válido. La reducción de precios no es la única forma en que podemos responder a las presiones financieras de los clientes. Por ejemplo, como Joe dijo, podemos responder a sus presiones financieras, dándoles las refacciones a consignación.

Joe está demasiado asombrado para hablar.

Phil, el gerente de ventas para la costa este, no puede soportarlo más. —Pero, Señor, ¿cuál es la diferencia? ¿No es la consignación otra forma de reducir los precios? —Si no fuera por mi puesto, habría sido mucho más áspero. Definitivamente.

—Phil, —respondo pacientemente, —hay una enorme diferencia entre reducir los precios y darles las refacciones a consignación.

—Yo no la veo, —dice Joe, regresando al campo de batalla.

—Permítanme demostrarlo con un ejemplo. Supongamos que un cliente tiene cien mil dólares en refacciones, y en promedio usa como diez mil al mes. —Lo anoto en un acetato. —Un cliente de tamaño mediano típico. ¿Cuál va a ser el impacto financiero sobre el cliente, si le reducimos el precio de las refacciones, digamos un diez por ciento?

—Sería un desastre, —dice Phil, sin poder contenerse. —Perderíamos ingresos y no creo que incrementaríamos nuestra venta de refacciones ni por una unidad. ¿Realmente vamos a hacer eso?

—Sólo vamos a hacer las cosas que tengan buen sentido de negocios, —le aseguro. —En esta etapa sólo estamos tratando de responder tu pregunta, ¿cuál es la diferencia entre reducir el precio y dar a consignación? Dijiste que no había diferencia. Yo digo que sí la hay. ¿Lo averiguamos?

Nadie está contento. Oigo murmuraciones del tipo de: "Discusión bizantina", "No deberíamos perder el tiempo con eso", "Déjenlo continuar".

Hago caso omiso, señalo al ejemplo numérico y le repito mi pregunta a Joe: —¿Cuál será el impacto sobre las finanzas del cliente?

· —Si reducimos el precio de nuestras refacciones en diez por ciento, entonces nosotros recibiremos cien mil dólares menos por mes. Eso es todo. No me parece que sea una solución de negocios sensata. —Joe insiste en no verlo desde la óptica del cliente.

Mientras no logre que vean su oferta desde la perspectiva del mercado, no tenemos la mínima oportunidad de desarrollar algo significativo.

—En otras palabras, —interpreto la respuesta, —el cliente tendrá un impacto positivo directo de cien mil dólares por mes sobre su utilidad y lo mismo sucederá con su efectivo. Ahora, supongamos que en lugar de esto, le damos las refacciones a consignación. ¿Cuál será el impacto financiero? Sobre el cliente, no sobre nosotros.

Joe no responde.

Phil dice: —Para conocer el impacto sobre las finanzas del cliente le tendríamos que preguntar a su contralor.

Ignorándolo continúo hablando con Joe. —Joe, si cambiáramos a consignación, ¿qué sucedería? El primer mes, el cliente tomaría de su inventario el equivalente a diez mil dólares. Se lo reabastecemos, pero a consignación. El resultado es que el cliente habrá mejorado su situación de efectivo por diez mil dólares y reducido el inventario en sus libros por la misma cantidad. Esto significa que nuestra oferta sería muy atractiva para él, mucho más que darle un diez por ciento de descuento.

—Ahora, el mes siguiente, el cliente...

Joe, ya no lo soporta. —Sí, nuestra oferta le es muy atractiva. Y con razón, su efectivo mejora por diez mil dólares, nuestro efectivo sufre por la misma cantidad. Sus inventarios se reducen por diez mil dólares, los nuestros se incrementan por la misma cantidad.

—Incorrecto. ¿Steve?

Steve, el contralor *Vapor a Presión*, responde, justo como yo lo esperaba. —Nuestro inventario sólo se incrementará por dos mil quinientos dólares. Ese es nuestro valor en libros. No llevamos los inventarios en libros a valor de venta.

—¿Y qué? —Joe está muy alterado. —Discúlpame, pero si van a seguir así, por qué no mejor darle al cliente el equipo original a consignación también.

—Qué idea tan interesante,—digo con calma. —Eso le resolvería el problema de tener que contar con un presupuesto para inversiones. A su corporativo le encantaría. Y si tu prospecto pertenece a una empresa como la nuestra, tendrás una oferta verdaderamente atractiva, puesto que no le demanda efectivo de inmediato.

—¡¿Estás bromeando?!

—No, no estoy bromeando, —contesto secamente. —Sólo estoy examinando qué le puede ser atractivo a nuestros prospectos.

Esto hace que Joe pierda el control. —¡Atractivo! ¡Yo te puedo decir muchas cosas que le son atractivas a nuestros clientes! El problema es que ninguna de ellas tiene sentido alguno para nosotros.

—Dame un ejemplo.

—Si quieres algo realmente atractivo, —replica Joe sin perder un segundo, —dale todo al cliente. Lo mejor sería que nosotros fuéramos dueños y manejáramos las necesidades de vapor a presión por él. Esto es ridículo.

Me le quedo mirando fijamente. Por un largo rato. He aquí la respuesta. Tan sencilla. ¿Podrá ser?

Comienza a doblarse ante mi mirada.

Repentinamente, Stacey toma la palabra. —Joe, repite lo que acabas de decir. Exactamente, palabra por palabra.

—Si quieres ser atractivo para los clientes, vamos a manejarles nosotros sus necesidades de vapor a presión, —dice enojado y con desesperación.

—¿Por qué no? —Stacey se pone de pie. —¿Qué tal si nosotros fuéramos los dueños del equipo, las refacciones, la gente de mantenimiento, —de todo...? Nosotros nos encargamos de todo lo que el cliente necesite en cuanto hace a presión de vapor. Le podríamos vender vapor a presión. No equipo, no refacciones, sino vapor a presión.

—Ah, y no te preocupes, no se lo vamos a regalar. Se lo cobramos bien.

—¿Pero cómo se lo cobramos? —escupe Joe.

—No sé, tal vez por kilocalorías o BTUs.

-No bastará con eso, —dice. —Tendremos que tomar en cuenta la distancia a la caldera. Las tuberías, válvulas, todo lo que forma parte importante del sistema.

Vaya, vaya, vaya... Se acaba de meter a mi trampa.

—Tal vez podríamos cobrar el BTU por metros... —piensa alguien en voz alta.

—Estoy segura de que lo podremos resolver, —dice Stacey. —Eso no será el problema. —Volviéndose hacia todos les pregunta: —¿Cómo lo ven? Dejamos de vender fierros y le vendemos al cliente lo que realmente desea, cuando lo desee, en las cantidades que desee. ¿Qué les parece el concepto?

Nadie se apresura a responder. Algunos asienten con la cabeza, aunque con escepticismo. Algunos miran al techo o se miran unos a otros. Pero no hay ni una reacción negativa. Simplemente lo están rumiando. Tomo asiento.

Phil es el primero en hablar y dice sólo una palabra:

—"Xerox".

—Sí, "Xerox", —repite Stacey. —Nuestras grandes máquinas copiadoras... No las compramos... No somos dueños de ellas. Nosotros no les damos el mantenimiento. Las más grandes ni siquiera las operamos nosotros. Todo lo hace "Xerox"... y nosotros les pagamos. Les pagamos una cuota fija mensual más una pequeña cantidad por cada copia. No nos vendieron copiadoras, nos están vendiendo copias de lo que deseamos copiar. Joe, ¿qué te parece?

—No va a funcionar. La mayoría de nuestro ingreso y todas nuestras utilidades salen de la venta de refacciones. Si se las damos a consignación nos vamos a morir de hambre.

—¿Quién habló de consignación? —Stacey responde con sorpresa. —De lo que estoy hablando es de darle esta nueva oferta a clientes nuevos. A empresas que estén construyendo plantas nuevas o ampliando sus instalaciones existentes.

—Ah, bueno. Eso es otra cosa, —dice Joe, más relajado.

—¿Y bien? ¿Cómo la ves?

—No lo sé, —contesta Joe. Está mucho menos agresivo ahora. —Podría funcionar. No hay gran cosa que perder. En todo caso, para poder penetrar, de hecho ya vendemos las instalaciones originales a sólo el costo de la materia prima.

Stacey continúa consultándolo. —¿Crees que si lo ofreciéramos por una cuota mensual fija más un cargo de acuerdo con el uso, podríamos traernos esas cuentas?

—Depende de los precios. Pero si el precio está bien, las conseguimos. La verdadera cuestión es a qué precio está nuestro punto de equilibrio.

—Nuestro punto de equilibrio dependerá de cuánto nos cueste, —responde Stacey. —Una carga importante son las refacciones. Si implementamos el nuevo sistema de distribución podremos hacer llegar cualquier refacción en cuestión de horas. Esto significará que tendremos que tener un inventario más reducido de refacciones con el cliente, lo cual reducirá sustancialmente nuestros costos.

—Hasta cierto punto, —conviene Joe a regañadientes.

—También creo, —continúa Stacey, —que podemos mantener su sistema por una fracción del costo de mantenimiento que gastan ellos.

—Eso es seguro, —interviene Phil. —Ellos no saben cómo darle mantenimiento a nuestro equipo. Yo me atrevería a decir que lo que ellos llaman mantenimiento, a veces, debería de llamarse "sabotaje".

—Lo que significa que nosotros podemos mantener su sistema por una fracción de lo que les cuesta a ellos. Joe, les podemos dar un buen precio. Un precio de lo más atractivo.

—Tendremos que hacer los cálculos. —Joe sigue escéptico.

—No necesitamos hacer ningún cálculo para conocer la respuesta. Mira Joe, tenemos una enorme capacidad ociosa, —Stacey le recuerda lo obvio. —Si crees que con esta oferta podemos conquistar el nuevo mercado, cualquier precio razonable nos garantizará muchas utilidades. ¿No lo ves?

—Si es bueno, los competidores nos lo copiarán inmediatamente. ¿De qué sirve? —Parece clavar las pezuñas en la tierra para no moverse. Ni más ni menos, una mula.

—Podemos asegurarnos de que no suceda,—dice Phil. —Si podemos tener todas las refacciones en unas cuantas horas, podremos dar una garantía de altísima confiabilidad. Ofrezcamos pagar multas por cada tiempo muerto que dure más de, digamos, veinticuatro horas.

—¿Sanciones, multas? ¿Por qué sanciones? —Joe se pone en guardia de inmediato.

—Porque de ese modo nos aseguramos de que los competidores no nos copien inmediatamente, —replica Stacey.

—Y si lo intentan, se darán "en la torre" solos, —termina Phil.

Joe no responde. Muchos están sonriendo. Apenas ahora me percato de lo mal que les cae. Pensándolo bien, a mí tampoco me agrada el tipo.

Stacey, de frente al grupo, sugiere: —¿Les parece que examinemos, seriamente, hasta qué grado le será atractiva esta oferta a los prospectos?

Comienzan a discutirlo. Más y más gente se enfrasca en el debate.

Antes de que pase mucho tiempo, Stacey toma una transparencia de acetato en blanco y escribe en la parte inferior, "Ofrecemos presión de vapor donde, cuando y en la cantidad que se necesite." Lentamente, empieza a surgir el **Arbol de Realidad Futura**. Cada vez que logran vencer una reserva más, se le agregan unas cuantas entidades más al **Arbol**.

Después de dos horas acaloradas, han quedado terminadas tres páginas. Ya están del otro lado. Ahora nadie está en contra de la solución, la están puliendo. Asegurándose de que esté bien.

Su **Arbol de Realidad Futura** muestra claramente lo grande y diverso de los beneficios. Beneficios tanto para ellos como para sus clientes. Es impresionante.

Los detalles en su caso son muy complicados, pero el concepto se puede explicar de manera sencilla. La oferta que están examinando ahora, con relación a cómo hacían negocio hasta ahora, es como la diferencia entre comprar un carro y arrendarlo.

Ustedes saben, hay razones fiscales que hacen que los arrendamientos de automóviles sean bastante populares. Pero esa es sólo una fracción pequeñita de la historia en el caso de ellos.

Para percatarse de la magnitud del asunto, imagínense ustedes que actualmente no sólo tuvieran que comprar un auto, sino que además tuvieran que comprar un taller entero para darle mantenimiento, un inventario de refacciones y una gasolinera, todo al mismo tiempo.

Lo que están ofreciendo es darles el carro que quieran, y cobrarles de acuerdo con el kilometraje recorrido, conforme lo vayan recorriendo. El precio es muy justo. En total, considerando el gasto de la gente de mantenimiento y los costos de llevar inventarios, es barato.

Ahora imagínense que tengan que tener un carro pero que se les mida en base al retorno sobre la inversión. La diferencia entre las dos ofertas es como la diferencia entre la noche y el día.

Conocedor de cómo piensan los corporativos sobre estas cosas, estoy bastante convencido de que si *Vapor a Presión* lo plantea bien, se van a ganar prácticamente cada licitación que hagan en las instalaciones nuevas. Considerando el hecho de que tienen mucha capacidad sobrada, por fuerza ganarán utilidades jugosas. ¿Cuánto? Tendré que esperar una semana o dos para recibir su plan detallado.

Están a punto de interrumpir para la comida cuando Phil dice: —¿Por qué ofrecérselo sólo a las instalaciones nuevas? ¿Por qué no ofrecérselo también a los clientes existentes de nuestros competidores? Con esta oferta nos los podríamos "comer vivos", y no podrán hacer nada al respecto.

Este último comentario hace que aquello se vuelva un verdadero manicomio. Todo mundo habla a la vez. Hay muchas **ramas negativas** que tendrán que resolver. Muchas.

Decido marcharme. Mi presencia ya no contribuye nada... a lo mejor es hasta contraproducente. Stacey está firmemente en control y orientada a la acción. Nadie piensa ya que no haya modo de incrementar las ventas. Al contrario, están tirándole a la yugular... sí, la yugular de los competidores.

Don decide quedarse. A Stacey no le molesta, al contrario, le da gusto que se quede.

29

Seis meses después, en mi oficina. Estamos sentados, esperando.

—¿Cuánto se tardan, pues? —pregunta Bob por enésima vez.

—¿Más café?

Hace caso omiso. —¡Entre malditos abogados te veas! Caray, ¿pues qué tanto hacen ahí adentro? ¿Se la pasan sacándole punta a sus lápices, o qué? ¿Cuánto tiempo necesitan para insertar unos cuantos cambios diminutos?

Estamos esperando que los abogados incluyan los cambios de última hora que acordamos. Luego, Granby y Nelson van a firmar y *Cosméticos I* dejará de ser parte de UniCo.

Bob se pone de pie y empieza a caminar de un lado para otro como león enjaulado. —Además, sigo pensando que la vendimos por muy poco.

—Bob, déjalo ya. Doscientos setenta millones de dólares es un precio justo. Además, ¿a ti qué? Dentro de una hora, más o menos, tú vas a ser de ellos. Vas a cambiar de aparador. ¿No te arrepientes de algo de última hora?

—En realidad no. —Se vuelve a sentar. —Tú sabes que no batallé para nada con esto, especialmente después de haber hablado con Pete.

—Sí, —me río, —está feliz, como niño con juguete nuevo.

—¿Y por qué no habría de estarlo? Está creciendo como si el mañana no existiera.

—Yo creo que lo que realmente cuenta para él es que ahora podrá enseñar a la gente cómo se hacen bien las cosas. Ya sabes cómo le encanta enseñar a Pete. Según oí, planean rotar a todos los gerentes por su compañía. ¡Hasta el contralor corporativo tendrá que pasarse dos semanas ahí! ¿Puedes imaginarte lo que hará Pete con él?

La carcajada de Bob llena toda mi oficina.

—A propósito, Alex, nunca me dijiste cómo le hiciste para hacer el milagro. Eso de obtener ciento setenta y ocho millones de dólares por ese guijarro.

—No creo que quieras que Pete te escuche llamando a su adorada compañía "guijarro".

—Si me oye, soy hombre muerto. Pero, Alex, con el debido respeto, es una compañía pequeña. ¿Cuánto estaban ganando? Seguramente menos de setenta millones al año. Lograste conseguir más del doble de sus ventas anuales.

—También estaban sacando catorce millones de utilidad al año. Pero la verdadera respuesta es que lo obtuvimos del mismo modo en que vamos a obtener un precio justo por tu compañía. No sólo vendimos una empresa; vendimos un concepto valioso. La compañía y su administración son instrumentos esenciales para la implementación de ese concepto.

—Ya veo, —se calma. —Todavía podría aprenderte mucho. ¿No estaré cometiendo un error al abandonar UniCo?

—¿Estás loco? ¿Tú crees que podrías obtener una oportunidad así aquí?

—No, Alex, sólo bromeaba. ¿Quién podría pedir una mejor oportunidad? No sólo me quedo con *Cosméticos I* bajo mi control directo, sino que, encima de eso, voy a manejar todo el grupo de suministro a farmacias. ¡La idea de tu hijo funcionó a las mil maravillas! ¡Qué trabajo! ¡Cinco empresas! ¡Nueve empresas! ¡Más de doscientos representantes de ventas! ¡Un presupuesto cuantioso! Tarde se me hace para comenzar... ¿Qué pasa, pues, con estos malditos abogados?

Comienza la retahíla de nuevo.

Le pido a Fran que traiga té. Creo que ya no necesitamos más café.

—A propósito, Alex, —pregunta Bob, —¿Qué vas a hacer una vez que se haya vendido la empresa de Stacey? ¿Tienes algún proyecto en ciernes?

—A lo mejor me das trabajo tú, —bromeo. —Tengo algunas ideas, pero nada en concreto todavía. Pero tú no te preocupes, ya me las arreglaré.

—Estoy seguro. Cualquier compañía te pescaría con las dos manos y no te soltaría. Con todos tus logros y contactos, no me preocupas para nada. Nada más me preguntaba si ya habrías decidido algo.

Francamente, me estoy empezando a sentir incómodo. Tuve un poco de tiempo para echar un vistazo y no hay muchos empleos que yo quisiera tener; ya no se diga conseguir. Pero hay más tiempo que vida.

Bueno, eso espero.

—Sabes, Alex... —interrumpe mis pensamientos, —si hay alguna cosa que no me gusta de mi nuevo empleo es que no te tendré ahí para recurrir a ti. No, no me detengas. He querido decirte esto desde hace mucho tiempo, sólo que de alguna manera no me parecía correcto hacerlo. Ahora, es claro que no tengo necesidad de andar "haciéndote la barba"...

—Todavía me la necesitas hacer. El contrato no está firmado aún.

—¿Te quieres callar? ¿Por favor? De por sí, esto no es fácil de decir para mí. No necesito tus bromas encima de eso.

—Entonces no digas nada. No hay necesidad. Lo entiendo.

Se queda en silencio por unos minutos. —No. Esto debe de decirse. Alex, tengo seis años más que tú. He llegado adonde estoy gracias a mi esfuerzo. Nadie me lo dio gratis. Tú, especialmente, no me regalaste nada. Me has hecho sudar como no me había hecho sudar otro jefe. Pero en los últimos ocho años me he acostumbrado a verte como mi padre. No te rías. Estoy hablando en serio.

—Sabía que me estabas observando y cuidando. No como la gallina que cuida a sus pollitos cuando no lo necesitan, sino todo lo contrario. Me permitiste crecer, equivocarme... pero estabas ahí, listo para guiarme cuando necesitara que me marcaras el rumbo.

—Sabía que, sin importar lo que pasara, ahí estarías tú, asegurándote de que encontrara el modo de volver a encarrilar las cosas. No te imaginas lo bien que se siente saber esto, tener esa seguridad. Gracias, Alex.

—*Okey*, ya lo dije. Por favor no me respondas nada.

¿Qué le puedo contestar?

Una vez terminada la ceremonia de firma, Granby me hace señas para que me quede. La gente abandona la sala de consejo de a uno por uno, o en grupos pequeños. Todo mundo sale de buen humor. Es un trato de **ganar-ganar** verdaderamente.

Finalmente, sólo quedamos Granby, Trumann, Doughty y yo. Nada más nosotros cuatro en este gran lujoso salón. Nos sentamos en un rincón. Todos trabajamos muy duro para este arreglo, es como si quisiéramos que el momento durara un poco más.

—Felicidades, Alex, —dice Granby. —Quería darte las gracias personalmente. Convertiste un chasco en una verdadera victoria. Será más fácil para mí jubilarme ahora, sabiendo que dejo tras de mí una empresa sólida. Gracias de nuevo.

—Oye, oye, —dicen ellos.

Después de un rato, Granby lanza como si nada una pregunta.

—¿Cómo va *Vapor a Presión*? ¿Cuándo podremos darle para adelante a ese trato?

—Es demasiado temprano para decirlo, —respondo. —Van bien, pero hasta que no entendamos el impacto completo, será muy difícil armar una propuesta razonable.

Ellos no parecen preocuparse. —¿Puedes abundar un poco? —pide Brandon.

—Todo va conforme a lo planeado, sin sorpresas. Ya han conseguido cuatro cuentas importantes, y sus propuestas están siendo consideradas seriamente por otra docena de compañías, más o menos.

—El problema ahora es más controlar el proceso que otra cosa. Se trata de balancear finamente entre conseguir más cuentas y asegurarse de que no surjan cuellos de botella.

—Me imagino que todos los que usan vapor a presión están observando esas nuevas cuentas como halcones, —comenta Granby.

—Más o menos, —concuerdo. —Por eso es tan crucial moverse con prudencia. Cualquier tropiezo serio y los competidores lo exagerarán fuera de toda proporción. Ya no se están riendo de nuestro enfoque. Están empezando a tenernos pánico.

—Y con razón, —dice Brandon. —Sigo sin entender cómo lo lograron. Sí, revisamos todos tus árboles. Cuarenta y siete **ramas negativas**. Más de cien obstáculos. Jamás había visto una planeación tan meticulosa.

—¿Qué querías? No teníamos tiempo para cometer errores. ¡Así que tuvimos que dedicarle más tiempo a la planeación! —bromeo. —Sí, estoy de acuerdo. Stacey y su gente han realizado un trabajo extraordinario.

—Yo admiro particularmente cómo calendarizaron la reducción en su inventario regional de refacciones con el incremento de equipo que tuvieron que poner en las instalaciones de los clientes nuevos. No necesitaron ni un centavo de UniCo. Fue una obra maestra de sincronización.

—Lo que me impresiona más, —comenta Granby, —es cómo crearon su fuerza de mantenimiento de campo. Contrataron a la mejor gente de mantenimiento de sus clientes como parte del trato, fue genial. Le resolvió una gran cantidad de problemas a todo mundo, de un solo golpe. ¡Qué genial!

Sonrío. Como habíamos congelado las contrataciones de personal, tuve que luchar con Granby hasta el cansancio, precisamente con relación a este punto. Probablemente él ya no lo recuerde ahora.

—Así que ¿cuándo crees que podamos reanudar las negociaciones? —pregunta Jim.

—No lo sé. Es un poco pronto para saberlo. En un momento dado tendremos que tomar una decisión, pero no ahora, eso es seguro.

—Pienso que dentro de unos dos meses tendremos una idea bastante clara de la participación de mercado que podremos capturar, —especula Brandon. —¿Entonces, tal vez?

Granby voltea a verme, —Ah, ¿sí?

—Brandon tiene razón. Para entonces Stacey habrá agotado toda su capacidad disponible. El progreso dependerá de la velocidad a la que pueda entrenar más ingenieros. Quizá tendremos que "pirateárselos" a la competencia, pero aun entonces, necesitarán tiempo para ajustarse a la forma en que operamos. Sí, yo creo que unos dos meses podrían bastar.

—¿Así que dos meses, entonces? —Granby no suena muy contento.

—¿Hay algún problema? —pregunta Brandon cortésmente.

—En realidad no. Sólo que quería tener un poco de tiempo para limpiar mi escritorio. Me jubilo en tres meses y quería dedicar mi último mes a visitar todas nuestras instalaciones. Brandon y Jim, ya sé que es demasiado, ustedes ya han hecho más de lo que les corresponde, pero ¿podría pedirles que manejaran este asunto también?

—Tengo una idea mejor, —dice Brandon. —Alex es el que realmente encabezó los últimos dos casos. El fue el que sacó el concepto de lo que estamos vendiendo. El decidió cuáles de los prospectos eran los mejores para ponernos en contacto con ellos. Sus presentaciones fueron lo que realmente lo hicieron posible. Y, seamos francos, él fue casi casi quien dictó el precio de venta, primero a nosotros y luego al otro lado. ¿No te parece, Jim?

—Los hechos son los hechos, —dice.

—Nosotros ayudaremos, por supuesto. Pero Alex es quien debe encabezar el asunto formalmente. ¿No lo crees así, Alex?

—No, no lo creo.

—Anda, déjate de falsas modestias. No te queda, —me dice Jim sonriendo.

—No tiene nada que ver con la modestia. Yo creo que yo no debo de encabezar la negociación porque yo no creo que deba haber negociación.

—Una típica bomba Alex, —dice Brandon con un suspiro. —*Okey*, ¿qué quieres decir esta vez?

—Es como aquel chiste de Napoleón y las campanas, —respondo, sabiendo que es el mejor modo de comprobar mi punto. Sin darles oportunidad de oponerse, prosigo: —Una vez, Napoleón llegó a una pequeña aldea y no le tocaron las campanas al llegar. Furioso, llamó al principal de la aldea y le exigió una explicación. 'Tuvimos tres razones, dice para disculparse el atemorizado hombre. Primero, porque no sabíamos que venía Su Alteza. Segundo, porque el campanero está enfermo, y tercero porque no tenemos campanas.

—Buen chiste,—dice Jim, divertido. —Pero, ¿por qué nos lo cuentas?

—No debemos iniciar las negociaciones para vender *Vapor a Presión* por tres razones: primero porque ya no hay razón para venderla; segundo porque ya no hay buenos prospectos a quién venderle y; tercero, porque la necesitamos nosotros.

—Alex, explícate, por favor.

—¿Cuál fue la razón original por la que se iba a vender el sector de empresas diversas en primer lugar? Fue la necesidad de mejorar la imagen crediticia de UniCo. ¿Y cuánto esperábamos obtener con la venta de las tres empresas? Menos de ciento cincuenta millones de dólares. ¿Y cuánto llevamos hasta ahora? Con el trato de hoy, son cuatrocientos treinta y ocho millones. ¿Qué más quieren? Nuestra reputación crediticia está muy bien y, admítanlo, todavía no sabemos qué vamos a hacer con el dinero que ya conseguimos. ¿O sí?

No me molesto en esperar a que me contesten.

—La segunda razón es que el mejor trato que podríamos conseguir sería con los competidores de *Vapor a Presión*. ¿Pero cuánto dinero es eso? Sencillamente, ellos no pueden juntar tanto, independientemente de lo que hagan. Vendérsela a alguien más sería un desperdicio.

—Lo que me conduce a la tercera razón. UniCo, como un todo, es una empresa bastante mediocre. Discúlpeme, señor, pero ¿cuál de las compañías de UniCo es la mejor de su industria? ¿Cuál se encuentra entre las primeras diez de su industria? Ninguna. Necesitamos un modelo interno. Necesitamos un catalizador, una compañía que sea escuela de cambio. La compañía de Pete no era la adecuada; UniCo no trabaja con nada que remotamente se le parezca a la industria de los impresos. La compañía de Bob no era idónea por la misma razón. Pero miren hasta qué grado la compañía de Stacey es precisamente lo que necesitamos.

—Casi todas las compañías en lo que es nuestro negocio medular trabajan con alguna mezcla de mecánica y electrónica. Casi todas ellas tienen mucho de ingeniería hecha a la medida. De hecho, son talleres muy muy grandes. Aun cuando buscáramos por todos lados un modelo,

Vapor a Presión surge como nuestra mejor opción. Caballeros, necesitamos esa compañía si queremos hacer que UniCo llegue a ser de nuevo la líder que alguna vez fue. Necesitamos a *Vapor a Presión*, y mucho.

Meditan lo que he dicho. Después de pocos minutos, Brandon se vuelve hacia Granby. —La semana que entra le vas a presentar al Consejo un plan de inversiones. ¿Puedes decirnos ahora qué vas a recomendar que se haga con el dinero?

—He decidido no presentar un plan de inversiones,—los sorprendo. —Bill Peach y Hilton Smyth trabajaron muy duro en él, pero, independientemente de lo que me presentaran, nada me gustaba. Nada parecía suficientemente bueno como para comprometer al nuevo Director General a ello. Decidí, dejarle esta jaqueca a mi sucesor.

—Ya veo, —Brandon no parece demasiado sorprendido. Se vuelve hacia mí, —Alex, ¿qué recomendarías como plan de inversión?

Se exactamente qué recomendaría, pero no me toca a mí decirlo.

—Anda, Alex, conociéndote estoy seguro de que has pensado al respecto, anda habla, —me insiste Jim.

—Prefiero no hacerlo.

—Alex, estás entre amigos, somos nosotros. Dinos lo que has pensado, —insiste.

—Mira, Jim, yo no creo que un plan de inversiones se pueda discutir en el aire, aisladamente. Un plan de inversiones debe derivarse de un rumbo estratégico. Entonces, lo que realmente me estás pidiendo es que les dé mi opinión sobre el mejor rumbo estratégico para UniCo. No me hagan comenzar a hablar de eso, porque luego no me paran, además, necesitaría cuando menos una hora.

—Excelente idea, —dice Brandon, —vamos a juntarnos para cenar, los cuatro. Después de todo, tenemos que celebrar.

—Perfecto, —dice Granby. —Estoy totalmente a favor de eso.

Yo no. No tengo ganas de hablar y hablar sobre mi trabajo sin haber pensado sobre cómo desarrollar la estrategia de una compañía. ¿Pero cómo puedo negarme a aceptar esta invitación a cenar?

Menos mal que Julie me convenció de que me preparara para un nuevo empleo. Como no sabía en qué compañía iba a acabar, le di largas al asunto tratando de discurrir cómo debe diseñarse la estrategia de una compañía. Ahora, me será útil. Faltan casi cuatro horas para la cena. Puedo repasar mi **Arbol** y convertirlo en una bonita presentación. Cuatro horas deben ser suficientes para prepararme.

Pero primero, tengo que resolver otro asunto. Todo se va acomodando solo.

Sigo a Granby a su oficina.

—¿Qué pasa, Alex? —me pregunta.

—Creo que ha llegado la hora de hablar de mi siguiente puesto. Ahora que se ha vendido *Cosméticos I* y que parece que no vamos a vender a *Vapor a Presión*, realmente no tengo puesto. Estar estorbándole a Stacey no es muy productivo que digamos.

Antes de que pueda hacer a un lado mis inquietudes con algunas palabras vanas, me apresuro para continuar. Realmente no quiero pasar los siguientes meses "rascándome la barriga".

—He estado pensando bastante. Tengo ideas de cómo incrementar la productividad de nuestras compañías, de todas nuestras compañías. No con pequeñas mejoras graduales, mejoras en pequeños incrementos, sino avances fuertes, en grandes saltos y brincos. Como lo que hicimos en el sector empresas diversas. Yo creo que ya lo hemos perfeccionado tanto que parece ciencia. Te lo voy a mostrar esta noche con lujo de detalles.

—Será interesante, —dice con cortesía.

—Así que lo que sugiero es que se me nombre para un puesto de nueva creación: Vicepresidente Ejecutivo de Planeación Estratégica.

No dice ni una palabra.

—Puedo trabajar fácilmente con Bill Peach. A él le dará gusto darme entrada. Lo que no sé es cómo vaya a reaccionar Hilton Smyth. Pero yo creo que tú te puedes hacer cargo de eso, ¿qué opinas?

—Yo creo que debes esperar. —Pone su mano en mi hombro.

—Alex, lo que estás proponiendo tiene serias ramificaciones para la estructura organizacional de la empresa. Yo no estoy en posición de poder hacer ese cambio tres meses antes de abandonar mi puesto. Vas a tener que esperar al nuevo Director General.

30

En cuanto pedimos los cócteles, Jim Doughty ataca el punto. —Alex, prometiste decirnos tu opinión sobre el mejor rumbo estratégico para UniCo. Somos todo oídos.

—Si me lo permiten,—digo, —preferiría no hablar de UniCo, específicamente.

—Alex, no nos hagas esto, te lo suplico, —Brandon se lleva, exagerando, las dos manos al corazón. —He escuchado tantas presentaciones sobre cómo escoger una estrategia, que ya no lo soporto. Dinos algo en concreto. Por favor. —Brandon está de muy buen humor.

—Párale, Brandon, no te servirá de nada. De hecho, me temo que voy a tener que iniciar con generalidades mayores, como la pregunta: "¿Cuál es la meta de una empresa?" Ya han escuchado esta pregunta antes.

—Sí, demasiadas veces.

—Amigos, —insisto, —si quieren oír mi opinión sobre qué debemos de hacer con el dinero, van a tener que colaborar. Así que, ¿cuál es la meta de una empresa? De una empresa industrial como la nuestra.

—¿Nos prometes que la alcanzarás? ¿Esta noche? —dice Brandon, con cara de súplica.

—La meta de nuestra compañía, — interrumpe Jim, —es ganar dinero ahora y en el futuro.

—De ser así, —lo hostigo, —entonces tengo una estrategia muy buena para ustedes. Abran un Banco, pero de noche, ya tarde.

Sueltan la carcajada. Cuando, por fin, se calman, continúo. —Escoger una meta no es tan simple. No se puede hablar de la meta en el vacío. Tenemos que trabajar dentro de un marco de limitaciones. Sería inútil definir una meta sin definir las fronteras dentro de las cuales podemos intentar alcanzarla.

—La meta no justifica los medios, —concuerda Brandon. —Así que lo que estás diciendo es que, junto con la definición de la meta, también tenemos que determinar las condiciones que no podemos violar. ¿Vas a sugerir las condiciones necesarias ahora?

—¿Por qué no lo intentas tú?

—No, esta noche no. Son demasiadas.

—Brandon, ¿te acuerdas de nuestra primera conversación hace casi nueve meses? ¿La conversación que tuvimos en el avión cuando íbamos de camino a Londres?

—¿Te refieres a cuando dijiste que no tenías ni la menor idea de cómo incrementar las ventas?

—Sí te acuerdas, —sonrío. —¿Te acuerdas también de la **nube** que hicimos? La que planteaba el conflicto aparente entre proteger los intereses de los accionistas y proteger los intereses de los empleados?

—¿Cómo se le iba a olvidar? —interviene Jim. —Esa **nube** nos abrió la puerta al mundo de los **Procesos de Pensamiento**. Continúa.

Jim está bastante impaciente esta noche. Me pregunto por qué. Continúo. —La meta de "Ganar dinero ahora y en el futuro", es el modo de proteger los intereses de los accionistas. ¿Y el personal? Acordamos que era esencial proteger sus intereses también.

—Ya veo. —Brandon comienza a cooperar. —De ahí es de donde sacas una de tus condiciones necesarias. ¿Qué estás sugiriendo?

—Algo como: "Tener un ambiente seguro y satisfactorio para el personal ahora y también en el futuro". ¿Tiene sentido?

—Es mucho pedir, —dice Granby en voz alta. —Yo no creo que hayamos tenido mucho éxito en lograr eso. Pero si lo logras puede ser bastante útil.

No lo capta, pienso para mis adentros, pero qué caso tiene insultarlo. No es cuestión de que sea "bastante útil". Si llegas a violar una condición necesaria, no podrás alcanzar tu meta.

Nosotros en UniCo violamos esta condición necesaria. Reajustamos a miles de personas dedicadas, ni siquiera pensamos que era trabajo nuestro asegurarnos de ofrecer un ambiente satisfactorio para nuestra gente. Con razón no tuvimos éxito en generar dinero. ¿Cómo podíamos hacerlo, con una fuerza de trabajo desmoralizada?

En voz alta digo: —Hay una más. ¿Se acuerdan de lo que dedujimos cuando analizamos el entorno competitivo actual? Estuvimos de acuerdo en que el mercado castiga a las compañías que no satisfacen su percepción de valor: la percepción de valor del mercado.

—Puedes engañar a unos cuantos clientes durante mucho tiempo, —dice Brandon recurriendo a un viejo aforismo. —Puedes engañar a muchos clientes por un poco de tiempo. Pero no puedes engañar a muchos por mucho tiempo.

Sea o no sea un *cliché*; es cierto.

—Lo cual significa, —digo,—que tenemos otra condición nece-saria, "Darle satisfacción al mercado ahora y también en el futuro". Es todo. No necesitamos más condiciones necesarias.

—¿Qué quieres decir con eso de que no necesitamos más? —Jim no está de acuerdo. —¿Quieres decir que no hay más condiciones necesa-rias que las que acabas de mencionar? ¿Y obedecer las reglas de la socie-dad? ¿Y tu propio ejemplo, el de "abrir un Banco ya muy noche"?

—Eso queda cubierto con "Darle satisfacción al mercado ahora y también en el futuro". Piénsalo, Jim. Todo el código moral queda cubierto con las dos condiciones necesarias.

Su expresión demuestra que no está de acuerdo todavía. Y no es de extrañar: durante mucho tiempo pensamos que los valores de negocios y los valores de la sociedad eran casi contradictorios. Lo eran, pero ya no.

Para ayudarle a digerirlo, digo: —Déjame repasar lo que hemos acordado. Estamos de acuerdo en que debemos de "Ganar dinero ahora y en el futuro", "Tener un ambiente seguro y satisfactorio para el personal ahora y también en el futuro" y "Darle satisfacción al mercado ahora y también en el futuro". La primera, representa la visión tradicional de los dueños de las empresas. La segunda, representa el punto de vista tradicio-nal de los sindicatos, los representantes del personal. Y la tercera, expresa el mensaje que proponen todas las nuevas corrientes de administración de empresas. Nosotros, como altos directivos, debemos asegurarnos de que nuestras compañías cumplan todas las condiciones.

—Tranquilo, tranquilo, —suspira Granby. —El problema es que con demasiada frecuencia hay conflictos entre las condiciones.

—No, no los hay,—digo yo. —Hay modos de operación que apa-rentemente están en conflicto con alguna de ellas. Estos mismos modos, a la larga, entran en conflicto con todas las condiciones.

—Lo que nos estás diciendo, —dice Jim, tratando de digerir lo que acaba de oír, —es que tenemos que darnos cuenta de que no hay conflicto entre ellas. Que no se contradicen, sino que, de hecho, se com-plementan mutuamente.

—Efectivamente.

—Es probable que Alex tenga razón,- dice Brandon, uniéndose a mí. —Nosotros, como gente que creemos que la meta es ganar dinero, despertamos, al mismo tiempo, al hecho de que las otras dos entidades son también absolutamente necesarias para lograr nuestra meta.

—Este mismo despertar se está dando en los otros campos, —agrego. —Muéstrenme un líder sindical que crea que hay seguridad en el trabajo en una compañía que constantemente pierde dinero. Muéstrenme al fanático de la calidad que crea que una compañía puede dar buen servicio al mercado si ésta pierde y pierde dinero.

—Así que, ¿sostienes que estas tres entidades en realidad tienen el mismo grado de importancia? —Jim lo capta. —Si ese es el caso, ¿por qué dice todo mundo que la meta es ganar dinero?

—Tal vez en los círculos de Wall Street todo mundo lo haga, —no puedo resistir la tentación. —Pero tu punto es válido. Ganar dinero es mucho más tangible que las otras dos cosas. Es lo único que puede medirse fácilmente.

—Sabía que estábamos en lo correcto, —dice Brandon con una sonrisa.

—No caigas en la trampa de pensar que la primera entidad es más importante, —le advierto. —Se puede medir el ganar dinero por mera coincidencia. Lo que pasa es que en algún momento recóndito de la prehistoria, un genio inventó el modo de comparar al trigo con los borregos. Inventó la unidad abstracta del dinero, la moneda. Nadie ha inventado aún una unidad de medida para la seguridad o la satisfacción.

—Yo ando en tres punto siete "x" de seguridad, y Jim está en catorce y medio "y" de frustración. —Brandon demuestra mi punto.

—Vale más que ordenemos la cena, —dice Jim. —Esta conversación se está deteriorando.

Esperamos a que lleguen nuestros aperitivos y, mientras, Jim insiste: —Alex, todo esto es muy interesante, pero todavía no nos has dicho nada de estrategia o de cómo recomendarías que se invirtiera el dinero.

—No estoy de acuerdo, —digo yo. —Yo creo que, de hecho, hemos definido qué constituye una estrategia buena o mala.

—Tal vez lo hicimos, pero si así fue, no me di cuenta.

—¿Estás de acuerdo en que la estrategia es el rumbo que tomamos para lograr nuestra meta?

—Naturalmente, —concede.

—¿Estás también de acuerdo en que si violamos cualquiera de las tres entidades que explicamos antes, estaremos condenados a no alcanzar la meta? Recuerda que, sea cual fuere la que escojamos como meta, coincidimos en que las otras dos son condiciones necesarias para lograrla.

—Entonces una buena estrategia no debe chocar con ninguna de ellas, —concluye Brandon. —¿Cómo vas a encontrar una estrategia que sepas que no va a violar a ninguna de las tres entidades? Y aun encontrando una, ¿cómo puedes saber que funcionará?

—Primero que nada, no escogiendo una estrategia que sepamos que es mala. Como tú mismo acabas de decir, una estrategia que choque con cualquiera de las tres entidades, debe descartarse. Eso elimina como a la mitad de las estrategias que he visto en mi vida.

—Más de la mitad, —me corrige Granby.

—Probablemente estés en lo correcto, —concedo. —Son, por definición, estrategias insensatas. En el mejor de los casos, su motor es el pánico. —"Como la decisión original de vender el sector de empresas diversas", casi se me sale decir esto, pero resisto. —Así que si las únicas estrategias que se me pueden ocurrir chocan con alguna de las tres entidades, debo seguir buscando.

—Si, ¿pero cómo? —presiona Jim, apremiándome a continuar.

Me niego a que se me apure. —No he terminado de decirles lo que creo que no se debe hacer. No debemos jamás construir una estrategia basada en un pronóstico de mercado.

—Eso elimina de un golpe todas las demás estrategias que yo he visto en mi vida, —Granby se ríe. —Pero ¿estás diciendo que no debemos de comenzar con un pronóstico de mercado? A mí me parece que ése es el punto de partida natural.

—No, porque tratar de pronosticar el mercado es como tratar de capturar al viento, —digo. —Durante décadas hemos tratado de pronosticar las ventas. ¿Lo hemos logrado? ¿Hay algo en lo que confiemos menos que la precisión de los pronósticos de ventas de nuestras compañías? —En Hilton Smyth, digo para mis adentros, contestando mi propia pregunta.

—Durante años hemos culpado a los métodos de pronóstico, —dice Jim, apoyándome. —Recientemente leí que la teoría del caos demostró que pronosticar el tiempo no es cuestión de sensores más precisos o de computadoras más grandes. Es una imposibilidad teórica. Probablemente lo mismo se aplique a los pronósticos de mercado detallados. Así que Alex,¿cuál es tu punto de partida?

—Yo comenzaría por desarrollar una ventaja competitiva decisiva. Si la compañía no tiene una tecnología única o productos sobresalientes, haría lo mismo que hemos hecho en las compañías del sector empresas diversas: Concentrarme en pequeños cambios que eliminen los aspectos que para el mercado son negativos.

—¡¿Llamas a lo que hicieron "cambios pequeños"?! -Granby casi se ahoga con la ensalada.

Espero un segundo a que se recupere y luego me explico. —No hemos cambiado los productos físicos en lo absoluto. Hemos cambiado las políticas, a gran escala, pero no los productos. Eso es lo que quise decir con "cambios pequeños". Estoy de acuerdo en que el nombre le queda chico, es un residuo de lo que usamos para desarrollar la forma de lograrlo.

Brandon y Jim asienten con la cabeza.

—Pero yo no me detendría ahí, —continúo explicando. —Luego me movería inmediatamente para encontrar formas de segmentar el mercado.

—¿Lo hicimos? —pregunta Jim.

—Lo hicimos en *Vapor a Presión*, eso fue fácil. Cuando tienes que hacer el producto a la medida del cliente en la mayoría de los casos, no hay problema para segmentar. No lo hemos hecho con las compañías de Bob y Pete. Pero me he asegurado de que sepan cómo llevar lo que han hecho al siguiente nivel. Miren, yo creo que mientras no se haya establecido una ventaja competitiva decisiva en muchos segmentos del mercado, uno debe sentirse expuesto.

—¿Por qué?

—Porque los competidores te alcanzan, —explico. —No existe la ventaja competitiva absoluta, es sólo una ventana de oportunidad que se cierra tarde o temprano.

—Así que lo que estás diciendo es que siempre debemos estar en movimiento, —Jim concluye.

—Por supuesto.

—Y ¿cuándo podemos darnos el lujo de descansar? —Brandon pregunta en broma.

—Cuando nos jubilemos, —responde Granby.

Espero que mucho antes de eso. Hay modos de identificar ventanas que el competidor se tardará mucho en cerrar. Pero si lo menciono me tendrán aquí hasta mañana en la mañana. Mejor no digo nada.

En vez de eso digo: —Tener una ventaja competitiva decisiva en muchos segmentos del mercado dista mucho de ser suficiente.

—¿Qué más quieres? —pregunta Brandon con sorpresa. —Alex, Alex, ¿jamás dices "basta"?

—Sí, cuando se han cumplido todas las condiciones necesarias.

—¿Y tú crees que llevar a una empresa a donde tiene una ventaja competitiva decisiva en un mercado segmentado no basta para considerar que se ha cumplido con los deberes de un Director General? —Jim espera mi reacción atentamente.

—¿Cómo puede ser? —me asombro de ellos. —Estuvimos de acuerdo en que no se puede pronosticar el mercado con precisión. Ustedes saben mejor que yo que los mercados oscilan. Hoy, un repunte, mañana se deprime, luego una recesión.

—Tienes que ganar dinero suficiente en las épocas de vacas gordas para poder sobrevivir las malas, —confirma Granby.

Pero ese no es el punto. Tengo que ser más explícito. —¿Qué vas a hacer cuando el mercado se desplome por debajo de tu capacidad? ¿Correr a tu gente, o dejar que "se rasquen la panza"?

Granby responde de nuevo: —En las malas tenemos que "apretarnos el cinturón".

Ya sé que eso es lo que él cree. Me ha tocado vivir uno de sus "apretones de cinturón".

No me conviene continuar. No es prudente. Necesito a estas personas. Necesito su ayuda activa para conseguir otro empleo y he trabajado duro para ganármelo.

—¿Ya se les olvidó la segunda entidad? —me sorprendo diciéndolo. —¿La de "Tener un ambiente seguro y satisfactorio para el personal"?

No dicen palabra. ¿En qué estarán pensando? ¿Por qué me ven así?

—Alex, —Jim parece estar escogiendo sus palabras con mucho cuidado, —¿Estás en contra de los reajustes, sin importar cuáles sean las utilidades de la compañía?

—Sí.

Es curioso. Han de pensar que acaban de desenmascarar a un radical disfrazado.

No sonríen. Se miran en silencio. La atmósfera se vuelve tensa, pesada.

Jim dice: —No creo que esto sea realista.

Granby dice: —Es peligroso.

Eso me pega. ¿Por qué no pueden ver lo obvio? ¿Sólo porque deposita más responsabilidad sobre sus hombros? ¡Que piensen lo que quieran! Estoy harto de la gente encumbrada que se niega a reconocer la responsabilidad que realmente le corresponde; que se niegan a reconocerla a costa de la gente que les rodea.

"Dar toda la autoridad, nada de responsabilidad", seguramente ése ha de ser su lema.

Adiós, contactos.

Julie comprenderá. Sí, ella lo va a entender.

31

—¿Y luego qué paso? —Julie no se ve nada contenta conmigo.

—Nada. Por un rato...

—¿Y después de ese rato? Alex, deja de estar jugando conmigo.

—Te estoy diciendo exactamente lo que pasó, —digo inocentemente.

—Mira, adorado esposo mío. Tengo años de conocerte y yo sé que no lanzarías tu carrera al viento para luego venir a la casa con cara de gato que se comió al ratón. Así que deja de hacerte el loco conmigo y desembucha, cuéntame qué paso.

—Lo que quieres es el resultado final. Sin que te cuente por las que tuve que pasar para obtenerlo ¿verdad? Pues no, chiquita. O te cuento con lujo de detalles o no te cuento nada.

—Perdón, seré paciente. Continúa.

—Así que luego Brandon me preguntó que si estaba en contra de los reajustes de personal sin importar la situación. ¡Qué pregunta! Por supuesto que cuando has manejado tu compañía como chofer borracho y chocas, tienes que reajustar personal. Por que si no, todo mundo se queda sin empleo.

—Lo siento, pero no lo entiendo. Si eso es lo que crees, ¿por qué decidiste desconcertarlos cuando Jim te preguntó que si estabas en contra de reajustar personal aun cuando la empresa estuviera teniendo pérdidas?

—Porque lo estoy. No tener efectivo y no tener ganancias son dos cosas diferentes. Escucha, Julie. Hace siete, seis, e incluso hace cinco años, UniCo estaba corriendo gente "a lo bestia". La compañía no era lo suficientemente rentable, pero al mismo tiempo tenían cuantiosas reservas de efectivo. No había razón para reajustar personal. Esa era la salida fácil de los altos directivos para mejorar su utilidad neta. Recortar costos en lugar de encontrar mejores maneras de satisfacer al mercado. Por supuesto que no sirvió de nada. Desocupamos gente y como quiera seguimos perdiendo dinero, así que volvimos a hacer recortes de personal. Es un círculo vicioso. Es con eso con lo que no comulgo. Estoy totalmente en contra de eso.

—Ya caigo. ¿Y cuál fue su reacción?

—Igual que la tuya. Les tuve que explicar la diferencia a ellos también.

—¿Y?

—No les pareció. Especialmente a Granby. Dijo que no todo mundo puede descubrir formas nuevas para conquistar al mercado.

—Tiene razón.

—No, señora, no la tiene. Estábamos hablando de lo que es una buena estrategia y en ese momento de la conversación, estábamos discutiendo a una empresa que ya había logrado la ventaja competitiva.

—Ya me perdí. Si es la mejor empresa de su campo ¿cómo puede perder dinero?

—Déjame recordarte dónde estábamos. Una compañía logra desarrollarse al grado de tener una ventaja competitiva dominante, o cómo tú dijiste, logra ser la mejor de su campo. Todo mundo está trabajando, la empresa está ganando mucho dinero, y todo mundo feliz. Ahora, el mercado se deprime, baja la demanda. Como resultado de esto, ahora tienes más gente de la que necesitas. ¿Qué hacer ahora? Esa fue la pregunta.

—Entiendo, ¿qué hacer?

—Mi respuesta es que si estuvieras operando bajo una estrategia buena, eso no te habría sucedido nunca.

—Ah, carambas, otra vez me quedé sin entender. Mira, Alex, las compañías y los mercados no son mi fuerte. Soy consejera matrimonial. ¿Por qué no me dices nada más lo que pasó? Oye, ¿Por qué estás tan contento?

—No, Julie, eso no te servirá de nada. Tú entiendes lo mismo que ellos. Es de sentido común. No necesitas saber gran cosa de la industria. Con lo que lees en los periódicos te basta y te sobra. Así que, ¿qué es lo que no entiendes?

—Ya no me acuerdo... ¿De qué estabas hablando?... Ah, sí, dijiste que si siguieras una buena estrategia, el mercado nunca se te deprimiría. ¿Qué quieres decir con eso? Cuando el mercado baja, baja.

—Exactamente lo mismo que no entendían ellos. Jim hizo la misma pregunta, palabra por palabra.

—Me da gusto no ser la única tonta que te rodea.

—Jim no es ningún tonto. Ni por mucho. Lo que pasa es que la gente está muy acostumbrada a culpar a las circunstancias externas que no se pueden cambiar por el momento, en lugar de culparse a sí misma por no prepararse anticipadamente. Es como la cigarra que le echa la culpa al invierno, mientras que la hormiga está calientita y tiene qué comer.

—Bajarlo a nivel de fábula infantil no me sirve de nada, —dice riéndose. —¿Cómo puedes evitar que el mercado baje?

—No puedo. Pero con una estrategia correcta, puedo impedir que el mercado de mi compañía se baje tanto que no haya trabajo suficiente para todo mi personal.

—¿Cómo puedes lograr ese milagro?

—Simple. Creando una flexibilidad suficiente. Una precaución es asegurarse de que cada empleado no esté sirviendo nada más a un segmento del mercado, sino a muchos segmentos. ¿Estás de acuerdo conmigo en que, si planeo mis acciones con cuidado, esto es posible? Por ejemplo, puedo tener cuidado de desarrollar nuevos productos que requieran casi el mismo tipo de recursos que ya tengo.

—Sí, sí creo que es posible.

—A propósito, esto es lo contrario de lo que hacen la mayoría de las empresas. Para lograr flexibilidad en la mano de obra, hay que segmentar el mercado, no la fuerza de trabajo. ¿Sabes qué es lo que hacen normalmente? Aún cuando el mercado se les segmente naturalmente, se abre un nuevo mercado, y ¿qué hacen los idiotas? inmediatamente abren una planta nueva. Segmentan los recursos. Precisamente lo contrario de lo que debería de hacerse con una estrategia sensata.

—Ahora me queda claro, Alex. Pero ya es la una de la mañana y me muero por saber qué sucedió. Dame la versión abreviada, por favor. Te prometo que otro día me puedes contar todos los detalles.

—Bueno, nada más la esencia. Les dije: "hay dos cosas más en las que se debe de basar una buena estrategia. Una es que aun en un segmento de mercado donde se tenga una ventaja competitiva dominante, no hay que acaparar todo el segmento".

—Pero ¿por qué? ¡Epa! Perdón. No dije nada.

—Te quedará claro de inmediato. La otra cosa es que la compañía debe cuidarse de no entrar en segmentos que tengan probabilidades de deprimirse todos al mismo tiempo. Este último concepto tiene ramificaciones de muy largo alcance. Entrar sólo en mercados que tengan muy pocas probabilidades de deprimirse todos al mismo tiempo. Muchas ramificaciones...

—Otro día me las cuentas, —interrumpe. —Ahora dime, ¿qué paso?

Me doy por vencido, es muy difícil decirle cosas importantes a alguien que no quiere escuchar.

—La conclusión es obvia. Si una compañía hace todo lo que hemos dicho, entonces cuando un segmento lucrativo esté al alza, la compañía puede cambiar su enfoque alejándose de algunos segmentos menos lucrativos. Lo puede hacer porque sus recursos son flexibles. Cuando un segmento de mercado baja, la compañía se enfoca en otros de sus segmentos. Segmentos que antes no se había molestado en explotar completamente.

—¿Ves? El resultado será que esa compañía muy rara vez tendrá necesidad de reajustar personal. Y las tres entidades, la meta y las condiciones necesarias, se cumplen simultáneamente.

—Interesante... pero dime, ¿qué pasó después?

—Oh, quedaron muy impresionados. Mucho más de lo que tú estás ahora. Brandon incluso dijo que yo estaba lleno de buenas sorpresas. "Esperaba oír alguna visión coherente de cómo fortalecer el negocio medular, pero esto definitivamente superó mis expectativas", me dijo. ¿Oíste eso?... ¡Que había superado sus expectativas!

—¿Y Doughty, qué dijo?

—Sólo dijo, y cito textualmente: "Pasa con las más altas calificaciones... mención honorífica".

—¿Y por eso estás tan contento? Yo creí que habiendo logrado lo que les habías prometido, les habrías pedido que te regresaran el favor ayudándote a encontrar trabajo.

—Sí me ayudaron.

—¿Ah, sí? ¿Y qué te dijeron? ¿Prometieron ayudarte?

—Bueno, no precisamente. Primero se miraron unos a otros. Luego, Jim me sonrió y me dijo que definitivamente sí me podrían ayudar a conseguir una buena chamba. Y entonces, Brandon dijo: "¿Qué tal te caería ser el nuevo Director General de UniCo?".

AL LECTOR:

Siete años antes de que Alex Rogo llegara a ser Vicepresidente Ejecutivo del sector empresas diversas, era un joven gerente de planta de UniCo, luchando para mantener su planta abierta y salvar su tambaleante matrimonio con Julie. Su encuentro casual con Jonah, exmaestro suyo de la escuela de graduados, condujo a que Alex rompiera con su pensamiento convencional y empezara a entender los **Procesos de Pensamiento**. La transición de Alex, de la administración de las crisis a su implementación de la **Teoría de Restricciones** (TOC[1]) de Eli Goldratt, tanto en su vida profesional como su vida familiar, está documentada en el *best seller* internacional **LA META**.

---

[1] TOC, por las siglas inglesas de *Theory of Constraints*, Teoría de Restricciones.

The Goldratt Institute Mexico, S.A. de C.V.

L. Garza Ayala #178 —1, Col. La Montaña, Garza García, N.L.
C.P. 66240, México, Tel. (8) 338-90-56, Fax (8) 338 35 23

Si desea más información acerca de los conceptos de:

* El Proceso del Pensamiento
* Teoría de Restricciones
* Administración para la Mejora Continua

LLENE TODO ESTE CUPON Y ENVIELO POR FAX

Título: ____ Nombre: _____
Puesto: _____
Empresa: _____
Dirección: _____
Ciudad: _____ Edo.: _____
C.P.: _____ Tel.( ) _____ Fax ( ) _____
Giro de la Empresa: _____

Número de empleados de confianza: _____ Sindicalizados: _____

Estoy interesado en obtener información sobre:

____ Publicaciones Adicionales
____ Lista de Correos
____ Cursos y Sesiones de Trabajo

Esta obra se terminó de imprimir en el mes de
Enero de 1995, en los talleres de
PROCOELSA
Pascual Orozco # 51
Col. Iztacalco.
México, D.F.

El tiraje consta de 30,000 ejemplares
más sobrantes de reposición